철학에세이

인생은 선택이다

인생은 선택이다

©이용석 2026

초판 1쇄 발행 2026년 3월 25일

지은이 ㅣ 이용석
펴낸이 ㅣ 배재경
디자인 ㅣ 조훈아
펴낸곳 ㅣ 도서출판 작가마을
등 록 ㅣ 제 2002-000012호
주 소 ㅣ 부산광역시 중구 대청로141번길 3, 501호(다온빌딩, 중앙동)
대표전화 ㅣ 051248-4145, 2598 **팩스 ㅣ** 051248-0723
전자우편 ㅣ seepoet@hanmail.net

ISBN 979-11-5606-303-2 03810 정가 20,000원

철학에세이

인생은 선택이다

이 용 석

지음

도서출판
작가마을

인생은 선택이다

인생은 B와 C사이의 C다.

B와 C는 탄생(birth)과 죽음(death)입니다. 그럼 C는? 선택(Choice)입니다. 선택이 운명을 결정짓는다는 뜻이지요. 살아가다 보면 뭔가를 선택하거나 판단해야 하는 일이 생깁니다. 3관 즉 관심, 관찰, 관계 이세 단어의 의미를 잊지 않는다면 좋은 선택을 할 수 있습니다.

우리는 매순간마다 선택의 기로에 섭니다. 작게는 하루의 일과에서 크게는 인생의 길목에서 무엇을 취하고 버려야 할지 고민을 합니다. 여럿 가운데서 쓸 것을 쓰고 버릴 것은 버리는 것을 취사선택이라 합니다. 선택이란 것은 한정된 정보를 기반으로 미래를 위해서 결정하는 합리적인 판단을 말합니다.

우리는 일을 하면서 이러한 선택의 상황에 직면할 때가 많습니다. 해야 할지, 말아야 할지를 정해야 하고 또 다양한 방안 중 어떤 것으로 정해야 할지를 고민합니다. 쉬운 길을 택해야 할까? 아니면 남이 알아주는 길을 택해야 할까? 이때 옳은지, 옳지 않은지를 따져야지 미리 버려질지 버려지지 않을지를 따져서는 안됩니다.

우리 인생은 선택에 따라 어떤 삶이 연출되는 지를 이 책을 통해 알리고 싶습니다. 감사합니다.

2026. 봄

저자 이용석

어리석은 사람은 인연을 만나도 몰라보고

가장 훌륭한 인격자는 욕망을 스스로 자제

차례

모두에게 샬롬shalom이라고 인사를 하던 목사님

노인들의 삶은 가지가지

강태공은 70세에 낚시를 시작

차례

늙는다는 것은
분명 서러운 것이다

#0

인생人生은 선택choice이다. 인생은 B와 D 사이의 C다. B와 D는 탄생birth과 죽음death입니다. 그럼 C는? 선택choice입니다.

선택이 운명을 결정 짓는다는 뜻이지요.

살아가다 보면 뭔가를 선택하거나 판단해야 하는 일이 생깁니다.

3관 즉 관심, 관찰, 관계 이 세 가지 단어의 의미를 잊지 않는다면 좋은 선택을 할 수 있습니다.

우리는 모두 가로줄과 세로줄로 된 모눈종이 위에서 사는 것 같다. 그 모눈종이 위에는 현상이라는 가로줄과 역사라는 세로줄이 그려져 있다. 즉 여러 가지 사연이 현상이라면, 사연을 보낸 사람의 인생이 역사일 것이다. 가로와 세로를 긋는 그 수많은 줄이 말 그대로 종횡 무진 교차하면서 나를 만든다. 내가 살아온 인생 때문에 어떤 이야깃거리가 생기는 것이고 그 이야기들이 모여 내 인생을 만드는 것 아닐까. 그만큼 현상과 역사가 모두 중요한 것 같다.

우리는 매순간마다 선택의 기로에 선다. 좁게는 하루의 일과에서, 넓게는 인생의 길목에서 무엇을 취하고 버려야 할지 고민한다. 여럿 가운데서 쓸 것은 쓰고 버릴 것은 버리는 것을 취사선택取捨選擇이라 한다.

중국 당나라의 한유는 취사선택의 기준을 물의 흐름에 비유했다. 강을 따라 내려가면서 진실로 멈추지 않으면 비록 더딤과 빠름의 차이는 있더라도 반드시 바다에 이른다고 하며, 바다에 빨리 도착하려고 급속히 흐르는 지류를 따라가지 말고 완만하게 흐르는 본류를 따라가라고 했다.

즉 취사선택할 때 지엽적인 것에 한눈팔지 말고 본령本領에 충실해야 한다는 것이다. 선택이란 것은 한정된 정보를 기반으로 미래를 위해서 결정하는 합리적인 판단을 말합니다. 다시 말해 개체의 생존과 번식을 위해서 생명체가 하는 가장 기초적인 의사결정이라 할 수 있습니다.

우리는 일을 하면서 선택의 상황에 직면할 때가 많다. 해야 할지 말아야 할지를 정해야 하고, 또 다양한 방안 중 어떤 것으로 정해야 할지를 고민한다. 쉬운 길을 택해야 할까. 아니면 남이 알아주는 길을 택해야 할까. 이때 옳은지 옳지 않은지를 따져야지 버려질지 버려지지 않을지를 따져서는 안 된다.

인생에는 없는 게 3개가 있다. 그 하나는 정답正答이 없다. 또 하나는 비밀秘密이 없다. 그 하나는 공짜는 없다이다.

정답이 없다 에서 정답은 없지만 해답解答은 있다.

그 해답은 경험經驗과 지혜智慧다.

경험은 산 경험과 선先 경험으로 나눌 수 있다. 산 경험은 내가 체험한 것이고, 선先 경험은 남의 경험을 내 것으로 하는 즉 책冊이다. 그래서 책을 많이 읽어야 한다.

책을 읽으면 지혜 또한 터득할 수 있다.

흔히 어른들이 철들었다 하는데 여기서 말하는 철은 지혜라고 생각한다.

앞에서 말한 인생의 선택choice은 곧 해답을 말한다.

해답은 경험과 지혜이다.

다음의 사례는 글로벌인들이 체험했던 해답들이다.

자기 삶에 잘 적용해서 멋지고, 알차고, 풍요롭고, 건강하고, 행복happiness한 인생으로 만끽滿喫하시길….

다음은 글로벌인들이 정립한 해답들이다.

#1

 50kg의 돌멩이가 든 바구니가 있습니다. 너무 무거워서 바로 들기는 어렵지만, 건강한 성인 남자라면 전혀 들지 못할 무게는 아닙니다. 만약 집에 가져가라 하면 절대 들지 않을 겁니다. 무겁고 가치가 없는 바위에 그런 수고를 할 필요가 없기 때문입니다. 그리고 나서 50kg 금덩어리가 든 바구니가 있습니다. 돌멩이가 든 바구니와 동일한 무게이지만, 집에 가져가라 하면 갑자기 힘이 생겨서 번쩍 들 수 있으며 들지 못하면 질질 끌고서라도 집으로 가져갈 것입니다. 똑같은 고생, 아니 더 힘든 일인데도 불구하고 마음이 기쁘면 몸도 가뿐하게 움직입니다. 우리 몸은 마음에 의해 움직이는 경우가 다반사이기 때문입니다. 모든 일은 마음 먹기 따라 달라진다지만, 그 마음 먹는 일이 쉽지 않습니다. 마음은 논리와 이성에 의해 움직이기도 하지만 정서에 의해 움직이는 경우가 더욱 많기 때문입니다.

 신라의 고승 원효대사는 어릴 때 황룡사로 들어가 머리를 깎고 승려가 되었는데 34세가. 되던 서기 661년(문무왕 1년) 8살 아래인 의상과 함께 공부를 좀 더 하기 위해 당나라 유학길에 올랐습니다. 당황성에 이르러 날이 저물자 어느 무덤 앞에서 잠을 잤습니다. 한밤중에 목이 너무 말라 물을 찾다가 마침 옆 바가지에 고여 있는 물을 아주 맛있게 마시고 다시 잠이 들었습니다. 아침에 일어나 보니 간밤에 마신

물은 해골바가지에 고인 물이었습니다. 너무 놀라고 역겨운 나머지 구역질을 해댔고, 해골에 담긴 물은 어젯밤 달게 마실 때나 오늘 아침 구역질이 날 때나 아무것도 달라진 게 없었지만, 어제와 오늘 달라진 것은 오직 자신의 마음이라는 것을 깨닫게 되었고, 일체유심조의 뜻 즉 세상 모든 일체를 오직 마음이 만든다는 것을 깨닫게 되었습니다. 인간 만사 모든 일들이, 사람의 마음에 따라 길흉화복, 흥망성쇠, 희로애락 등이 결정되는데 인간의 마음이 그렇게 만든다는 것입니다.

인간에게는 기본적으로 자신이 어떤 결과를 바라고 행동 했을 때 받는 피드백보다, 결과에 기대가 없는 상태에서 한 행동에 더 많은 영향을 받습니다. 예를 들어 자신이 별 뜻 없이 베푼 친절에 상대방이 고마워하면 오히려 그 이후에 자신의 친절 행위에 더 많은 의미 확장을 부여하게 된다는 것입니다. 칭찬이라는 보상이 사람에게 얼마나 놀라운 능력을 발휘하게 만드는 지는 수많은 심리학 연구자료들이 증명해 왔습니다. 결과보다는 과정에서, 실패하더라도 도전했던 노력과 열정은 마땅히 칭찬받아야 하며, 그것이 우리를 살아 숨쉬게 만드는 가장 소중한 보상이라 할 것입니다.

인생이란 좋은 것이고, 점점 나아지는 것.
삶이 있는 한 희망은 있다.

#2

1930년대 미국내 경제공황으로 인해 많은 사람이 힘든 삶을 어렵게 살았습니다. 사람들은 취업을 위해 일자리를 찾아 헤맸으나 일자리를 찾기도 힘들었고 가난과 궁핍을 벗어나기도 힘들었습니다. 한 청년도 비슷한 상황이었습니다. 청년의 주머니에는 동전만 몇 개 남아 있어 한 끼 식사를 해결하기 위해 빵 한 덩어리를 샀지만, 이걸 먹고 나면 내일부터 어떻게 살아야 할지 암담한 상황이었습니다. 집으로 돌아가던 청년은 거리에서 구걸하는 노인을 보았습니다. 측은한 마음이 든 청년은 자신이 가진 빵을 반이나 잘라 노인에게 주었습니다. 청년은 노인이 빵을 허겁지겁 먹을 줄 알았는데, 옆에서 구두닦이를 하던 소년에게 받은 빵의 반을 주었습니다. 오랫동안 굶은 듯 마른 구두닦이 소년은 노인과 청년에게 감사합니다 라고 인사하고 맛있게 먹었습니다. 그런데 빵 냄새를 맡았는지 어디선가 강아지 한 마리가 달려와 구두닦이 소년의 다리에 매달려 낑낑거리는 것이었습니다. 잠시 고민하던 소년은 자신이 받은 빵을 조금 잘라 강아지에게 주었습니다. 빵의 맛을 본 강아지는 이제 가장 큰 빵을 들고 있는 청년에게 와서 다시 낑낑거렸습니다. 청년은 강아지와 자신의 처지가 비슷하다는 마음이 들어 남은 빵을 조금 떼어내 강아지에게 나눠주었습니다. 그러던 중 개 목걸이에서 강아지 주인의 주소를 보았습니다. 청년은 강아지를 안고 적혀 있는 주소를 따라 주인을 찾아갔습니다. 강아지 주인은 잃어버린 강아지를 찾게 되어 너무 기뻐했으며 청년에게 고맙다며 사례금을 주고는, 심성이 좋은 사람이라면서 함께 일하고 싶다며 자신이 운영하는 회사에서 일할 수 있도록 배려까지 해 주었습니다.

영어로 기업을 뜻하는 컴퍼니company의 단어가 있습니다. 컴퍼니는 라틴어 꿈 파니스cum- panis가 어원으로 여기서 꿈은 함께 라는 뜻이고, 파니스는 빵을 나누다 라는 뜻입니다. 그래서 컴퍼니는 함께 빵을 나누다 라는 의미입니다. 세상을 향해 베푼 나눔은 그냥 사라지지 않습니다. 오히려 다른 사람들의 아름다운 나눔이 더해지고 부풀려져서 언젠가 부메랑처럼 당신에게 되돌아올 것입니다. 세계 제일의 운송물류기업인 미국 페덱스Fedex사의 기업 철학은 PSP입니다. 사람People, 서비스Service, 이윤Profit을 말하는 것으로 경영진이 직원(P)을 아끼고 사랑하면 그들은 고객들이 원하는 서비스(S)를 제공할 것이며, 그렇게 되면 회사의 발전과 번영을 가져오는 이윤(P)을 가져다 준다는 단순한 원리이지만 아주 중요한 개념입니다. 페덱스는 종업원 제일주의, 즉 직원 행복이야 말로 기업 성공의 출발점이란 점을 확신하고 있다는 것입니다.

세상에는 빵 한 조각 때문에 죽어가는 사람도 많지만, 작은 사랑조차 받지 못해서 죽어가는 사람은 더 많다.

　　결혼식 날 적의 공격을 받아 사랑하는 아내를
빼앗긴 테무진은 너무나 슬펐습니다. 그러나 자신 앞에 밀어닥
친 엄청난 비극 속에서도 냉정을 잃지 않고, 그는 아내의 납치 사건
을 기상천외한 반전의 기회로 삼습니다. 당시 몽골 최고의 실력자 옹
칸을 설득하고, 자신의 의형제였던 자모카의 군대까지 끌어들여 메
르키트를 공략, 이년 만에 아내를 구출한 징기스칸, 그런 아내 베르
테의 뱃속에는 적장 칠계루의 아이를 잉태하고 있었습니다. 모두를
다 죽이고 싶었지만 예전의 사랑하는 아내와 아들로 크게 품었습니
다. 그후 아내는 전쟁 고아들을 데려다 징기스칸의 아들들로 키웠고,
그들이 결국 대제국을 이루는 징기스칸의 초석이 되었습니다. 순결
과 혈육이란 기본적 공정을 기준 삼았다면 대 제국은 일어나지 않을
일이었습니다. 징기스칸은 말했습니다. 집안이 나쁘다고 탓하지 말
라! 나는 아홉살 때 아버지를 잃고, 마을에 쫓겨났다. 가난하다고 말
하지 말라! 나는 들쥐를 잡아 먹으며 연명했고, 목숨을 건 전쟁이 내
직업이고, 내 일이었다. 나라가 작다고 말하지 말라! 그림자 말고는
친구도 없었고, 병사는 모아도 10만, 전국의 백성은 어린애, 노인까
지 합쳐 2백만도 되지 않았다. 배운 게 없고 힘이 없다고 탓하지 말
라! 나는 내 이름도 쓸 줄 몰랐으나, 남의 말에 귀 기울이면서 현명해
지는 법을 배웠다. 너무 막막해서 포기해야겠다고 말하지 말라!

나는 목에 칼을 쓰고도 탈출했고, 뺨에 화살을 맞고 죽었다 살아나기도 했다. 적은 밖에 있는 것이 아니라 내 안에 있었다. 나는 내게 거추장스러운 것은 깡그리 쓸어 버렸다. 나를 극복하는 그 순간 나는 칭기스칸이 되었다. 넘지 못할 산은 없습니다.

니체가 말하는 아모르파티 운명에는 자신의 삶에서 일어나는 고난과 어려움까지도 받아들이는 적극적인 방식의 삶의 태도를 의미하는 것입니다. 운명은 하얀 파도와 같습니다. 파도는 바람의 저항에 몸부림치며 하늘로 치솟습니다. 이윽고 바람이 자면 잔잔한 흐름속에 어느 미항에 도달합니다. 어느 인생도 이는 파도처럼 불행의 쓴맛을 맛보는 걸 좋아 하지는 않습니다. 순결한 삶 속에서 잔잔하게 흐르고 싶어 합니다. 그러나 삶에는 쪽~뻗은 아스팔트만이 아닙니다. 때론 굴곡의 돌밭 일 수도 있습니다. 그럼에도 인생에 기쁨만이 충만하고 시련의 고통이 없다면 단조로운 영혼이 됩니다. 그래서 부정적인 것을 긍정적인 것으로 가치 전환하여, 자신의 삶을 긍정하고, 그에 대한 책임을 지는 것입니다. 인생의 나이는 숫자에 불과합니다. 하루해가 저물어 갈 때 오히려 저녁 노을이 더욱 아름답고, 저물어 갈 즈음에야 귤은 잘 익어 더욱 향기롭다 했습니다. 우리가 씨 뿌려 가꾸고 애써 살아가려는 것은 수확의 기대치가 있기 때문입니다. 이렇게 우리가 세상을 뜨겁게 사랑하면 그것이 아모르파티이고 운명을 사랑하는 방법이 아닐런지요.

#4

그저 구름가는 대로 바람부는 대로 살다 보니

예까지 왔는데 어찌 이제 모든 것이 평준화된 나이. 지난 날을 묻지도 말고, 말하지도 말고, 알려고 하지도 말고, 따지지도 말고, 앞으로 남은 세월 만날 수 있을 때 만나고, 다리 성할 때 다니고, 먹을 수 있을 때 먹고, 베풀 수 있을 때 베풀고, 사랑할 수 있을 때 사랑하고, 봉사할 수 있을 때 봉사하고, 볼 수 있을 때 아름다운 것 많이 보고, 들을 수 있을 때 좋은 말 많이 하고, 듣고 그렇게 살다 보면 삶의 아름다운 향기와 발자취를 남길 수 있지 않을런지, 인생의 가장 아름다운 순간은 바로 지금 이 순간입니다. 그리고 우리의 삶이 끝나고 호흡이 정지되면 육체는 흙으로 돌아가겠지요. 감사하며 기쁨으로 사는 것이 이 땅에서 누릴 수 있는 최고의 행운이지요. 정말 인생 80까지 살면 90점이고, 90살이면 100점이라고 평소에 공언해온 것이 타당함을 새삼 확인하는 것 같습니다. 오늘도 화두처럼 여기는 평범한 진실을 다시 한 번 되새깁니다.

1. 기적은 특별한 게 아니다. 아무 일없이 하루를 보내면 그것이 기적이다.

2. 행운도 특별한 게 아니다. 아픈 데 없이 잘 살고 있다면 그것이 행운이다.

3. 행복도 특별한 게 아니다. 좋아하는 사람과 웃고 지내면 그것이

행복이다.

하루 하루가 하늘에서 특별히 주신 보너스 같이 생각됩니다. 오늘은 선물입니다. 하나님께서 나에게 특별히 주신 선물입니다. 오늘은 내가 부활한 날입니다. 어제 밤에서 다시 깨어났습니다. 70세부터는 하루 하루가 모두 특별히 받은 보너스 날입니다. 오늘을 인생의 첫날처럼 사시기 바랍니다. 그리고 마지막 날처럼 즐기며 사십시오.

적선지가 필유여경積善之家 必有餘慶 선을 쌓은 집안에는 반드시 남는 경사가 있다. 좋은 일을 많이 하면 후손들에게 복이 미친다는 말이다. 적선하는 집에는 반드시 경사가 넘쳐난다. 반대로 적악지가 필유여악積惡之家 必有餘惡 이란 말도 있습니다. 선하지 않은 행실을 쌓는 집에는 반드시 재앙이 들어 온다는 뜻입니다. 1998년 미국 하버드 의과대학에서 한 연구팀은 흥미로운 실험 결과를 발표했습니다. 연구팀은 하버드 학생들에게 데레사 수녀가 인도에서 환자를 돌보며 봉사하는 다큐멘터리 영화를 보여준 다음 이들의 면역 항체 수치가 어떻게 변화하는지를 측정해 보았습니다. 놀랍게도 수치가 이전보다 50% 이상 높아진 것으로 나타났다고 합니다. 이후 남을 돕는 활동을 통해 일어나는 정신적 육체적 고양 변화를 마더 데레사 효과라고 이름 붙였습니다. 즉 사람들이 선한 일을 생각하거나 그것을 간접적으로 보는 것만으로도 몸속에서 놀라운 치유력과 면역 항체가 생긴다는 것을 보여준 실험이었습니다. 물론 자신이 직접 타인을 위한 봉사나 선행을 행한다면 그 이상의 효과를 가져오는 것은 말할 필요도 없을 것이오니 살아가면서 많은 선행을 쌓아 가시기 바랍니다.

#5

　　기우멱우骑牛覓牛 '소 등에 앉아서 소를 찾는다' 라는 뜻입니다. 미국 뉴저지의 어느 작은 학교에 26명의 아이들이 가장 허름한 교실안에 앉아 있었습니다. 그 아이들은 저마다 그 나이 또래에서 찾아보기 힘든 화려한 전적들을 가지고 있었습니다. 어떤 아이는 마약을 상습 복용했고, 어떤 아이는 소년원을 제집처럼 드나들기도 했습니다. 심지어 어린 나이에 세 번이나 낙태를 경험한 소녀도 있었습니다. 이 교실에 모인 아이들은 하나같이 부모와 선생님들이 교육을 포기한 아이들로, 말 그대로 문제아 들이었습니다. 잠시 후, 문을 열고 한 여자가 들어왔습니다. 그녀는 앞으로 이 반의 담임을 맡게 될 베라 선생님이었습니다. 수업 첫날, 그녀는 다른 선생님처럼 학교 규칙을 지키라고 강요하거나 잔소리를 늘어 놓지 않았습니다. 그녀는 웃으며 다음과 같은 문제를 칠판에 적었습니다. 다음 세 명 중에서 인류에게 행복을 가져다 줄 수 있는 사람이 누구인지 한 번 판단해 보세요. 그녀는 칠판에 다음과 같이 썼습니다.

　A. 부패한 정치인과 결탁하고 점성술을 믿으며, 두 명의 부인이 있고 줄 담배와 폭음을 즐긴다.

　B. 두 번이나 회사에서 해고된 적이 있고, 정오까지 잠을 자며 아편을 복용한 적이 있다.

　C. 전쟁영웅으로 채식주의자이며 담배도 안 피우고 가끔 맥주만

즐긴다. 법을 위반하거나 불륜 관계가 없었다.

선생님의 질문에 학생들은 의심의 여지없이 만장일치로 C를 선택했습니다. 하지만 선생님의 답변은 뜻밖이었습니다. 사람을 판단하는 절대적 잣대의 기준은 없어요. 여러분이 옳다고 믿는 것이 때로는 잘못된 선택이 될 수 있으니까요? 이 세 사람은 우리가 이미 익히 알고 있는 인물이에요. A는 대통령이었던 프랭클린 루스벨트, B는 영국 제일의 수상인 윈스턴 처칠, C는 수천만명의 소중한 목숨을 앗아간 아돌프 히틀러예요. 순간 교실에는 장중한 침묵이 흘렀습니다. 베라 선생님이 다시 입을 열었습니다. 여러분의 인생은 이제 부터가 시작이라는 걸 기억하세요. 과거에 어떤 일이 있었는지는 그다지 중요하지 않아요. 그 사람을 판단하게 해 주는 건 그 사람의 과거가 아니라 미래니까요. 이제 어둠 속에서 나와 자신이 가장 하고 싶은 일을 찾아 보세요. 여러분은 모두 소중한 존재이고 얼마든지 성공할 수 있습니다.

선생님의 말씀은 아이들의 마음속에 깊이 남아 그들의 운명을 조금씩 변화하기 시작했습니다. 그리고 그 아이들은 훗날 사회 각 분야에서 전문가로 활동하며 미래를 창조해 나갔습니다. 어떤 아이는 심리학 의사가 되었고, 어떤 아이는 법관,비행사가 되었습니다. 그 중 반에서 가장 키 작고 말썽쟁이 였던 로버트 해리슨Robert Harrison이란 소년은 현재 미국 월 스트리트에서 가장 촉망받는 경영인이 되었습니다. 과거의 실수와 잘못이 그 사람의 미래까지 결정할 수는 없습니다. 한 번의 실수는 그저 실수일 뿐, 평생을 따라다니는 오점이 되어서는 안됩니다. 이제 어제의 짐을 내려 놓고 새로운 내일을 계획해 보는 것이 어떨까요? 이런 대사가 있습니다. 과거를 과거로 남겨 두고 붙들려 있으면 앞으로 나갈 수가 없다. 아무리 가난하고 나약한 의지를 가진 사람이라도, 적어도 한 두개 쯤은 누군가의 부러움을 받을 만한 장점이 있게 마련입니다. 중요한 것은 타고난 재능이 아니라, 자신의 후천적인 잠재력을 발견하고 키워낼 수 있는 안목입니다. 후천적 재능은 훈련이나 노력으로 키울 수 있습니다. 여기에는 집중, 몰입, 끈기, 창의력이 필요합니다. 현재 자기가 가진 능력을 정확히 알고, 성과를 꾸준히 경험하여 지식으로 쌓아가는 게 전문가가 되는 일반적인 방법입니다. 그런 작은 성취가 모여서 보다 높은 수준의 성취감을 얻고 전문적이 인재로 성장하는 법입니다.

#6

나는 내일에 희망을 걸지 않는다. 오늘을 사는 일만으로도 나는 벅차다. 지금 이 순간만 생각하며 사는 하루살이 처럼 살고 있다. 그러므로 나는 최선을 다해 오늘을 살 수 밖에는, 그것이 남은 삶을 향한 내 사명이다. 그 학생만이 교수의 마지막 강의를 충분히 이해하고 있었다. 100여명의 학생 중 그만이 유일하게 과목 성적 A+를 받았다. Do it now! 바로 지금 시작하라! 과거는 돌릴 수 없고, 미래는 오지 않았으니, 유일한 삶은 오늘 뿐이지 않은가? 종이를 찢기는 쉬워도 붙이긴 어렵듯, 흘러간 시간은 되돌릴 수 없고 오늘이 없으면 덧없어지는 것이 내일이다. 미래는 내 것이 아니므로 할 일이 있다면 지금 시작해야 한다. 어제를 녹여 내일을 만드는 용광로의 시간은 지금 이 시간, 오늘 뿐이라오. 어제는 역사이고, 내일은 미스터리이며, 오늘은 선물이라 하지 않는가. 그래서 최고의 선물은 오늘이다 라고 삶에 황금의 시간은 내가 숨 쉬고 있는 바로 지금.

6월은 호국 보훈의 달입니다. 보훈의 달을 떠나 보내며 6.25전쟁 중 지리산 빨치산 토벌 과정에서 군인과 경찰 모두 공이 컸지만 잊어서는 안 될 두 분이 있습니다. 한 분은 차일혁 총경이고, 한 분은 김영환 공군 대령으로 그 두 분 이야기를 전하며 후세들에게 귀감을 삼고자 합니다.

역사이래 우리나라는 수많은 외침을 받아 왔습니다. 누란의 위기에는 항상 위대한 인물이 나타나 나라를 구하고 구국의 영웅으로 역사에 이름을 남기곤 하였습니다. 목숨을 건 전쟁에서 살아남은 자이든 죽은 자이든 참전을 한 것만으로도 한 시대의 운명을 좌우하였던 것입니다. 살아 있는 우리가 할 일이 하나 있다면 그것은 바로 그 숭고함을 잊지 않고 기억하는 것입니다. 인간성 말살의 전쟁에서 또 하나의 큰 손실은 수천 년 이어오는 문화유산의 소실입니다. 그 어떤 물건이라도 오래 남는 것에는 반드시 그 의미가 내재하는 것입니다. 그것이 존재하도록 하게 한 누군가의 고뇌와 노고가 고스란히 담겨 있기 때문입니다. 북한의 침공으로 시작한 1950년 6.25전쟁에서 전국적으로 약 200개의 사찰이 불태워 졌다고 합니다. 그 와중에서도 천만 다행인 것은 위대한 문화유산인 구례 화엄사와 합천 해인사 팔만대장경이 온전히 보전된 것입니다. 구례 화엄사는 서기 544년 인도에서 온 승려 연기조사가 창건한 것으로서, 대웅전은 물론 2층 형태의 웅대한 각황전에는 고색이 창연하게 묻어 있습니다. 각황전에는 그 웅대한 규모에 걸맞은 거대한 석등(국보12호)과 기단부에 사자 네 마리가 탑을 받치고 있는 4 사자 삼층석탑(국보35호)이 보존되어 있습니다. 지금 해인사에는 팔만대장경이 훌륭히 보관되어 있고 유네스코에 세계 문화유산으로 등록되어 있습니다. 물론 해인사에 김영환 대령의 공덕비도 세워져 있습니다.

#7

나이 80~100세가 되어도 청년처럼 사는 어르신을 줄여서 청어라고 한다. 청어는 나도 모르게 존경심이 우러나는 어르신으로 긍정적 열정과 미래 호기심이 가득하다. 나는 청어 DNA를 심고 가꿔야 내 마음속 청어 떼가 뛰논다고 생각한다. 청어의 몸은 옆으로 납작하고 아래턱이 돌출되어 있다. 몸의 등쪽은 담흑색에 다소 푸른 빛을 띠고 있고 배쪽은 은백색이다. 비늘은 벗겨지기 쉬운 둥근 비늘이다. 생김새가 정어리와 아주 닮았으나 청어 주새개골에 방사상 융기선이 없고 옆구리에 반점이 없는 것 등이 다르다. 몸 길이는 35cm에 달하여 정어리보다 크다. 건강 백세라는 말이 실감나는 세상이다. 철학자 김형석 교수님은 올해 105세, 이길여 가천대학교 총장 93세, 영화인 신영균 선생님 95세, 이시형 박사님 91세, 김동건 아나운서 86세, 김상희 가수님 83세 등이 모두 청어로 부를 만한 분들이다.

이들의 공통점으로 몇가지 답이 나왔다. 첫째, 늘 미래에 대한 호기심이 강하다. 둘째, 공익적이고 이타심이 크다. 셋째, 긍정적이고 잘 웃는다. 매력적인 시니어가 많은 사회가 좋은 사회다. 나이가 들어서도 건강한 삶을 유지하며 세상을 위해 활기차게 활동하는 분이 많으면 이 자체가 젊은이들에게는 희망의 메시지가 아니겠는가?

우리가 익히 알고 있는 바와 같이 인생의 친구를 많이 두는 일은 참으로 좋은 일이 아니겠습니까? 마음을 나눌 수 있는 허물없는 친구 셋을 둔 사람이라면 인생 성공한 사람이라고 했기 때문입니다. 그리고 자그마한 벽에는 다음과 같은 제목 밑에 실린 내용의 액자 하나가 걸려 있었습니다.

오늘 하루 친구 가게를 찾아오시는 손님들을 미소로 맞이하게 하소서! 나의 언어에 향기 넘치게 하시고 나의 행동에 겸손만이 있게 하시며, 나의 가치관으로 남을 판단하지 않게 하시고, 나의 마음 깊은 곳에 사랑을 향한 이해와 따뜻한 동정의 마음을 주셔서, 그 누구도 미워하거나 노여워하지 않게 하소서! 받으려 하기 보다는 항상 주고 싶은 마음으로 살게 하시고, 받은 것은 기억하고 준 것은 곧 잊어버릴 수 있도록 살아가게 하소서! 오늘 하루 친구 집을 찾는 목마른 이들에게 샘물 한 잔의 위로를 줄 수 있게 하시고 마음의 상처가 있거나 또는 도움이 필요한 분들을 외면하지 않게 하소서! 외로운 분에게 친구가 되게 하시고, 건강을 잃은 분들에게 행복을 갖게 하시며, 사랑이 필요한 분에게 온정을 줄 수 있게 하소서! 친구 집을 찾아오는 모든 사람들을 당신이 바라보는 귀한 눈길로 바라볼 수 있게 하시고, 그들이 부족한 저를 통해서 위대한 당신의 은혜와 사랑을 느끼게 하소서! 영원의 깊은 곳에서 울려 나오는 찬송소리가 들꽃의 향기처럼 세상으로 가득 퍼져가게 하시고, 오늘 하루 저의 마음으로, 저의 행동으로, 저의 언어로 그려진 모든 그림들이 잠드는 시간에 아름다운 그림으로 당신에게 드려줄 수 있도록 도움 주소서!

#8

남편이 자주 아내한테 져주니까 어느 날 아내가 남편한테 물었다. 여보 내가 잘못한 걸 알면서 왜 자꾸 나한테 져 줍니까? 그러자 남편이 이렇게 대답했다. 당신은 내 사랑이요, 내가 당신과 싸워 이겨서 뭐하겠소! 내가 당신과 싸워 이기면 당신을 잃는 것이고, 당신을 잃으면 진 것과 매한가지요, 그렇습니다. 사람들은 사장님과 싸워서 이기면 직장을 잃는 것이고, 고객과 싸워서 이기면 한 차례 돈 벌 기회 하나를 잃겠지마는, 아내와 싸워서 이기면 사람을 잃고 자식들까지 외롭게 된답니다. 도리를 가지고 이기려는 건 남자의 수양이고, 도리를 가지고 져주는 건 남자의 도량입니다. 다른 사람은 아니더라도 아내한테 만큼은 꼭 도량 있는 남자가 되시길요. 멋진 남편은 아내에게 힘을 주고 지혜로운 아내는 말을 아낍니다. 때로는 침묵이 금이며, 침묵도 소통의 한 방식이라 생각이 듭니다. 그리고 말이 적으면 속이 깊어 보이고, 지적인 인상도 받게 되는 것이구요! 궁극 깊이 있는 인간의 아우라가 바로 침묵의 결과로 사료합니다.

이 세상을 살며 무슨 일이 벌어지든 내가 구애 받지 않는 것을 해탈이라고 합니다. 배를 타고 바다를 가면서 바람도 불지 말고, 파도도 치지 마라. 이렇게 바라는 것이 아니고, 바람아 불려면 불어라 파도야 치려면 쳐라. 나는 이미 좋은 배를 마련해 놓았고, 좋은 항해술을 습득했기에 그 정도는 문제없다. 이런 마음가짐이 해탈입니다. 처음 만났을 때 남편이 그렇게 착해 보여도 살아보면 맘에 안 드는 구석이 있고, 내가 낳아서 내 마음대로 키운 아이도 내 말을 잘 안 듣는데, 어떻게 세상 일이 내 생각대로만 되겠어요? 파도가 일면 파도를 타고 가면 되고, 파도가 일지 않으면 조용히 즐기면 됩니다. 세상 일이 내 생각대로 안 된다고 전혀 구애 받을 일이 없습니다. 인간이 신에게 질문을 했다. 인간에게서 가장 놀라운 점이 무엇인가요? 신께서 대답하였다. 돈 벌기 위해 건강을 잃어버리는 것이다. 그리고는 건강을 되찾기 위해 다시 돈을 잃는 것이다. 그리고 또 한 가지는 미래를 염려하느라 현재를 놓쳐 버리는 것이다. 그리하여 현재도 미래도 행복하게 잘 살지 못하는 것이란다. 나이가 먹어 갈수록 무엇보다 건강이 가장 소중한 것이랍니다.

난 못해라는 말은 아무것도 이루지 못하지만, 해 볼 거야 라는 말은 기적을 만들어 낸다.

좋은 생각과 행동은 결코 나쁜 결과를 낳을 수 없다.

#9

너 있는 곳을 언제나 복되게 만들어라!(The place where you are will be blessed) 영국의 어느 마을에 부모를 일찍 여읜 채 할아버지의 손에 자라난 에드워드 윌리엄 보크라는 소년이 있었습니다. 너무 너무 가난해서 하루 하루를 살아가기가 힘들었던 보크는, 큰 꿈을 안고 미국으로 이민 가기로 결심하였습니다. 할아버지와 마지막 작별인사를 나누고 배를 타려 할 때, 할아바지가 어린 손자에게 한 마디 유언 같은 생활 신조를 말했습니다. 너 있는 곳을 언제나 좋게 만들어라(The place where you are will be blessed). 학교 교육도 제대로 받지 못한 소년은 할아버지 말씀을 가슴 깊이 새기고, 이 말씀대로 살 것을 굳게 다짐하면서 미국행 배에 올랐고, 마침내 미국 북부 보스톤에 도착했습니다. 그는 거리에 신문 가판대를 만들어 놓고 신문팔이로 출발했습니다. 이른 새벽, 누구보다 먼저 나와서 조간신문을 받아다가 손님들에게 팔았으며 가판대 주변을 늘 깨끗하게 청소 정리하고 유지했습니다. 이 가판대에서 신문을 종종 사서 보던 커티스 출판사 사장은 부지런하고 주변 정리를 늘 깨끗하게 해 놓는 그 소년이 마음에 들어서 그를 커티스 출판사의 청소부로 채용을 하였습니다. 그는 그 자리에서도 성실하게 일했습니다. 그의 성실성에 반한 커티스 출판사 임원들은 그를 정식 사원으로 채용했습니다. 보크는 그곳에서도 열심히 일했기에 마침내 판매부장으로 승진하였습니다. 내가 있는 곳을 언제나 좋게 만들라는 정신으로 일한 보크는 다음에 경리부장으로 승진되었고 그의 성실성과 근면성에 반한 커티스 출판사 사장은 마침내 그를 사위로 삼았으며, 편집국장과 총지배인을 거쳐 마침내 커티스 출판사 사장자리에 까지 오르게 되었으며, 커티스 출판사를 미국내 굴지의 출판사로 키웠습니다. 그는 오직 한 가지, 할아버지가 준 교훈 너 있는 곳을 항상 신성한, 좋게, 복되게, 행복하게 하라는 말씀을 마음에 새기고, 그 교훈대로 살아 왔기에 성공에 이른 것입니다.

사람이 산다는 것은 꿈꾸는 것입니다. 꿈이 있다는 것은 희망이 있다는 것이요, 이상을 갖는다는 것이고, 비전을 지닌다는 것이며, 목표가 있다는 것입니다. 사람은 누구나 꿈이 있을 때 활력이 생기고 의욕이 솟구쳐 오릅니다. 가난한 사람이란 돈이 없는 자가 아니라 꿈이 없는 자입니다. 사람이 꿈을 잃으면 활기가 없습니다. 꿈이 있어야 높은 이상을 세우고 그것을 실현하려고 분투 노력하면서 사는 보람과 의미를 발견합니다. 꿈은 불가능한 것을 극복하는 힘이 있습니다. 그렇다면 이 세상에서 가장 가련한 사람이 누구입니까? 돈이나 학식이나 권력이 없는 사람입니까? 아닙니다. 꿈이 없는 사람입니다. 현대사회 심리학자인 에릭 프롬은 인간은 꿈을 먹고 사는 동물이라고 했습니다. 토마스 케리는 내 생애를 하나의 기적으로 바꾸어 놓겠다고 말하고 위대한 사람이란 따로 없다. 단지 위대한 꿈이 있을 뿐이다. 라고 했습니다. 참으로 꿈은 용기와 힘의 근원이 됩니다. 희망은 가능성에 대한 신앙이요, 반드시 이루어진다고 하는 적극적인 신념입니다.

#10

누군가가 당신의 마음에 상처를 입혔는가? 진
정하라! 함께하는 여행은 짧은 것이다. 누군가가 당신을 비난하고 속
이고 모욕을 주었는가? 마음의 평화를 잃지 마라! 함께하는 여행이
곧 끝날 것이다. 누군가가 당신을 괴롭히는가? 기억하라 우리의 여
행이 너무 짧다는 것을! 이 여행이 얼마나 길지 누구도 알지 못한다.
그들이 내릴 정거장이 언제 다가올지? 그들 자신도 예측할 수 없는
것이다.

내가 좋아하는 힌디어 격언이 있습니다. "에크 딘 샵 코 자나 헤"(언
제가 우리는 모두 떠난다는 뜻). 추상적인 은유가 아닌 인간 실존의 핵심 단어
이기에 새겨 들어신다면 깊은 치유 효과가 있을 것입니다. 우리에게
필요한 것은 완벽함이나 불멸이 아니라 여행지에서 불편한 일을 겪
을 때마다, 내가 그렇게 해 왔듯이 다음 사실을 마음에 새기는 일입
니다. 나는 잠시 이곳에 여행 온 것이다. 곧 여기를 떠날 것이다. 그
렇게 생각하는 순간 불필요한 감정이 사라지고 어떤 일에 대해서도
부정적인 무게가 실리지 않습니다. 우리의 일정이 언제 잡혀 있을지
그 누가 알 수 있겠는가? 인생을 중요하게 생각한다면, 지상에 살아
있는 동안 언제나 감각을 열어놓되, 사소한 일에 화를 내거나 마음이
무너질 필요가 없다네. 우리가 함께 여행하는 시간은 너무 짧습니다.
당신과 내가 다음 어느 정거장에 내릴지 아무도 모릅니다.

서로 배려심을 갖고 성실히 노력하고, 이해하고 협력하는 과정에서 우리가 이 세상은 훈훈하게 되는 것입니다. 손이 커도 베풀 줄 모른다면 미덕의 수치가 되고, 발이 넓어도 머물 곳이 없다면 부덕의 소치가 되는 것입니다. 따라서 겸손을 모르면 무식함만 못하고 높음이 낮음을 모르면 존경받기 어렵습니다. 이타이기(利他利己: 남을 이롭게 해 주면 나도 이로움이 있다)의 문장을 만고의 진리로 우리 가슴에 깊이 새겨야 하겠습니다. 사람의 아름다움은 외모에 있지 않고, 진정한 아름다움은 마음속 배려에 있다 할 것입니다. 우리 인간은 사회에서 남들과 함께 조화를 이루고 서로 도와가며 살아야 합니다. 그 삶에 가장 우선시 되는 덕목이 바로 배려입니다.

많은 긍정적 사고를 가진 기업이 부정적 사고를 가진 기업을 인수해 부자가 되었다.

11

늙는다는 것은 분명 서러운 것이다. 늙었지만 손끝에 일이 있으면 그런대로 견딜만하다. 쥐고 있던 일거리를 놓고 뒷방 구석으로 쓸쓸하게 밀려나는 현상을 은퇴라는 고급스런 낱말로 포장하지만 뒤집어 보면 처절한 고독과 단절이 그 속에 숨어 있다. 그래서 은퇴는 더 서러운 것이다. 방콕이란 단어가 은퇴자들 사이에 유행하고 있다. 세간에서는 그들을 화백, 불백, 마포 불백 등으로 나누고 있다. 화백이든 불백이든 간에 마음 밑바닥으로 흐르는 깊은 강의 원류는 눈물 나도록 외롭다는 사실을 한 치도 벗어날 수 없다는 것이다. 화백도 골프 가방을 메고 나설 때 화려할 뿐이지 집으로 돌아오면 심적 공황 상태인 방콕을 면치 못한다. 집단에 소속되지 못하고 지속적인 노동의 즐거움을 잃어 버렸기 때문이다. 어제 진 태양은 오늘 다시 떠오르지만, 은퇴자들은 어제도, 오늘도 갈 곳이 없다. 이럴 때마다 다산 선생의 독립이란 시를 되새겨 보면 '대 지팡이 짚고 절간에나 노닐까 생각다가 그냥 두고 작은 배로 낚시터나 가볼까 생각하네. 아무리 생각해도 몸은 이미 늙었는데 작은 등불만 예정대로 책 더미에 비추네.'

곰곰히 생각해보면 방콕이 독락으로 가는 지름길이 아닌가 생각된다. 영화나 책을 둘이 나란히 앉아서 본다고 두 사람이 함께 보는 것인가? 아니다 나는 내 것을 보고 너는 네 것을 볼 뿐이다. 그래서 생애도 혼자서 죽음도 홀로 맞는 것이다. 모든 위대한 것들은 홀로이다. 태양이 그렇고 하느님이 그러하다. 태양에 암수가 없고, 아버지 하느님과 어머니 하느님이 함께 계신 것이다. 온리 원only one이란 고독이 얼마나 위대한 존재인가를 알게 해준다. 경주 안강의 자옥산 기슭으로 낙향한 회재 이언적 선생도 독락당을 짓고 인고의 7년 세월을 외로움과 함께 버텨냈다. 사무치도록 외로웠기 때문에 담을 헐어낸 자리에 살창을 끼워 계곡과 물소리를 눈으로 들으면서 세월을 보냈다. 조선조 초의 학자 권근의 독락당기를 보면 홀로의 즐거움이 일목요연하다. 봄꽃과 가을 달은 보면 즐길만한 것이지만 꽃과 달이 나와 함께 즐겨주지 않네. 눈 덮힌 소나무와 반가운 빗소리도 나와 함께 즐기지 못하니 독락이라 해야 하지 않을까? 글과 시도 혼자 보는 것이며 술도 혼자 마시는 것이어서 독락이네. 옛 선비들의 독락에는 다분히 풍류적인 즐거움이 서러 있지만, 오늘의 백수들이 곧잘 읊조리는 방콕에는 궁상과 자탄이 한숨처럼 배어 있다. 강산과 풍월은 원래 주인이 없고 한가로운 사람이 바로 주인이라고 했다. 홀로 독락을 못 즐길 양이면 풍월의 주인이라도 될 일이다. 풍월 주인은 정년도 없고 은퇴도 없다. 문 밖 나서니 갈 곳이 없네, 란 말은 입 밖에도 내지 말자.

친구들이여! 오늘도 힘내시고 한 잔의 술과 월하독작 하면서 후년의 세월 더 즐겁고 행복한 모습으로 늙어갈 수 있도록 낭만결기 일랑 잃지 말아야 겠습니다.

12

다들 말한다. 인생엔 정답이 없다고 그러나 아버지는 늘 말했다. 인생엔 정답이 있다고 그 정답은 자기가 쓰는 것이라고 장사하는 사람은 부지런히 새벽에 일어나 준비하고, 손님이 오면 강아지처럼 뛰어나와 반기면 장사는 잘 된다고 했다 .그 사람의 내일이 궁금하다면 오늘 어떻게 사는 지를 보면 알 수 있다. 오늘 어떻게 사느냐가 내일의 답이라는 것이다. 아버지가 가장 많이 하신 말씀,좋은 날만 계속되면 건조해져서 못써, 햇볕만 늘 쨍쨍해 봐라. 그러면 사막이지, 비도 오고 태풍도 불어야 나쁜 것도 걸러 지는 거야. 인생에서 가장 견디기 힘든 시기는 나쁜 날씨가 이어 질 때가 아니라 구름 한 점 없는 날들이 계속될 생각하고 쓰러진 김에 쉬어 가거나 무엇이든 잡고 다시 일어나면 되는 것이다. 재능이 뛰어난 사람보다 잘 견디는 사람이 훌륭하다 하셨다. 인생은 살아가는 것이 아니라 살아내는 것임을 가르쳐 줬다. 진정으로 멋진 사람은 힘든 시기를 이겨 낸 사람이다. 힘든 걸 겪어내야만 인생이 달콤함도 느낄 수 있다. 그리고 정말 중요한 것은, 힘들어 본 사람만이 타인의 아픔도 품는 법이다. 인생을 사는데 두 가지 모습이 있다. 인생에 해답이 없다고 생각하고 사는 사람들과, 인생에 해답이 있다고 생각하고 사는 사람들이다. 분명 인생에 정답은 없지만 해답은 있다. 정답이 유일하게 정해진 것이라면 해답은 다양한 해결 방안을 포함한 것이기 때문이다.

인생은 정답으로 사는 것이 아니라 해답을 찾아가는 과정이다. 그리고 그 과정에서 마주하는 문제에 대한 해답을 선택하고 그 선택에 따르는 책임을 지는 것이 인생이다. 인간은 인생에 해답이 있음을 믿고 닥치는 모순을 타파하고 막아서는 장벽을 극복하려고 투쟁하며 살아간다. 그리고 그것이 인류 발전의 원동력이라 할 것이다.

콩 심은 데 콩 나고, 팥 심은 데 팥이 납니다. 그것이 자연의 법칙입니다. 자기에게서 나가는 것이 자기가 던진 것이 자기에게로 다시 돌아옵니다. 그래서 인생을 자업자득이라고 하며, 한편으론 부메랑이라고도 합니다. 오늘 당신이 심은 씨앗이 내일 그 열매가 되어 돌아오게 합니다. 우리는 오늘 어떤 씨앗을 심고 있나요? 콩 심은 데 콩 나고, 팥 심은 데 팥 난다는 것은 만고의 진리입니다. 또 많이 심으면 많이 나고 적게 심으면 적게 거두는 것이 우리의 생활 법칙입니다.

＊ 세상에서 가장 좋은 의사 여섯은.
1. 햇볕 2. 휴식 3. 운동
4. 식이요법 5. 자신감 6. 친구

도둑은 잡지 말고 쫓으라는 말이 있습니다. 경행록에도 "남과 원수를 맺게 되면 어느 때 화를 입게 될지 모른다" 라고 했고 제갈공명도 "죽으면서 적을 너무 악랄하게 죽여 천벌을 받는구나" 하고 후회하며 적도 퇴로를 열어주며 몰아 붙여야 한다는 말을 남겼습니다. 내가 어렸을 때 시골집에는 대문이 있고 뒤쪽이나 옆 모퉁이로 샛문이 있는 집이 많았습니다. 우리집에도 뒤뜰 장독대 옆에 작은 샛문이 하나 있어서 이곳을 통해 대밭 사이로 난 지름길로 작은 집에 갈 수 있어서 자주 드나들었습니다. 이 샛문은 누나들이나 어머니가 마실을 가거나 겟방에 갈 때, 그러니까 어른들 눈을 피해 드나들 수 있도록 만들어 놓은 배려였는지도 모릅니다. 옛날 어른들은 알면서도 눈감아 주고 속아준 일이 많았던 것 같습니다. 이것이 마음의 여유이고 아량일 것입니다.

제가 열세 살 때의 일입니다. 황금 물결 넘실거리던 가을 들녘은 추수가 끝나자 삭막하였지만 넓은 마당은 다니기도 어려울 만큼 하늘 높이 쌓아 놓은 나락 베눌은 어린 우리들이 보기에도 흐뭇했는데 여름 내내 땀 흘리며 고생하셨던 어른들께서는 더욱 그러하셨을 것입니다. 그 속에서 우리는 신나게 숨바꼭질을 하며 놀았습니다. 늦가을 어느 날 타작을 한 뒤 나락을 마당에 쌓아 놓고 가마니로 덮어 놓았습니다. 다음 날 아침 어수선한 소리에 나가보니 거위 한 마리가 목이 잘린 채 대문 앞에 죽어 있었습니다. 원래 암놈 거위는 목소리가 크고 맑아 소리를 쳐서 엄포를 놓거나 주인에게 구호 요청을 하고 숫놈 거위는 허스키한 목소리를 내며 꽉꽉 소리를 지릅니다. 목을 길게 빼고는 날개를 치면서 덤벼들어 물어 뜯는 고약한 성질도 가지고 있었습니다. 그래서 동네 아이들이 무서워서 우리집에는 얼씬도 못 했습니다. 웬만한 개보다도 사나워 집을 지키기에 안성맞춤이었습니다. 그 시절은 식량이 귀하던 때라 좀도둑이 많아 개나 때까우(거위의 방언)를 키우는 집이 많았습니다. 그런데 웬 일인지 그날 밤에 좀도둑이 든 것입니다. 아마 때까우가 도둑놈의 바짓가랑이를 물자 낫으로 거위목을 후리쳐 죽이고 나락을 퍼담아 가지고 간 것 같았습니다. 그 날 밤은 초겨울 날씨로 마침 싸락 눈이 내려 다녀간 발자국이 눈 위에 선연하게 찍혀 있었습니다. 나는 아버지 뒤를 따라 강아지마냥 종종 걸음으로 쫓아갔습니다. 발자국은 고샅길(마을의 좁은 길)을 지나 맨 꼭대기 오두막 집으로 이어져 있었습니다.

그러나, 아버지는 아무 말없이 뒤돌아서 우리 발자국을 지우며 내려 오시는 것이었습니다. 평소 아버지는 호랑이 같이 무섭고 급하신 성격이라 다 담장 문을 차고 들어가 도둑의 덜미를 잡고 끌어내서 눈밭에 팽개치거나, 동네 사람들을 모아 놓고 그들이 보는 앞에서 멍석말이라도 했어야 마땅했습니다. 아니면 경찰서로 끌고가서 곤욕을 치르게 하거나 형무소로 보냈음 직 한데 아무 일도 없었던 것처럼 뒷짐을 지고 돌아 오셨습니다. 어린 자식들을 데리고 얼마나 배가 고팠으면 이런 짓을 했을 라고, 어린 소견이었지만 여름내내 불볕 더위 속에서 땀 흘리며 농사지어 탈곡해 놓은 나락을 훔쳐간 도둑을 당장 요절이라도 냈어야 평소 아버지다운 위엄이 설 것 같았습니다.

저는 오랜 세월이 흐른 후 에야 아버지의 깊은 뜻을 조금이나마 헤아릴 수 있었습니다. 그것이 마음의 여유이고 지혜라는 것을 도둑은 잡지 말고 쫓으라는 말씀과 함께 그날 이후 그분은 평생토록 나락 몇 말 빚을 지고 아버지에게 그 은혜를 갚기 위해 우리 집에서 살다시피 하며 궂은 일을 도맡아 했습니다. 아버지께서는 가끔 이런 말씀을 하셨습니다. 세상 일은 생각같이 되는 것이 아니다. 이치나 원칙만으로 해결할 수 없는 문제들이 많이 있다. 남의 사소한 실수 같은 것을 덮어주지 못하고 몰아세우고, 따지는 우를 범하지 말아라. 사람을 비난할 때도 상대방이 변명할 수 없도록 무차별 공격하는 것은 삼가야 한다. 상대방이 피해갈 구멍은 항상 조금 남겨 놓으라고 현대를 사는 우리도 샛문과 여백의 여유가 조금은 필요하지 않을까요?

동양화에서의 여백은 무한한 의미를 내포하고 있습니다. 이 여백은 보는이의 몫으로써 구름, 새, 꽃, 나아가 보이지 않는 바람까지도 그려 넣을 수 있는 여유의 공간입니다. 우리는 수묵화의 넉넉함과 아름다움을 즐기면서도 자신의 마음을 비우는 데는 곧잘 인색합니다. 적정한 소유가 마음의 평안을 주고 여유를 가진 삶이 풍요를 누린다는 진리를 우리는 대부분 경험으로 알고 있습니다. 또한 너무 완벽하고 철두철미한 사람은 타인이 접근하기가 부담스럽고, 따라서 경계의 대상이 되기도 합니다. 물이 너무 맑으면 고기가 살 수 없다고 한 공자의 말씀처럼 사람도 남의 옳고 그른 것을 너무 따지다 보면 친구가 남아 있지 않는다고 했습니다. 약간 엉성하고 빈 틈의 여백이 있어야 함께 어우러지기도 하고 서로 동화되기도 한다는 사실을 새삼 피부로 느끼는 요즘입니다. 돈을 귀히 여기는 자는 부를 누리나, 사람을 귀히 여기는 자는 천하를 얻는다 라는 옛말이 더욱 새록해 집니다.

14

마음을 일으키면 발심發心. 마음을 잡으면 조심操心. 마음을 풀어 놓으면 방심放心이다. 마음이 끌리면 관심觀心이고, 마음을 편안케 하면 안심安心. 마음을 일체 비우면 무심無心이다. 처음 먹은 마음은 초심初心이고 늘 지니고 있는 떳떳한 마음이 항심恒心이며, 우러 나오는 정성스러운 마음은 성심誠心이며, 한 번 먹은 마음 변하지 않는 게 단심丹心이다. 작은 일에도 챙기면 세심細心이고, 사사로움이 없으면 공심公心이며, 꾸밈이나 거짓이 없는 참 마음이 본심本心이다. 욕망의 탐심貪心과 흑심黑心을 멀리하고 어지러운 난심亂心과 어리석은 치심癡心을 버리고, 애태우는 고심苦心을 내려 놓으면 하심下心이다. 야속하게 여기는 앙심怏心으로 반발이 생기는 역심逆心은 정상인이라면 자연히 품을 수 있는 인심人心이라 할 것이다. 자신의 이익만을 위한 이기심利己心 끝까지 견디는 뒷심, 자신의 품위를 지키려는 자존심自尊心 무엇을 하기로 결정하는 결심決心 색욕을 일으키는 색심色心 거짓없이 참된 진심眞心 몹시 분해 속을 썩히는 절치부심切齒腐心 무엇을 알고 싶어 하는 호기심好奇心, 끌리어 떨어지기 싫은 애착심愛着心까지. 아 내 안에 이리도 많은 마음(心)이 있는 줄 난 정말 몰랐었네.

어떤 사람들은 자기 신분이나 권력을 내세우며 한껏 거들먹 거리곤 한다. 하지만 그럴수록 스스로 못난 사람이라는 반증이 되는 것이다. 반대로 겸손한 사람은 아무리 계급이 높고 신분이 고귀해도 구태여 표현하지 않는다. 오히려 더욱더 자신을 낮추고 상대방을 높인다. 그럼으로써 더욱 존경을 받게 되는 것이다. 사람들은 나의 사회적 지위나 부가 나라고 생각하는 경향이 있다. 하지만 이는 언제든지 사라질 수 있는 것으로 나의 본질이 될 수 없다. 가난을 못 이겨 자살하는 사람들만큼 많은 수의 부자들도 자살을 한다. 엄청난 부를 누렸다가 경제적으로 힘들어진 어떤 현명한 사람에게 다시 가난해진 기분이 어떤 지 물었을 때 그는 이렇게 대답했다. 난 가난해진 것이 아니라, 재정적으로 파산한 겁니다. 가난이란 마음의 상태를 나타내는 것이지요. 그러니 난 결코 가난하지 않아요. 그의 말이 맞다. 부와 가난은 마음의 상태를 가리키는 것이다. 스스로 부자라고 생각하는 가난한 이들이 있는 반면, 자신을 가난하다고 생각하는 부자들도 있다. 나의 마음을 갈고 닦아 나가다 보면 진정한 나를 발견할 수 있을 것이다. 그리고 인생은 결국 진정한 나를 찾아가는 여정이라 할 것이다.

겸손 하라, 진실로 겸손 하라. 왜냐하면 그대는 아직 위대하지 못하기 때문이다. 진실로 겸손은 자기완성의 토대이다.

#15

마지막에 웃는 놈이 좋은 인생인 줄 알았는데

자주 웃고 사는 놈이 잘사는 인생이었어. 애지중지 키운 자식들도 제 가정 차리면 그만이여. 열심히 모은 돈 죽을 때 가지고 갈거여? 왔을 때처럼 빈손으로 가는 거여! 그깟 인생이 뭐라고 이러 아득바득 살았는지 몰라! 염병! 이 할미가 진짜 억울한 건 자식놈들 뒷바라지하느라, 돈 있어야 노후가 편하다 캐서 억척같이 모았는데 이제 좀 놀아볼까 했더니. 염병 이곳저곳이 쑤시고 아파서 꼼짝할 수가 없어! 젊은 사람들 말 맹키로 인생은 타이밍인 것이었어. 이 글을 읽는 너도 인생 너무 아끼지 말어! 주변 사람에게 너무 희생하지 말고 너 인생 살어! 행복은 나중으로 미루면 돈처럼 쌓이는 게 아니라 연기처럼 그냥 사라지는 거야! 그러니 하루하루 닥치는 대로 행복하게 살어! 사소한 일에도 기뻐하고 누릴 수 있는 행복에 최선을 다하며 살어! 뭐 큰일을 하느니 숭고한 일을 하느니 염병 떨지 말고 뭐가 되었던 너부터 잘살어! 굵고 재미있게 살어! 그게 최고의 삶이야! 잘난 사람보다는 따뜻한 사람이 좋고 멋진 사람보다는 편한 사람이 좋고 가진 것 많은 사람보다 나눌 줄 아는 사람이 잘 사는겨. 고생 끝에 부귀영화를 누린다 해도 내 병들면 다 소용없고, 고생 끝에 행복이 온다고 해도 나 죽으면 아무 소용이 없다네. 세월아 너만 가거라. 나는 쉬었다 갈란다. 작은 일에서도 보람을 얻는 오늘 하루가 되었다면 그게 바로 행복인겨!

사과를 먹는 두 종류의 사람이 있습니다. 사과를 맛있게 먹는 사람과 멋없게 먹는 사람으로 나뉠 수 있습니다. 경숙이와 영희 두 사람이 똑같이 사과 한 상자씩을 샀습니다. 경숙이는 상자에서 사과를 집어 들면서 말했습니다. 이 중에서 가장 크고 맛있는 사과를 골라 먹는다는 생각을 했습니다. 경숙이는 한 상자를 다 먹는 동안, 내내 행복한 마음으로 맛있는 사과만 먹게 되었습니다. 그런데 영희는 상자를 열면서 이렇게 말했습니다. 크고 좋은 것은 다음에 먹어야지. 이중에서 가장 작고 맛없는 것부터 골라 먹어야지 하고 말입니다. 그는 사과를 고를 때마다 남아 있는 것 중에서 작고 맛없는 것부터 먼저 집었지요. 그래서 영희는 한 상자를 다 먹을 동안에 작고 맛없는 사과만을 먹게 되었습니다. 참으로 그녀는 행복을 모르는 사람이었습니다. 천재와 바보 중 누가 더 행복할까요? 일반적인 추세로 보면 천재는 행복하고 바보는 불행해야 맞는 것일 겁니다. 그런데 행복하다는 천재는 한 명도 없다는 사실이며, 반면에 자신의 삶을 불행하다 여기는 바보도 한 명이 없다는 사실입니다. 행복을 잡으려는 사람은 행복할 수 없습니다. 행복은 느끼는 것이며, 그 느낌은 자신이 만드는 것입니다.

당신이 만약 현재에 대하여 좋다고 생각한다면 언제나 좋은 것이지만, 반대로 나쁘다고 부정적으로 생각한다면 언제나 나쁠 수밖에 없습니다. 남과 비교하는 줏대 없는 나의 탐심이 늘 나를 불행으로 인도할 뿐입니다. 유럽을 제패한 나폴레옹 황제가 내 생애 행복한 날은 6일 밖에 없었다고 말했다 합니다. 그러나 평생을 보지도, 듣지도, 말하지도 못했던 헬렌켈러는 내 생애 행복하지 않은 날은 단 하루도 없었다고 고백했습니다. 행복은 인생을 사는 가장 근본적이 이

유이자 궁극적인 목표입니다. 세상은 풍요로워졌는데 사람들의 행복
지수는 낮고 이기심은 날이 갈수록 심화되고 있어 참으로 안타깝습
니다. 특히 우리나라 사람들의 행복지수가 낮은 것은 끝없는 욕망의
굴레에서 벗어나지 못하기 때문이며 욕망은 늘 새로운 욕망을 불러
일으키기 마련입니다. 작은 것에도 만족할 줄 알고 감사해할 줄 알아
야 마음이 넉넉해지고 행복해지는 것입니다. 행복은 바로 생각하기
나름입니다.

멘토는 영어의 Mentor에서 왔으며, 직역하면 조언자, 상담자, 지도자라는 뜻이며, 도움을 주는 선배나 인사를 멘토로 부르며 멘토가 되는 것은 나의 경험을 다른 이들에게 알려줌으로써 내 자신에게도 자가발전과 더불어 후진들에게 또 다른 간접 경험을 쌓을 수 있는 기회를 제공하는 것입니다. 우리는 자신의 분야에서 본인보다 나은 사람, 배울만한 점이 있는 인물을 주로 멘토로 선택합니다. 자신의 분야가 아니더라도 인생에 있어서 신뢰할 수 있는 스승이나 학식, 품격이 높으신 인사를 멘토로 모시기도 하죠. 때문에 멘토는 우리보다 높은 경험치를 지닌 존재이고, 우리가 현재 직면한 문제에 있어 효과적인 해결책을 제시해 주는 길잡이입니다. 따라서 어떠한 문제를 멘토와 같이 나누고 조언을 구한다면, 혼자 고민할 때보다 탁월한 의사결정을 할 수 있는 확률이 그만큼 올라가게 되는 것이기에 삶의 과정에서 어떤 멘토를 만나느냐에 따라 인생길이 달라지기도 합니다.

베토벤이 젊은 시절 난청이 오고 사랑했던 여인마저 곁을 떠나 절망에 빠져 있었던 때가 있었습니다. 괴로움을 견딜 수 없어 자살까지 결심한 그는 인근 수도원에 한 수사님을 찾아 상담을 합니다. 젊은 베토벤의 이야기를 말없이 듣고 있던 수사님은 나무상자 하나를 들고 와서는 이 상자안에 손을 넣어서 유리구슬 하나를 꺼내 보게 라고 말했습니다. 처음 베토벤이 꺼낸 구슬은 검은색이었습니다. 수사는 다시 한번 구슬을 꺼내 보라고 했습니다. 이번에도 베토벤은 검은 구슬을 꺼냈습니다. 수사님이 말했습니다. 이보게 이 상자 안에는 열개의 구슬이 들어 있네. 그 중 여덟개는 검은 색이고 나머지 두 개는 흰색이라네. 검은 구슬이 지닌 의미는 불행과 고통, 흰 구슬은 행운과 희망을 의미한다네. 어떤 사람은 단 한번에 흰 구슬을 뽑아서 행복과 성공을 움켜쥐기도 하지만, 자네처럼 연속으로 검은 구슬을 뽑아 불행과 고통으로 보내기도 한다네. 그런데 말일세 세상 이치란 참으로 오묘한 법이네. 검은 구슬을 내 삶에서 먼저 뽑아낼수록 다음에 흰 구슬을 집을 확률이 점점 높아진다는 것이지. 중요한 것은 이 나무상자 안에 아직 여덟 개의 구슬이 남아 있고, 그 속에는 분명히 흰 구슬이 남아 있다는 거야. 좌절하지 않고, 멈추거나 포기하지 않고, 다시 도전하다 보면 반드시 하늘이 주시는 행운도 자네 편이 되어 흰 구슬을 머지않을 날에 움켜 잡을 수 있을 걸세.

20대 후반 이후 그나마 약해진 청력조차 완전히 상실되었습니다. 음악가로서는 치명적이었습니다. 베토벤은 보청기를 사용하려 했지만, 그 당시 기술로는 별 도움이 되지 않았다고 합니다. 청력을 잃어 괴로워 하는 베토벤을 위해 친구인 멜첼메트로놈이 눈으로 볼 수 있는 박자 측정기를 만들어냅니다. 바로 메트로놈입니다. 움직이는 시침을 이용해 박자를 눈으로 볼 수 있게 한 것으로 이를 최초로 사용한 사람이 베토벤 이었다고 합니다. 실제로 베토벤은 메토로놈을 사용해 이후에 위대한 곡들을 많이 작곡하게 됩니다. 물론 베토벤은 절대 음감이었기에 머릿속에서 상상하는 음을 악보로 옮기는 능력 또한 대단했습니다. 하지만 그의 끈질긴 노력이 있었기에 온갖 장애를 극복하고 위대한 작곡가로 지금도 많은 사람들의 심금을 울리고 있습니다. 그래서 좋은 친구, 좋은 멘토가 필요합니다. 그것을 우리는 행운이요, 사랑이라 합니다. 몸도 마음도 지쳐 아프고 고통을 겪는 이웃이 있다면 먼저 다가가 위로나 격려를 보내는 따뜻한 친구나 멘토가 오늘은 당신이었으면 좋겠습니다.

#17

　　미국의 서남부에 있는 애리조나주에는 자기 재
산이 얼마인지 조차 알지 못할 정도로 엄청 많이 가진 억만장자 부자
들만이 은퇴 후에 모여서 살고 있다는 썬 밸리라는 곳이 있다 합니
다. 이곳은 모든 시설이 초현대화 된 곳으로 호화로운 곳일 뿐만 아
니라 55세 이하는 입주가 허락되지 않는 아주 특수한 곳으로 일반 평
범한 동네에서 흔히 들을 수 있는 아이들의 시끄럽게 떠드는 소리조
차도 없습니다. 아무데서나 볼썽사납게 애정 표현하는 그런 젊은 커
플도 볼 수 없는 청정 지역이라고 소문난 곳입니다. 갖가지 잡다한
음식 냄새를 풍기는 노점상도 없을 뿐만 아니라 길거리 벤치에 누워
서 자는 노숙자도 물론 볼 수 없는 곳입니다. 그곳엔 자동차 소음도
없고 노인들이 놀래지 마시라고 자동차는 시속 25km 이하의 속도로
달려야만 하는 곳입니다. 그런데 그곳에서는 누가 보아도 행복하게
살고 있을 것 같은 선량 들인데도 불구하고, 바깥 일반 사람들보다
치매 발병률이 훨씬 더 높다는 조사 결과가 나왔다고 해서 미국 국민
들은 물론, 이곳에 관심을 가졌던 외국 사람들도 엄청 놀라지 않을
수 없었습니다. 이러한 충격적인 사실 보도에 대해 우리나라 의료인
이시형 박사께서 그 이유를 알아보기 위해 직접 그곳을 방문 조사해
보니 정말 지상 낙원이 따로 없었다고 했습니다. 모든 편의시설이 완

벽하게 갖춰져 있었고, 최신 의료시설에 최고 실력을 지닌 의사들이 배치되어 있는 곳이었습니다. 조사 결과로 그곳에 살고 있는 사람들이 치매에 많이 걸리는데 그 이유가 아이러니컬 하게도 첫째로 그들에게는 일상적으로 겪는 스트레스가 전혀 없었고 둘째로 생활에서 불편한 점이나 걱정될 일이 한가지도 찾아볼 수 없었으며, 셋째로 짜인 프로그램의 생활안에서 번화나 변동이 전혀 없었기 때문이라는 진단이었습니다. 이런 편한 생활의 결과가 오히려 병을 유발케하는 원인이 되고 있다는 것이었습니다. 그래서 이곳에 와서 살고 있던 많은 사람들이 다시 복잡하고 시끌벅적한 자신들이 원래 살고 있던 마을로 서서히 되돌아가고 있다 합니다.

　그렇습니다. 가만히 생각해보면 행복한 삶이라는 게 편안하게 아무런 걱정없이 사는 것보다는, 오히려 이런저런 얽히고 설킨 일들을 겪으면서 그것을 해결하기 위해 만나고 대화하고 걱정하고 마음 쓰는 과정속 범주안에 산다는 것이 매우 중요하고 필요하다는 것이었습니다. 인생낙원이라는 곳은 다름 아닌 내가 바로 고민하고 걱정하며 지지고 볶으며 살고 있는 이곳 삶의 현장이라는 것입니다. 진정 내 삶을 풍요롭게 하는 것은 편안하고 호화로운 것만이 요소가 아니라, 어려운 처지에 놓이드래도 내 감정을 잘 조절하고 이를 조화롭게 적응하는 재주와 능력을 발휘할 줄 안다면 나는 나의 삶을 행복하게 만들 줄 아는 사람이라는 것입니다. 인간의 행복은 단지 상대 비교일 뿐이어서 좋다, 나쁘다, 라는 이분법적 사고만 접게 되면 바로 지금 이 자리가 행복한 순간이 되는 것입니다. 이것을 깨치는 순간, 지지고 볶는 삶의 여러 모습은 인생을 풍요롭게 해주는 필요 불가결한 요소가 되는 것이며, 그렇기 때문에 사람들과 더불어 살아가는 사회 속에서 모든 것을 나에게 맞추려고 하기보다 주어진 입장과 처지에 맞추어 살아가다 보면 행복도 함께 영글어 지는 것 같습니다. 인생 낙원이란 곳이 썬 밸리와 같은 그런 특정 지역만이 결코 아니라는 것, 지금 내가 살고 있는 현 주소가 바로 나의 인생 낙원이라는 것을 깊이 유념하시기 바랍니다.

18

미워하지 말고 잊어버려라. 흐르는 물에 떠내려가는
사람의 마음은 조급합니다. 그러나 언덕에 서서 흐르는 물을 바라보
는 사람의 마음은 여유롭고 평화롭습니다. 바쁠수록 돌아가라는 옛
말처럼 속도를 줄이고 주변을 돌아보는 여유가 필요합니다. 나는 오
늘 아침에 건널목 20m 앞에서 초록 신호등이 켜진 것을 보고 빨리
건너려고 뛰다가 넘어져 손바닥과 무릎을 다쳤습니다. 손바닥에 흐
르는 피를 보며 굳이 빨리 가지 않아도 될 것을 공연히 서두르다 이
렇게 다쳤구나 하면서 후회했습니다. 너무 서둘러서 실수하는 일이
없도록 하라. 아이젠하워가 보좌관들에게 가장 강조하고 가장 자주
했던 말입니다. 무슨 일이든 너무 서두르면 실수하기 쉽습니다. 그
실수가 치명적일 때는 돌이킬 수 없습니다. 신중한 처신, 누구든 언
제나 명심할 일입니다. 가짜 절망은 성급한 속단에서 올 수도 있습니
다. 토머스 에디슨은 말합니다. 인생에서 실패한 사람들은 대부분, 그
들이 포기하는 그 순간 자신이 성공에 얼마나 가까이 다가왔는지 깨
닫지 못한다. 한마디로 골대 앞에서 넘어지는 격이지요. 내게 걱정이
다가왔을 때 긴 한숨으로 스스로를 무너뜨리지 마십시오. 미움과 걱
정은 실체가 있는 것이 아닙니다. 그냥 지나가 버리는 것일 뿐입니
다. 가만히 눈을 감고 마음속의 빛을 떠올려 보십시오. 미움과 걱정
의 어둠이 서서히 걷히는 것을 느낄 수가 있을 것입니다. 언덕에 올

라서기 위해서 지혜가 필요합니다. 미움은 미움으로 갚을 수 없고, 걱정은 걱정으로 치울 수 없다는 것을 알 때 우리는 언덕에 서서 미움과 걱정을 향해 손을 흔들 수 있을 것입니다.

　아브라 카다브라Abracadabra. 오늘은 왠지 좋은 일이 생길 것 같다. 나는 꼭 할 수 있어. 빌 게이츠가 아침마다 되새긴 주문입니다. 말은 잠재의식을 자극합니다. 인간의 뇌는 상상과 현실을 잘 구분하지 못하기 때문입니다. 입버릇처럼 말하는 것은 자율신경계에 자동으로 입력돼 그대로 실현 가능성을 높여줍니다. 자신의 희망을 매일 아침 입버릇처럼 주문하십시오. 그러면 그 희망은 이루어집니다. 아브라 카다브라Abracadabra 고대 히브리어입니다. 말한대로 이루어진다는 뜻입니다. 정신의 힘은 강합니다. 하지만 말의 힘은 더 강합니다. 오늘 모든 내뱉은 말에는 그 사람의 생각이 담겨 있고 그 말에 고유한 에너지를 담고 있어, 집중하면 할수록 간절하면 간절할수록 엄청난 에너지가 전달됩니다. 아브라 카다브라. 오늘도 말한대로 이루어지는 행복 가득한 하루 되시길 바랍니다.

#19

베풀어서 덕을 쌓아 두어라! 반드시 은혜로 되돌아
올 것이다! 덕이란 누군가에게 따뜻한 말을 건네는 것. 따뜻한 눈빛
으로 바라보는 것. 누군가를 칭찬하거나 축복하는 것. 격려하고 응원
하는 것이다. 남들이 기뻐할 만한 일. 마음이 밝아질 만한 일. 활기를
되찾을 만한 일을 한다면 그들의 영혼이 거기에서 힘을 얻고 활발히
움직이기 시작해 당신의 주변에서 온갖 풍요로움과 가치를 창조해
줄 것이기 때문이다. 인생에 있어 가장 중요한 것은 실패했다고 낙심
하지 않는 것이며, 성공했다고 지나친 기쁨에 도취되지 않는 것이다.
오는 손 부끄럽게 하지 말고 가는 발길 욕되게 하지 말라. 모른다고
해서 기죽지 말고 안다고 해서 거만 떨지 말라. 자랑거리 없다 하여
주눅들지 말고, 자랑거리 있다하여 가벼이 들추지 말라. 좋다고 해서
금방 달려들지 말고 싫다고 해서 금방 달아나지 말라. 멀리 있다 해
서 잊어버리지 말고 가까이 있다 해서 소홀하지 말라. 미국 네바다주
사막 한 복판에서 낡은 트럭을 몰고 가던 멜빈 다마라는 한 젊은이가
허름한 차림의 노인을 발견하고 급히 차를 세웠다. 그러고는 어디까
지 가십니까? 타시죠. 제가 태워 드릴게요. 그 노인은 고맙소. 젊은
이 라스베이거스 까지 가는데 좀 태워줄 수 있겠소? 하면서 낡은 트
럭에 올라탔다. 어느덧 목적지인 라스베이거스에 도착했다. 가난한
노인이라 여긴 젊은이는 호주머니를 털어 25센트를 드리며 영감님

차비에 보태 쓰세요. 그러자 노인은 참 친절한 젊은이로구먼. 어디 명함 한 장 주게나. 그는 무심코 명함을 건네 주었다. 명함을 받은 노인은 멜빈 다마 고맙네. 그 후 세월이 흘러 이 일을 까마득히 잊어 버렸을 무렵에 기상천외한 사건이 일어났다. 세계적인 부호 하워드 휴즈 사망이란 기사와 유언장이 공개되었기 때문이다. 하워드 휴즈는 영화사, 방송국, 비행기회사, 호텔, 도박장 등 50개 계열사의 회장이었다. 그런데 놀라운 것은 그의 유산중에 16분 1을 멜빈 다마에게 증여한다는 내용이 유언장에 기록되어 있었다. 가족들과 지인들은 멜빈 다마란 사람이 누구인지 도대체 아는 사람이 없었다. 다행히 유언장 뒷면에 하워드 휴즈가 붙여 놓은 멜빈 다마의 명함과 함께 자신이 일생 살아오면서 가장 친절한 사람이란 메모가 되어 있었다. 그 당시 하워드 휴즈의 유산이 250억 달러 정도였으니 16분의 1은 1억 5천만 달러이며 우리 돈으로 환산하면 대략 2천억 원가량이었다. 낡은 트럭을 태워준 배려와 25센트의 친절을 베푼 것이 2천억원의 거금으로 되돌아 온 것이다. 이 글은 우리에게 두 가지 교훈을 보여준다. 친절의 가치는 이렇게 클 수도 있다는 것이며 그 많은 재산을 가진 사람도 모두 버리고 이 세상을 떠난다는 것이다. 실제로 하워드 휴즈가 남긴 마지막 말은 nothing 아무것도 아니야였다. 즉 인생을 살아보니 아무것도 아니란 것이다. 그는 낫씽! 낫씽! 이라는 말을 반복하면서 숨을 거두었다고 한다. 재물도, 명예도, 가족도, 친구도, 미녀도 죽어가는 그에게는 아무런 소용도 없었다는 것이다. 참으로 인생무상 함이 아닐 수 없다.

#20

부부는 이래야 한데요. 대학, 논어, 맹자와 함께 중국
유가의 사서로 꼽히는 중용에서는 부부에 대해 사람으로서의 지극한
도의 시작이라고 했습니다. 중용에서는 하늘이 명한 것을 성이라 하
고, 성을 따르는 것을 도라 하고 도를 닦는 것을 교라 하는데, 이는
사람이 사람답게 삶을 누리자면 끊임없이 배워야 함을 뜻합니다. 또
한 그 배움에는 길이 있고, 길은 바로 본성에 바탕을 두고 있다고 합
니다. 즉 부부란 바로 천명을 사람으로서 실현하는 것으로 하늘을 으
뜸으로 하던 선인들은 하늘과 땅이 제자리에 있게 되고 만물이 제 모
습대로 운행하는 원리를 지극하고 순수한 것으로 보았습니다. 사람
이란 이것을 깨닫고 배우며 실천하는 데에서 가장 사람답게 살게 되
고, 하늘의 뜻에 거스름이 없는 것으로 보았습니다. 그리고 유가에서
가장 으뜸으로 치는 사람, 도덕적으로 완성된 인격을 지닌 사람, 참
된 사람이 군자인데, 군자의 도가 바로 부부에서 시작된다는 것이라
하였습니다. 그래서 부부는 항상 서로 마주보는 거울과 같은 거래요.
그래서 상대방의 얼굴이 나의 또 다른 얼굴이래요. 내가 웃고 있으면
상대방도 웃고 내가 찡그리면 상대방도 찡그린대요. 그러니 예쁜 거
울 속의 나를 보려면 내가 예쁜 얼굴을 해야겠지요. 부부는 평행선과
같아야 한 대요. 그래야 평생 같이 살 수 있으니까요. 조금만 각도가
좁혀져도 그 길이 엇갈리어 결국은 빗나가게 된대요. 부부의 도를 지

키고 평생을 반려자로 여기며 살아가야 한 대요.

　부부는 무촌이래요. 너무 가까워 촌수를 헤아릴 수 없대요. 한 몸이니까요. 그런데 또 반대래요. 등 돌리면 남이래요. 그래서 촌수가 없대요. 이 지구상에 70억이 살고 있는데 그중의 단 한 사람이래요. 얼마나 소중한 이 세상에 딱 한 사람, 둘도 아니고 딱 한 사람, 나에게 가장 귀한 사람이래요. 부부는 반쪽과 반쪽의 만남이래요. 한쪽과 한쪽의 만남인 둘이 아니라 반쪽과 반쪽의 만남인 하나래요. 그러니 외눈박이 물고기와 같이 항상 같이 있어야 양쪽을 다 볼 수 있대요. 부부는 마음에 들었다 안 들었다 하는 사이래요. 어찌 다 마음에 들겠어요. 그래도 서로의 마음에 들도록 애써야 한 대요. 부부는 벽에 걸린 두 꽃장식과 같이 편안하게 각자의 색채와 문양을 하고 조화롭게 걸려 있어 보는 사람으로 하여금 편안함과 아름다움을 선서한대요. 부부는 한쪽 발목같이 걷는대요. 같이 하나둘, 하나둘 하며 같이 걷는대요. 아니면 넘어진대요. 그래서 부부는 발자국을 같이 찍어간대요. 부부는 흔적을 같이 남긴대요. 자식이라는 흔적을 이 세상에 남기고 간대요. 사랑스런 흔적을 남기고 간대요. 부부는 닮아간대요. 같이 늘 바라보니 닮아간대요. 그래서 결국 까만 머리카락이 하얗게 같이 된대요. 그래서 서로서로 염색해 주면서 부부는 늘 아쉬워 한 대요. 이 세상 카톡 떠날 때 혼자 남을 반쪽을 보며 아쉬워 한 대요. 같이 가지 못해 아쉬워한대요. 요르단강 같이 건너지 못해서 아쉬워 한 대요. 그래서 부부는 늘 감사한대요.

이용석 철학에세이
인생은 선택이다

어리석은 사람은

인연을 만나도 몰라보고

사람이 말하는 것은 2~3년이면 배우지만 듣는 것을 잘 배우기까지는 80년이 걸린다는 말이 있습니다. 그만큼 경청은 평생의 학습을 필요로 한다는 뜻입니다. 듣는 방식에는 네 가지 형태가 있습니다. 판단하며 듣는 것, 질문하며 듣는 것, 조언하며 듣는 것, 감정 이입하며 듣는 것입니다. 한자 들을 청聽 자는 여러 단어의 조합으로 이루어져 있는데 파자 풀이해보면, 귀 이耳 자 밑에 왕王 자를 놓아 귀로 듣는 것을 왕을 모시듯 받들어 듣고 열 십十 자 아래 누워 있는 눈 목目 자를 놓아 여러 가지의 안목으로 편하게 보고, 한 일一 자 밑에 마음 심心 자를 놓아 상대와 마음이 하나 되게 하는 것이라는 의미가 담겨 있는 한자입니다. 이처럼 인생에서 경청이 어려운 이유는 상대의 말에 집중과 노력을 필요로 해야 하기 때문입니다. 그래서 사람들의 의견을 잘 경청하는 것이 성공의 첫째 비결입니다. 인내심을 갖고 침묵하는 것은 잔인하게 적대하는 이 세상에게 응답하는 최선의 방법입니다. 잠잠한 인내는 장황하게 열변을 토하는 것보다 어떤 질문에 대해서 한 없이 더 확실한 답일 수 있습니다. 말이 입 안에 있을 땐 내가 말을 지배하지만 입밖으로 나오면 말이 나를 지배합니다. 우매한 사람일수록 말을 많이 합니다. 즉 미련한 사람은 말이 많습니다. 얕은 물이 소리를 많이 내면서 흐르는 것과 같은 이치입니다. 우리는 들어달라고 떼쓰는 삶보다 들어 주기를 힘쓰는 삶을 추구해야 합니다. 상대방의 이야기를 듣고 존중해 준다면, 성공은 자연스럽게 따라 옵니다. 정작 우리의 감성을 지배하는 것은 귀입니다. 상대의 말을 듣기만 하는 것이 아니라 상대방이 전달하고자 하는 말의 내용은 물론이며, 그 내면에 깔려 있는 동기나 정서에 귀를 기울어 듣고 이해된 바를 상대방에게 피드백하여 주는 효과적인 커뮤니케이션이 성공의 중요한 기법이기 때문입니다. 자연의 섭리이긴 하나 사람에게 입이 하나고 귀가 둘인 것은 말하기 보다 듣는 것에 더 노력하라는 의미입니다.

거짓말에도 색깔이 있다. 하얀색과 새빨간색이 있답니다. 하얀색은 사람을 사랑하는 마음에서 사람에게 희망과 위안을 주기 위한 선한 거짓말을 하는 경우이며, 의학계에서 전해오는 플라시보 효과는 가짜 약을 진짜 약이라고 속여 투약을 해도 약효가 있다는 심리학 호전 현상을 유도하는 대표적인 선한 거짓말이며, 간호사가 자주하는 이 주사 하나도 안 아파요. 예식장 사진사가 말하는 지금까지 제가 본 신부중에 제일 예뻐요. 중국집 사장님이 말하는 예, 지금 바로 출발합니다. 등이 하얀 거짓말이고, 사회 전반에 만연되어 있는 내로남불, 네탓, 가짜뉴스, 통계조작, 선거 조작, 왕따, 이지메 등에 동원되는 악의적인 거짓말은 새빨간 거짓말이랍니다.

가끔은 악의에 찬 진실보다도 사람을 진심으로 사랑하는 마음이 깃든 선의의 거짓말이 필요할 때도 있다는 것이지요. 사랑이 깃든 말, 아름다운 말은 말하는 사람들, 말을 듣는 사람도 행복하게 한다는 것도 알아야 하겠지요. 세상에는 없는 것이 3가지 있답니다. 첫째, 정답이 없다. 둘째, 비밀이 없다. 셋째, 공짜는 없다입니다. 행복한 삶에도 3가지가 필요한데 첫째, 가벼운 짐, 둘째, 착한 동반자, 셋째, 하얀 거짓말이랍니다. 짐(돈. 명예. 일 등)이 무거우면 삶도 무거우며, 동반자와 뜻이 맞지 않으면 여정은 더 괴롭습니다. 하지만 하얀 거짓말은 삶의 윤활유입니다. 새빨간 거짓말은 비난 받아야 마땅하지만 하얀 거짓말은 권장합니다. 그래야 우리 사회가 좀더 여유롭고 행복한 사회가 될 것입니다.

22

사랑하려거든 고습도치 같이 사랑하라. 서로 소유하려 들지 말고, 너무 가까이 가려 하지 말고, 욕심에 가시 털 세우지 말고, 서로 찔려 상처 생기지 않게, 한발짝 물러나 바라보며 가슴으로만 사랑하라. 영원한 평행선으로 쉬어 가는 간이역에 앉아 함께 숨 고르며, 손 잡으면 닿을 수 있는 그 만큼의 거리에서 바라보는 눈빛만으로, 주고 받는 속삭임만으로, 서로의 온기를 잃지 않는 딱 그 만큼의 거리에서만 사랑하라. 살갗에 닿지 않을 정도의 거리를 유지하며 서로의 온기를 나누는 모습에서 우리는 또 현명하게 관계를 유지해 가는 지혜를 배운다. 고습도치는 등과 옆구리에 털이 변형되어 생긴 1만 6천여 개의 가시로 덮여 있다. 이 가시들은 적으로부터 자기 몸을 보호하는 중요한 역할을 하지만 사랑을 나눌 때나, 장난칠 때, 새끼를 기를 때 잘못하면 상처를 주는 흉기가 될 수도 있다. 그런데 다행이도 고습도치는 이렇게 많은 가시를 가지고도 사랑을 나누고, 장난을 치고, 연약한 새끼도 건강하게 잘 길러낸다. 어떻게 하는 걸까? 그건 바로 가시와 가시 사이를 조심스럽게 잘 연결해서 서로 찔리지 않도록 하는 방법을 쓰는 것이다. 이것이 고습도치의 사랑 나눔법이다. '고습도치도 제 새끼는 예쁘다 한다'라는 속담도 있듯이, 예전에는 못 생기고 못난 동물하면 고습도치를 떠올렸다. 그런데 언제 부턴가 관심이 쏠리더니 가정에서 애완동물로 키워지면서 관찰을 통해 매력덩어리로 예쁨까지도 받고 있다. 더불어 여러 교훈과 지혜도 얻는다. 고슴도치의 사랑법이 그 중 하나다. 이상하게도 서로 가까워지기 전에는 예의를 갖추고 좋은 모습을 보이려 애쓰다 가도, 가까워지면 친해서 또는 편해서라는 핑계로 말과 행동이 가시처럼 거칠어지는 경우가 종종 있다. 그러다 보면 갈등과 다툼이 일어나고 결국 관계 또한 틀어져 소중했던 사람을 잃고 후회하는 일이 생긴다. 이 세상은 혼자 살아갈 수 없다. 두루두루 함께 가야 한다.

상유심생相由心生, 마의상법麻衣相法이라는 책에 나오는 사자성어로 그 뜻은 나의 얼굴은 마음에서 생긴다이다. 모든 건 마음먹기에 달려 있습니다. 외모는 마음에서 생겨난다는 뜻과 같이 사람은 각자의 얼굴에 세월의 흔적을 아로 새기며 살아가는 것이랍니다.

사람은 그 입의 대답으로 말미암아 기쁨을 얻나니 때에 맞는 말이 얼마나 아름다운고.

다른 사람의 이야기를 진지하게 들어주는 경청의 태도는 우리가 말하는 사람에게 나타내 보일 수 있는 최고의 찬사 가운데 하나이다.

23

사랑해를 천만 번 말해도 사랑함을 느끼게 해주는 단한번이 감동이고 미안해의 습관성 멘트보다 고마워의 따뜻한 한마디가 깊이 있고 어디 아파를 여러 번 묻는 것보다 병원가자로 당장 일어섬이 낫고 앞으로 잘 할게요 호들갑 떨어도 나한테 기대렴의 과묵함보다 못하고 바빠 나중에 전화할께의 허구적 멘트보다 미안해 퇴근하고 만나자의 확실함이 오래가고 내일 자기 뭐할거야의 애매함보다 내일 우리 기념일야의 확실함이 센스 있고 너무 보고 싶어의 식상함보다 나와 집앞이야의 상큼함이 진취적이고 이러쿵 저러쿵의 수다도 좋지만 그랬어 저랬어의 맞장구가 흥을 돋우고 역시나 명품이야의 허울보다는 당신이 명품이야의 진심이 진국이고 친구야 나야의 단답형보다 오랫만이야의 이해형이 러블리하고 어디서 뭐해의 의심보다 밥 먹고 일해의 믿음이 힘을 주고 너는 항상 그래왔어의 잔소리보다 혹시 무슨 고민 있니의 관심이 맘을 열고 니가 나한테 해준게 뭐있어의 책망보다 나에겐 니가 선물이야의 격려가 정감 있고 그리고 변한거니의 짜질함 보다 행복해라의 담대함이 더 쿨하다.

행복한 장수 비결

1. 밝게 사세요. 마음이 밝으면 병이 발을 부치지 못합니다.

2. 열 받지 마세요. 열을 자주 받으면 건강만 해칩니다.

3. 맨손체조와 걷기는 헬스클럽보다 좋습니다.

4. 느긋하게 사세요. 성질이 급한 사람은 단명합니다.

5. 고민을 하지 마세요. 고민은 병을 부릅니다.

6. 남을 미워하지 마세요. 미움은 피를 탁하게 하는 주범입니다.

7. 일찍 자고 일찍 일어나세요. 수면 부족이 노화를 앞당깁니다.

8. 흙을 자주 밟으세요. 자연이 명의입니다.

9. 과로를 삼가세요. 과로는 조용히 찾아오는 저승사자입니다.

10. 맑은 공기와 좋은 물과 소금을 섭취하세요. 이보다 확실한 장수 비결은 없습니다.

24

삶은 소풍이다! 갈 때 쉬고! 올 때 쉬고! 또 중간에 틈나는 대로 쉬고! 장자 사상의 중요한 특징은 인생을 바쁘게 살지 말라는 것이다. 하늘이 내려준 하루하루의 삶의 그 자체로서 중히 여기고 감사하며 고마운 마음으로 살아야지, 하루하루를 마치 무슨 목적을 완수하기 위한 수단인 것처럼 기계적 소모적으로 대해서는 안 된다는 것이다. 장자는 우리에게 인생에 있어서 일을 권하는 것이 아니라, 소풍을 권한 사람이다. 우리는 일하러 세상에 온 것도 아니고, 성공하려고 세상에 온 것도 아니다. 그런 것은 다 부차적이고 수단적인 것이다. 우리 모두는 과거 생에 무엇을 잘 했는지 모르지만, 하늘로부터 삶을 선물로 받은 것이다. 이 우주에는 아직 삶을 선물 받지 못한 억조창생의 대기조들이 우주의 커다란 다락방에 순번을 기다리고 있다. 그러나 최소한 우리는 이 삶을 하늘로부터 선물 받아 이렇게 지구에 와 있지 않은가! 삶을 수단시 하지 마라. 삶 자체가 목적임을 알라. 이 삶이라는 여행은 무슨 목적지가 따로 있는 것이 아니라, 그 자체가 목적인 것이다. 그러니, 그대들이여! 이 여행 자체를 즐겨라. 장자가 말한 소요유逍遙遊란 바로 이런 의미이다. 인생이란 소풍이다. 무슨 목적이 있어서 우리가 세상에 온 것이 아니다. 하느님은 우리에게 소풍을 보내면서 단지 열흘짜리 휴가증을 끊어 주신 건데, 하느님 사는 중심 우주와 우리가 사는 외각 우주가 서로 흐르는 시간대가 달라 그것이 백 년이 된 것 뿐이다. 장자가 말한 소요유에는 글자 어디를 뜯어 봐도 바쁘게 조급한 흔적은 눈곱 만큼도 찾아 볼 수 없다. 소(消)자는 소풍간다는 뜻이고! 요(遙)자는 멀리 간다는 뜻이며! 유(遊)자는 노닌다는 뜻이다. 즉 소요유는 멀리 소풍가서 노는 이야기다. 그러니 소요유를 세대로 하려면 내리 세 번을 쉬어야 한다. 갈 때 쉬고! 올 때 쉬고! 또 중간에 틈나는 대로 쉬고! 우리 여생의 종착역은 점차 가까워지고 있습니다. 우리 인생 짧습니다. 하루하루가 소중한 날들 입니다. 짐 진 자는 모두를 내려 놓으시고, 동심으로 돌아가 소풍 온 듯 쉬엄쉬엄 희희락락 후회없이 즐겁게 살아가요. 한 박자 쉬면 삶의 여유는 두 배가 된다고 했습니다. 소풍 왔다가 빈손으로 돌아가는 길이 보배로운 길이 되고 보람 있었던 모두의 길이 되시기를 간절히 바랍니다.

오늘 나의 불행은 언젠가 내가 잘못 보낸 시간의 보복이다.

늘 고마움이 생각나는 사람. 생각만 해도 기분 좋아지는 사람. 항상 그런 사람이 있어 행복합니다. 최고의 선물은 변함없는 마음입니다.

원한다고 해서 다 이루어 지는 건 아니지만 가끔은 아주 가끔은 한 번이라도 간절히 원하는 게 이루어 졌으면 좋겠습니다.

25

당신은 나이만큼 늙는 것이 아니라, 당신의 생각
만큼 늙는 것이다. 노년은 생각보다 멋지고 아름다운 인생길입니다.
어느 지인의 말처럼 30년은 멋모르고 살고, 30년은 가족을 위해 살
고, 이제 남은 시간들은 자신을 위해 살라는 말이 있죠. 삶의 여정중
에서 지금이 가장 좋은 나이라고 합니다. 세월을 살아오면서 연륜이
쌓이고 비우는 법도 배우고 너그러움과 배려도 알 수 있는 나이, 이
제 담담한 마음으로 삶의 여백을 채울 수 있는 나이가 되었죠. 감사
함을 알고 소중함을 알고 빈 마음으로 바라볼 수 있고 천국이 바로
내가 사는 이세상에 있다는 것도 알게 됩니다. 그래서 왕복표가 없는
인생, 한 번 가면 다시는 못올 인생이기에 늦게나마 나의 삶을 멋지
게 채색할 수 있는 시간입니다. 마음이 늙지 않게 젊은 사람들보다
더 다듬어 봅시다. 그것을 아는 사람은 멋있는 사람이고 멋있는 사람
은 늙지 않습니다.

인성이란 인간다운 성품 혹은 미덕의 소산이다. 이러한 인성교육
의 목표는 온전한 인간을 의미하는 전인 육성이어야 한다. 온전한 인
간이란 지성과 교양, 감성과 배려 그리고 실천력 등을 겸비한 사람으
로 탈바꿈시켜 더불어 잘 살 수 있게 하는 것이다. 특히 요즘 같은 집
단 지성 시대에는 타인과의 관계 조율에 있어 인성교육이 필수라는

생각이 든다.

누구에게나 사랑받는 8가지 사람의 유형

1, 사람들은 잘난 사람보다 따뜻한 사람은 좋아한다.

2, 멋진 사람보다 다정한 사람을 좋아한다.

3, 똑똑한 사람보다 친절한 사람을 좋아한다.

4, 훌륭한 사람보다 편안한 사람을 좋아한다.

5, 대단한 사람보다 마음을 읽어주는 사람을 좋아한다.

6, 말을 잘하는 사람보다 말을 잘 들어주는 사람을 좋아한다.

7, 겉모습이 화려한 사람보다 마음이 고운 사람을 좋아한다.

8, 모든 걸 다 갖추어 부담을 주는 사람보다 조금 부족해도 내편이
되어주는 진실한 사람을 좋아한다.

#26

　　정성은 온갖 힘을 다하려는 참되고 성실한 마음을 가르킨다고 성실은 정성스럽고 참됨을 이르는 단어입니다. 어느 부잣집 영감이 그 해 마지막 날 집안의 노비들을 다 불러 놓고 말했답니다. 내일이 정월 초하루니, 내가 내일 너희들을 다 해방시켜줄 것이니, 내일부터 너희들은 더 이상 나의 노비가 아니니라. 노비들은 아주 기뻐하며, 나눠주는 노비문서를 불태우며 환호했습니다. 그러면서 영감은 노비들에게 이렇게 말했습니다. 마지막밤이니 정성을 다해 오늘 밤새도록 새끼줄을 꼬아라 하며 짚단을 한 단씩 나누워 주었습니다. 그러자 종들의 반응은 각기 달랐습니다. 대다수의 종들은 마지막날까지 부려먹다니 영감탱이가 끝까지 지독하게 구는군 하고 투덜거리거나 불평하면서 마지못해 주어진 짚단을 빨리 없애려 굵게 새끼줄을 꼬았습니다. 그중 평소에도 성실히 일해왔던 종은 이제 이밤이 지나면 자유의 몸이되니 이 얼마나 좋은가! 그러니 오늘은 아주 정성껏 끝마무리 해드리자 라며 길고 가늘게 정성을 들여 새끼줄을 꼬았습니다. 다음날 아침, 주인 영감은 광문을 활짝 열어놓고 말했습니다. 어제밤에 너희들이 꼰 새끼줄에 여기있는 엽전을 꿸 수 있는 한 많이 꿰어서 마지막 새경으로 알고 가지고 가라고 말했습니다. 굵은 새끼줄을 꼰 하인들은 엽전구멍에 새끼줄이 들어가지 않아 간신히 몇 개만 꿰어서 갔지만, 정성스레 새끼줄을 꼰 하인은 평생 살 밑천이 될 만큼 많은 엽전을 꿰어 가지고 주인집 대문을 나설 수 있었답니다. 잘되는 사람, 성공하는 사람은 분명 뭔가 다른 것이 있습니다.

　오리가 물 위를 미끄러져 가는 것이 공짜로 미끄러져 가는 것이 아니라 물 밑에 숨겨진 물갈퀴의 움직임으로 그렇게 잘 미끄러져 가듯이, 드러나지 않아도 물밑 작업(숨은 노력)이 우리의 삶을 윤택하게 해주는 것이랍니다. 세상은 준비하고 성실히 이행하는 이들에게 많은 엽전을 꿰어줍니다. 오늘 정성껏 사는 사람은 무슨 일이든 헤쳐 나갈 수 있습니다. 그렇게 긍정적인 사람이 성공할 확률이 큽니다. 또한 긍정적인 사람은 좋은 기운으로 옆 사람에게도 좋은 영향을 미칩니다. 긍정적인 사람은 그래서 행복합니다. 인간성이 좋은 사람은 처음엔 손해를 보는 것 같지만 나중엔 결국 성공합니다. 나만 잘되길 바라면 운은 돌아섭니다. 다툼 중에서도 상속 분쟁은 큰 불운의 서막이 되는 경우가 태반입니다. 경쟁에만 치우치는 우리 현실에서 귀담아 들어야 할 이야기입니다.

　씨앗은 흙을 만나야 싹이 트고 고기는 물을 만나야 숨을 쉬고 사람은 아름다운 사람을 만나야 행복합니다.

#27

　　욕심 없는 마음으로 살아가면 삶은 그리 무겁지 않습니다. 가벼운 생각으로 살아가면 인생은 그리 고달프지 않습니다. 감사하는 자세로 살아가면 삶은 그리 힘들지 않습니다. 즐거운 시간으로 살아가면 인생은 그리 괴롭지 않습니다. 만족하는 기분으로 살아가면 삶은 그리 나쁘지 않습니다. 순리대로 받아들이며 살아가면 인생은 그리 어렵지 않습니다. 살아가는데 그리 많은 것이 필요하지 않습니다. 인생사는 거 어렵지 않습니다. 어렵게 생각할수록 더 힘든 것이 또한 인생입니다. 정답은 언제나 즐겁게 사는 것입니다. 인생은 아침 이슬과 같더라.

　　나이가 들면 저절로 알게 되는 것들 진정한 내면의 행복은 세상의 물질이 아닙니다. 서로간 같이 더불어 정으로 살아가야 합니다. 그렇게 세상사는 이야기든 노는 이야기든 담소를 나누고 오손도손 사는 사람들이 참 행복합니다.

　　꼭 권장하고 싶은 사항 5가지

1. 아이들에게 부자가 되라고 가르치지 마세요. 행복하라고 가르치세요. 그러면 그들이 자라서 사물을 가격으로 보지 않고, 가

치로 보게 될 것입니다.

2. 음식을 약처럼 먹으세요. 그렇지 않으면 약을 음식처럼 먹게됩니다.

3. 너를 진정 사랑하는 사람은 절대로 떠나지 않을 것으로, 그 이유는 99가지를 포기하게 될 이유가 있더라노 한 가시 함께할 이유를 찾아 낼 것입니다.

4. 당신은 태어날 때 사랑을 받고 태어났습니다. 당신은 생을 마감할 때도 역시 사랑 가운데서 서러운 이별의 영접을 받아야 합니다. 그 사이를 잘 관리해야 하는 것은 당신 몫이며 책임입니다.

5. 만약 빨리 걷고 싶을 땐 혼자 걸으세요. 그러나 멀리 걷고 싶을 땐, 손을 맞잡고 함께 걸어가세요.

건강할 때 사랑도 있고 행복도 있고 즐거움도 있습니다. 항상 건강하세요.

바뀐 것은 없다. 단지 내가 달라졌을 뿐이다. 내가 달라짐으로써 모든 것이 달라진 것이다.

일년지계막여수곡 백년지계막여수인(一年之計莫如樹穀 百年之計莫如樹人).

일년의 계획은 곡식을 심는 것 만한 것이 없고, 백년의 계획은 사람을 키우는 것 만한 것이 없다 라고 했으니 농사 중에 자식 농사가 가장 으뜸이라 할 수 있겠다.

주역에서는 이상적인 인간을 대인大人, 또는 군자君子라고 했다. 지혜로운 인간이 오를 수 있는 최고의 경지다. 그런데 군자와 소인에 대한 절대적인 경계나 차이가 있는 것은 아니라고 한다. 군자도 수시로 소인으로 변할 수 있고, 소인 또한 때로는 군자의 도道를 지닐 수 있다. 군자나 소인을 어떻게 구별해 낼 수 있을까? 공자는 출出, 처處, 어語, 묵默의 네 글자에서 군자의 도가 드러 난다고 했다. 인생의 문제는 마땅히 나서야 하느냐 물러서야 하느냐 또는 마땅히 말해야 하느냐 말하지 말아야 하느냐 하는 것들로 요약된다는 것이다.

영어에 understand 라는 단어가 있다. 상대방 아래에under서 봐야 stand 그 사람을 이해할 수 있다는 뜻이다. 이런 섬김의 자세는 사회생활을 하는 모든 사람, 특히 공직에 몸 담고 있는 사람들에게는 꼭 필요한 덕목이라 할 수 있다.

유리가 깨지면 쓸모가 없듯이, 사람의 마음 역시 깨어지면 관계 회복이 어렵습니다. 유리는 쉽게 깨지고 깨지면 못쓰게 되며 깨진 조각은 주위를 어지럽히고 심지어는 사람을 상하게도 합니다. 그러나 이 유리보다 더 약한 것이 바로 사람의 마음입니다. 조그마한 충격에도 유리가 깨어져 버리듯, 서운한 말 한마디에 사람들의 관계가 쉬 무너져 내리기도 합니다. 그리고 상처입은 마음은 유리 조각처럼 주위 사람들에게 상처를 전염시킬 수 있습니다. 이처럼 사람들의 관계도 유리처럼 깨진다면 또 다른 상처를 만들기에 조심해서 다루지 않으면 안됩니다. 절대 깨지지 않는 관계란 없습니다. 아름다운 관계는 사랑과 이해에 의해서 만들어지고, 부드러운 관계는 미소를 통해 만들어지며, 좋은 관계는 신뢰와 관심 그리고 배려에 의해 유지되는 것입니다. 관계는 저절로 좋아지지 않습니다. 따뜻한 관심속에 좋은 관계를 유지할 수 있도록 서로 노력해야 겠습니다.

인생팔미人生八味. 인생을 제대로 사는 사람은 인생의 맛을 안다고 합니다. 맛이 음식에서만 느껴지는 것은 아닙니다. 인생에도 맛이 있습니다. 인생의 참 맛을 아는 사람은 인생의 즐거움을 누리는 사람입니다. 인생의 8가지 맛 인생 팔미가 있습니다.

1미는 그저 배를 채우기 위해 먹는 음식이 아닌 맛을 느끼기 위해 먹는 음식의 맛이 그 것 입니다.

2미는 돈을 벌기 위해 일하는 것이 아닌 삶의 의미를 찾기 위해 일하는 직업의 맛이 그것 입니다.

3미는 남들이 노니까 노는 것이 아닌 진정으로 즐길 줄 아는 풍류의 맛이 그것 입니다.

4미는 어쩔 수 없어서 누구를 만나는 것이 아닌 만남의 기쁨을 얻기 위해 만나는 관계의 맛이 그것 입니다.

5미는 자기만을 위해 사는 인생이 아닌 봉사함으로써 행복을 느끼는 봉사의 맛이 그것입니다.

6미는 하루 하루 때우며 사는 인생이 아닌 늘 무언가를 배우며 자신이 성장해감을 느끼는 배움의 맛이 그것 입니다.

7미는 육체로만 존재하는 것이 아닌 정신과 육체의 균형을 느끼는 건강의 맛이 그것 입니다.

8미는 자신의 존재를 깨우치고 완성해 나가는 기쁨을 만끽하는 인간의 맛이 그것 입니다.

#30

서양 속담에 흐르는 시냇물에서 돌들을 치워 버리면 그 냇물은 노래를 잃어버린다는 말이 있듯이 우리의 인생에서도 역경과 고난의 돌을 모두 치워버리면, 깊은 심연에서 우러나오는 노래를 들을 수 없게 됩니다. 할렐루야를 작곡한 헨델은 건강이 매우 나빠져 병을 고치기 위해 재산을 모두 탕진하고도 돈이 모자라서 남의 돈을 빌려 썼습니다. 그러고도 건강도 찾지 못했고 돈도 갚지 못했습니다. 결국은 반신불수의 비참한 상태로 감옥에 갇히고 말았습니다. 그는 불행했고 고통스러웠지만, 불후의 명작 할렐루야를 탄생케한 곳은 바로 이 감옥이었습니다. 만약 헨델이 호화스럽고 행복한 위치에 있었다면 오늘날 전 세계적으로 널리 알려진 헨델의 할렐루야를 아마도 듣지 못했을 것입니다. 돈도 건강도 찾지 못하고 비참한 감옥에 갇혀 있으면서 얼마나 혼심의 힘을 다해 열정을 불살랐으면 할렐루야란 대작의 곡이 탄생했을까요? 할렐루야의 웅장함과 화려한 선율은 우리 내면의 환희를 끌어냅니다. 헨델 스스로도 감격해 작곡 과정에서 눈물을 흘린 적이 한 두 번이 아니었다는 이야기도 있죠. 헨델의 오라트리오 〈메시아〉의 44번째 즉 할렐루야가 시작되면 관객 모두가 기립하는 전통이 있습니다. 이는 1743년 〈메시아〉의 영국 초연 당시 국왕이었던 조지2세가 음악에 감격하여 벌떡 일어나자 관객 모두가 차례로 일어나 음악을 듣기 시작한 데에서 비롯되었다고 합니다. 우리들도 인생을 살아가면서 어떠한 고통과 역경이 온다 해도 실망하고 좌절하고 쓰러지는 자가 될 것이 아니라, 오뚜기처럼 그 역경을 딛고 당당히 일어나야 합니다.

마음에도 저울이 있습니다. 가끔씩 가리키는 무게를 체크 해 보아야 합니다.

◆ 열정이 무거워져 욕심을 가리키는지
◆ 사랑이 무거워져 집착을 가리키는지
◆ 자신감이 무거워져 자만을 가리키는지
◆ 여유로움이 무거워져 게으름을 가리키는지
◆ 자기 위안이 무거워져 변명을 가리키는지
◆ 슬픔이 무거워져 우울을 가리키는지
◆ 주관이 무거워져 독선을 가리키는지

마음이 조금 무겁다고 느낄 땐, 거울을 한 번 들여다 보세요! 마음에도 다이어트가 필요합니다. 세상을 살아가면서 사랑하는 일이 우선입니다. 인생은 잠시 스쳐 지나가는 바람이기 때문입니다. 우리는 이 세상에 잠시 소풍 온 사람들입니다. 같이 웃고 같이 슬퍼해 줄 사람이 곁에 있다는 것만으로도 기쁘고 행복한 일입니다. 인생이 아름다운건 사랑 때문입니다.

31

세계 Top Class인 오페라 가수 조수미曹秀美를
우리는 잘 알고 있습니다. 그녀의 본명은 조수경이었는데 발음이 부
자연스러워 조수미로 개명했다고 합니다. 경남 창원 동면 본포리가
고향이며 서울 선화예술고등학교를 졸업하고 그녀는 원래 피아노 신
동이었지만, 노래소리를 들어 본 주위 사람들이 노래를 시켜야 한다
고 적극 권유했다 합니다. 이미 어릴 적부터 천재성이 보여 서울대
음대 성악과에 합격했습니다. 서울대학교 재학 중 같은 학교 경영학
과 남학생과 사랑에 빠진 후 그녀는 연애를 시작하면서 조수미의 모
든 것이 달라졌고 예전의 조수미 모습을 찾아볼 수 없었다고 합니다.
이를 지켜보던 교수와 부모님은 상의 끝에 조수미의 장래를 생각해
서 서울대를 중퇴시키고 세계에서 가장 오래되고 전통있는 이태리
로마의 명문대학인 산타체칠리아 음악원으로 유학을 보내게 됩니다.
그때부터 조수미는 본격적인 재능을 펼치기 시작했고, 남자 친구로
부터 이별 통보를 받은 후 이로 인해 조수미는 그때부터 지독하게 다
짐하면서 악학원에서 5년 과정을 2년만에 졸업하는 놀라운 천재적
재능을 발휘하여 교수 전원이 감탄을 했다고 합니다. 세계 무대를 활
보하며 결혼할 기회가 여러 번 있었음에도 불구하고 세계 1인자가 되
기 위한 이런 열정이 오늘의 조수미를 만들지 않았을까 짐작케 하는
대목입니다. 세계적으로 한국을 알리며 활동하는 조수미가 대단하고

자랑스러우며 내일 모레면 회갑인데 아직도 미혼이라는 게 안타깝습니다.

지금부터 30년 전인 스물여덟 살 때 이미 세계의 정상에 올랐던 조수미의 수많은 일화 중 하나를 소개한다면 당시 영국의 가장 큰 음반 회사에서 조수미에게 레코드 음반 발매를 제의했습니다. 이런 경우 일반적인 가수들은 세계에서 가장 큰 음반 회사에서 자신의 레코드 제의가 들어오면 무조건 환영 한다면서 좋아서 수락을 했겠지만 조수미씨의 태도는 보통 가수와는 전혀 달랐습니다. 조수미씨는 레코드 회사에 조건이 하나 있다고 했습니다. 그 레코드에 우리가요 보리밭을 넣어 주셔야 한다고 했습니다. 레코드 회사 사장은 50년이나 근무 했지만 보리밭이라는 노래는 들어 본 적이 없는 생소한 제목이었습니다. 조수미 선생, 그 보리밭이라는 노래가 무슨 오페라에 나오는 아리아 입니까? 그것은 오페라에 나오는 아리아가 아니라, 내 조국 대한민국의 가곡입니다. 조수미씨의 제의를 듣고 난 레코드 사장은, 이것은 서울에서 파는 레코드가 아닙니다. 이것은 세계적 도시인 파리에서 팔고, 런던에서 팔고, 로마에서 팔고, 빈에서도 팔고, 뉴욕에서 팔리는 세계적인 레코드입니다. 거기에다 세계 사람이 아무도 모르는 보리밭을 넣어 가지고 그 레코드가 성공은 커녕 팔리기나 하겠습니까? 그러면 그만 두시지요. 조수미씨는 벌떡 일어 섰습니다. 당황한 레코드 회사 사장은 앉으세요. 꼭 원하신다면 제의 하신대로 보리밭을 넣도록 합시다. 조수미 선생 이제 만족하시겠지요? 조수미는 그냥 지나가지 않았습니다. 조건이 하나 더 있습니다. 무슨 조건이십니까? 레코드 재킷에는 보리밭이라는 제목을 대한민국 글자인 한글로 찍어 주셔야 합니다. 레코드 회사 사장은 비서실에 전화를 하는 등 한참 수선을 피우더니 지금 영국에는 한글 철자가 없다는 이유로 조수미의 제안에 난색을 표합니다. 조수미는 물러서지 않았습니다.

사장님 British Airway(영국 항공사)에 가면 한글 활자가 있다고 알렸습니다. 그래서 조수미씨의 첫 번째 레코드에 보리밭이 들어갔고 보리밭이 영어도 아니고 불어도 아니고 이태리어도 아닌 당당한 한글 보리밭으로 찍혀 있게 되었습니다. 놀라운 일이 아닐 수 없습니다. 얼마나 위대한 애국 정신입니까? 상식적으로 이런 내용의 부탁은 일국의 대통령이 레코드사를 방문해서 부탁해도 쉽게 이루어질 일이 아니라는 사실입니다. 가냘픈 한 여성 가수가 자기 조국에 대해 애착과 열정과 깊은 애국심을 갖고, 더 나아가 큰 자부심이 있기 때문에 이뤄낸 것이라고 할 수 있습니다. 감동적인 행보가 아닐 수 없습니다.

조수미씨는 88 서울 올림픽 때에 이태리에서, 파리에서, 런던에서 공연 중 바쁜 와중에도 모든 것을 제끼고 단숨에 서울로 달려 왔습니다. 조수미씨, 그녀는 조국에서 부르면 어떤 선약도 뒤로 미루고 언제든지 달려옵니다. 이런 인간성을 길러내는 것이 교육의 궁극적 목적이라 하겠습니다. 글만 가르치는 것이 능사이고 소중한 것이 아니지 않습니까? 후세들에게 본이 되는 인격을 만들어 줘야 한다는 것입니다. 그 인격을 만들어 주는 것 중에서도 가장 중요한 것이 대한민국에서 태어났다는 자부심을 갖게 하는 것입니다. 그리고 우리 민족이 위대하다는 사실을 깨닫게 해주는 대목입니다. 우리는 그 누구나 자신이 가진 재능과 능력에 따라 사회와 국가와 민족을 위해 어떠한 모습과 형태로든 충성하고 봉사할 수 있는 재능이 있고 기회가 있음을 잊지 마시기 바랍니다. 지금 이 나이에 내가 뭣이 아니 올씨다가 아닙니다. 괴테가 유명한 희곡인 파우스트를 완성한 것은 나이 80을 넘어서였고, 미캘란젤로는 로마에 있는 성 베드로 대성전의 돔을 70세가 넘어 완성했으며, 헨델과 하이든 같은 유명 작곡가들도 고희의 나이를 넘겨 불후의 명곡을 만들었다고 했습니다. 모세를 보십시오. 80세에 민족을 위해 새로운 출발을 한다며 장정 60만(실제 숫자 200

만)을 이끌고 애굽을 탈출, 가나안 복지를 향해 유대민족을 구출하는 대역사를 장식했습니다. 당시의 이정도의 나이는 지금의 100세가 넘는 노령입니다. 노년을 초라하게 보내지 않도록 여유를 가지는 마음 자세와 세상을 포용하고 용서하며 사랑할 수 있는 모습을 유지하는 모습이라면 더욱 좋겠습니다.

#32

세계적인 대문호 섹스피어가 점심식사를 하기 위해
한 식당에 들어갔습니다. 그때 홀 안에서 음식을 써빙하던 소년이 섹
스피어를 보면서 계속 싱글벙글 웃었습니다. "너는 무엇이 그렇게 좋
아서 싱글벙글 하느냐?"고 소년에게 묻자, "이 식당에서 음식 나르게
된 것이 감사해서 그렇습니다."라고 대답했습니다. "아니, 음식 나르
는 것이 뭐가 그렇게 감사하냐?"라고 되묻자, "음식을 나르므로 선생
님 같은 귀한 분을 만날 수 있게 되었지요. 이런 날이 오기를 오래 기
다렸습니다"라고 대답했답니다.

세상에는 세 종류의 사람이 있다고 합니다. 첫째, 기쁜 일이 있어
도 감사할 줄 모르는 사람, 둘째, 기쁜 일이 있을 때만 감사하는 사
람, 셋째, 역경 속에서도 여전히 감사하는 사람입니다. 세 번째가 가
장 바람직한 사람이지요. 생활하는 가운데 가만히 보면, 묻는 말에만
답하는 사람, 묻는 말에도 답도 안 하는 사람, 서로 주고받으며 교감
하는 사람 등이 있습니다. 카톡이나 문자를 보내는 사람은 시간이 남
아돌아서 보낼까요? 그렇지 않습니다. 세상에서 감사하는 마음을 나
누고 싶기 때문입니다. 가만히 생각해보면 우리에게 감사할 조건이
없는 것이 아니라, 감사할 마음이 없는 것이 아닌가라는 생각을 해
봅니다. 부모님의 은혜, 아내, 남편, 자녀, 친구, 벗들에 대한 고마움
등은 자칫 일상 속에서 지나쳐 버리기 쉽지만 늘상 감사하지 않을 수

없는 것들입니다. 그리고 그 감사는 절대로 마음속에만 담아두지 말고, 반드시 겉으로 표현되어야 합니다. 그렇게 표현될 때 비로소 서로간 기쁨과 행복을 함께 공유하게 되는 것입니다.

미국 어느 지방 신문에 다음과 같은 이야기가 기사로 났습니다. 어느 회사의 전무인 40대 남자가 혈압으로 쓰러져 그만 반신불수가 되었습니다. 병원에 입원하여 매일 실망과 좌절에 빠져, 자신의 신세타령만을 하면서, 짜증과 불평불만으로 옆에서 병수발 드는 부인조차 견딜 수가 없었습니다. 그러던 어느 날 친한 친구의 문병을 받는 자리에서 이야기를 나누었습니다. 친구의 말은 매일 신세타령이나 불평불만만 하지 말고, 도움을 준 사람을 생각하면서 감사의 조건을 찾아보라고 권면했습니다. 처음에는 감사할 일이 조금도 생각이 나지 않았습니다. 자기에게 도움을 준 사람도 별로 생각나지 않았고, 그저 짜증만 났고, 부인도 자식도 친구들도, 별 고맙지도 않았습니다. 그러나 그는 노심초사해서 지난날을 회상하는 가운데 뭉클한 생각이 떠올랐습니다. 그것은 초등학교 때 여선생님의 생각이었습니다. 그는 초등학교 때 그렇게 공부를 잘하지 못했는데도, 늘 담임 여선생이 칭찬을 잘 해주어서, 용기를 얻어 공부를 열심히 하게 되었고, 그 덕분에 중고등학교와 대학을 우등으로 졸업하고, 대기업에 취직하여 회사의 중역까지 되었다는 생각을 하니, 가슴이 뜨거워지기 시작했고, 어릴 적 그 여선생님이 그렇게 고마울 수가 없었습니다. 그는 여기저기 수소문해서, 그 여선생님이 외로이 계신다는 양로원까지 주소를 찾아, 간단한 편지를 썼습니다. 선생님, 감사합니다. 제자 윌리인데요, 지금 반신불수가 되어 병원에 있습니다. 선생님은 저의 생애에 있어서 둘도 없는 은사이십니다. 그동안 한 번도 감사의 글을 드리지 못하고, 무심했던 것을 용서해 주십시오…. (중략)

이 선생님도 정년을 마친데다 남편까지 세상을 떠나고 나서, 홀로 양로원에서 외롭게 지내고 있던 차였습니다. 어느 날 이 편지를 받게 되었고 너무 기쁘고 고마워서 곧바로 답장을 썼습니다. 사랑하는 윌리 군! 내 평생 수많은 제자를 가르쳤지만, 이처럼 고맙다고 감사 편지를 써 보낸 제자는 자네가 처음으로 이제는 늙어서 의지할 데 없는 외로운 이 노친네를, 참으로 행복하고 기쁘게 해 주었네. 내가 자네의 편지를 받고 눈물로 범벅이 된 채 읽은 것을 아나? 나는 자네 편지를 침대 밑에 놓고 매일 밤 한 번씩 읽는다네.그리고 읽을 때마다 그 편지를 어루만지며 자네에게 감사하네. 이 편지는 내게 어떤 의미를 주었는지 아는가? 내 생애 새로운 희열과 기쁨을 용솟음치게 해 주었네. 나는 자네 편지를 내 교편생활의 유일한 보람으로 알고, 내가 죽는 날 까지 간직하려 하네. 자네의 건강을 간절히 기도하면서 그대의 선생 ○○○.

　남자는 선생님의 이 답장을 읽는 순간 그만 침대에서 벌떡 일어나 앉을 수 있었습니다. 그뒤 그는 삶의 용기를 찾았습니다. 걷는 연습을 했습니다. 말하는 연습을 했고, 재활 운동에 사력을 다한 결과, 건강이 점점 좋아졌고, 다시 직장에 복직하게 되었습니다. 그뒤 부사장이 되고, 사장이 되었습니다.

　범사에 감사하라는 구절만큼 잘 알려진 말도 없습니다. 그런데 그것을 정작 행동으로 옮기려면 참으로 어렵습니다. 그 까닭은 이 구절에 범사라는 말이 전제되어 있기 때문입니다. 큰 사고를 당했거나 난치병으로 사경을 헤매봤던 사람들은, 한결 같이 하는 말이 있습니다. 그것은 무사히 살아 있다는 것. 자체가, 얼마나 감사한 일인지 모른다는 것입니다. 오늘 나의 살아 있음에 감사할 수 있는 사람은, 범사에 감사할 수 있는 기본이 닦여진 사람이기 때문입니다. 내가 겪은 실수로 생명도 잃을 수 있는, 큰 사고에서 살아 있음을 순간 잊고서 감사하는 마음을 잃은 것을 깊이 뉘우치며 반성합니다. 위의 예에서도 밝혔듯, 인간에게 제일 중요한 것은 감사하는 마음, 그리고 그런 기본적 생활 태도입니다. 까치소리, 꿩소리, 짹짹짹 참새소리, 청아한 새소리들이 새 아침을 축복해 줍니다. 오늘도 감사로 여는 행복한 하루되시길 바랍니다.

#33

세상을 살아가려면 독불장군이란 있을 수 없는 것처럼 서로서로 어울림으로 살아야 되기에 반드시 지켜야 할 4가지 필수 항목을 나열해 보면 첫 번째 신의입니다. 약속을 가벼이 여겨 식언을 하고도 아무렇지 않은 것처럼 넘기려 하는데 신의가 없으면 세상살이에 낙인이 찍혀 철저히 외면당한다는 걸 잊어서는 안 됩니다. 두 번째 예의입니다. 예의의 핵심은 상호 존중인데 거친 말을 함부로 쓰는 것은 상대를 존중하는 마음이 없기 때문이라서 존중할 가치가 없는 사람은 사귀지 말아야 하고, 서로에 대한 인격을 존중할 줄 아는 사람에겐 예를 잃지 않도록 항상 자신을 경계하여야 합니다. 세 번째 사고의 건전성으로 세상을 긍정적으로 바라보는 삶의 태도를 말하는데 자신에게 일어나는 모든 문제를 자신의 탓이 아니라 세상 탓으로 돌리려는 사람은 누구도 가까이하려 하지 않습니다. 네 번째 인정입니다. 인정은 인성의 바로미터로 사람을 사람답게 보이도록 만드는 특성을 갖고 있는데, 향기 없는 꽃은 벌 나비가 외면하듯이 인정이라는 인향이 없는 사람도 세상의 외면을 받게 마련입니다. 살아가면서 인생 4팔을 지키며 살아야 누구라도 어울리며 함께할 수 있을 것입니다. 행복으로 가는 길은 우리 마음이 바뀌지 않는 데 있는 게 아니라, 이러한 이치를 알고 그 변화에 구애받지 않는 데 있습니다. 그러니 상대가 변했다고 괴로워하거나, 상대를 고치려는 부질없는 노력을 하지 않아야하는 것입니다.

　절망 중에도 희망. 영국 런던에 사는 한 남자는 43세 때 시력을 잃게 됩니다. 엎친 데 덮친 격으로 아내와 아들까지 세상을 떠나며 인생에서 가장 힘든 나날을 보내고 있었습니다. 게다가 반대 세력에 의해 감금되어 자유도 잃었습니다. 한순간 모든 것을 잃은 그를 보곤 주위 사람들은 그가 실의에 빠져 탄식하다가 곧 죽을 것으로 생각했습니다. 그러나 그는 모든 절망을 이기고 가장 위대한 서사시라고 평가받는 불후의 명작을 저술하게 됩니다. 그는 바로 근대 인류 문화의 찬가라고도 불리는 실낙원을 쓴 존 밀턴입니다. 그는 청교도 신앙을 가진 부유한 공증인의 아들로 태어났습니다. 일찍부터 학문과 문학에 재능과 열정을 보였으며, 열여섯 살에 케임브리지 대학교에 입학했습니다. 대학을 다닐 때 귀부인이라는 별명을 얻을 만큼 용모가 뛰어났으며, 천재성을 발휘 그리스도 탄생의 아침을 썼습니다. 앞이 보이지 않는 상황에도 굴하지 않았던 그는 이렇게 말했습니다. 정말 비참한 일은 앞을 못 보게 된 것이 아니라 앞을 못 보는 환경을 이겨낼 수 없다고 말하며 주저앉는 것이다라고 절망은 삶에 대한 기대를 저버리고 체념하게 만듭니다. 무서운 점은 이 절망에 빠지면 체념하는 것에 길들여진다는 것입니다. 하지만 판도라의 상자 속 마지막에 남은 것이 희망이었던 것처럼 절망 속에도 언제나 희망이 남아 있습니다. 황폐하고 생명력을 찾아보기 힘든 겨울, 꽁꽁 언 땅 아래 봄을 기다리며 싹트길 기다리는 씨앗들이 대기하고 있음을 기억하시기 바랍니다.

　세상에는 고통으로 가득하지만 한편 그것을 이겨내는 일로도 가득차 있다.

34

세상을 이기는 최고의 지혜는 나는 모자라고 조금 못
났습니다. 내가 중고등학교 시절 TV에 자주 나오던 배삼룡이라는 코
미디언이 있었다. 그가 입은 옷차림부터 웃음이 나왔다. 헐렁한 통바
지에 낡은 넥타이로 허리를 질끈 묶고 한쪽은 삐죽이 올라와 있었다.
그는 당황하면 남의 책상 위에 있는 전화기를 들어 헛말을 지껄이기
도 하고, 문을 찾지 못해 허둥대는 모습도 보였다. 바보 같은 그 모습
에 사람들은 악의 없이 웃었다. 세월이 흐르고 어느새 그는 구시대
의 희극인으로 사라지고, 새로운 개그맨 시대가 왔다. 어느 날 그가
칠십 대 중반의 노인이 되어 병원에서 산소마스크를 끼고 있는 모습
이 나왔다. 그 무렵 한 기자가 삶의 불꽃이 꺼져가는 그와 인터뷰한
기사가 나온 걸 봤다. 늙고 병들어 있으면서도 그는 아직도 그를 찾
는 무대가 있으면 나가서 연기를 하고 싶다고 했다. 그는 기자에게
세상에서 사람들을 만날 때마다 그냥 나는 당신보다 좀 모자라고 생
긴 것도 못났습니다라는 마음으로 살아왔어요. 바보 연기의 요체가
그것이었습니다라고 했다. 이 글을 읽는 순간 섬뜩한 느낌이 들었다.
삶의 비결은 상대보다 한 계단 내려가 무릎을 꿇는 자세였다.

 칠십 년대 말 군 법무관 시험을 보고 훈련을 받기 위해 광주 보병
학교에 입소했었다. 그곳에는 두 종류의 그룹이 합류해 함께 훈련을
받았다. 한 부류는 나같이 고시에 도전하다가 실패하고 차선책으로

법무장교 시험을 보고 들어온 사람들이었다. 십 년이라는 기나긴 복무기간이 앞에 있었다. 다른 한 부류는 고시에 합격하고 짧은 군 복무를 위해 입대한 사람들이었다. 제대를 하면 전원 판사나 검사로 임관이 되고, 시간만 흐르면 앞날이 보장되는 사람들이었다. 고시에 합격하지 못한 나의 경우는 상대적으로 위축되고 잘나가는 사람들에 대한 시기심이 있었다. 그런 시기심은 실속없는 건방짐으로 표출되기도 했다. 그러나 우리 중에 독특한 겸손을 지닌 사람이 있었다. 지방대를 나온 그는 얼굴도 미남이 아니고 덩치도 작은 편이었다. 그러나 그는 누구에게나 먼저 다가가 자신을 낮추면서 공손하게 상대방의 훌륭한 점을 인정했다. 그와 같이 전방으로 발령이 나서 이웃 부대에 근무했다. 나는 건방졌다. 계급이 높은 사람을 만나도 나는 나다, 너는 누구냐라는 식으로 대해 적을 늘려갔다. 하지만 그 친구는 달랐다. 사병에게 까지 겸손하게 그리고 살 깊게 대해 줬다. 그는 항상 대하는 사람앞에서 나는 당신보다 못난 사람입니다라고 생각하는 것 같았다. 세월이 흘렀다. 동기생 중에서 그가 제일 먼저 장군이 됐다. 그 얼마 후 그의 장군 계급장에는 별 하나가 더 붙었다. 장군이 되어서도 그의 태도는 예전과 다름이 없는 것 같았다. 별판이 달린 검은 장군차를 타고 어깨에 번쩍거리는 계급장을 달고 으쓱거릴 만도 한데 그는 그러지 않았다. 실패한 동기생들을 보아도 항상 은유하고 겸손하게 대했다. 그는 군 복무를 마치고 국제형사재판관이 되었다. 세계 각국에서 유능한 판사들이 차출되어 근무하는 곳이다. 십여 년이 흐르고 그는 육십 대 중반이 되어 임기를 마치고 귀국했다. 그리고 얼마 후에 다시 그는 국제형사재판관으로 재 추천되어 유럽으로 향했다. 국제형사재판소의 재판관들이 그를 좋아해서 다시 재판관으로 모신 것 같았다. 칠십 고개에 다다른 그는 아직도 열성적으로 일을 하고 있다. 사십여 년 전 함께 군부대에서 훈련을 받던 사람들은 전부 일선에서 물러나 뒷방 늙은이가 되어 있었다. 한번 그의 입에서 나 같은 놈이 성공한 것은 내가 잘나서가 아니고 모두 주님의 덕입니다라는 소리를 들은 적이 있다. 그의 성공의 비결인 것이다. 그는 철저히 겸손했다. 위선적 겸손이 아니고, 처세의 겸손이 아니었다. 나는 그의 성공을 보면서 세상을 이기는 가장 무서운 힘이 겸손이라는 걸 뒤늦게 깨달았다. 나는 동기생인 그의 앞에 마음의 무릎을 꿇는다. 성경 속의 예수는 수건을 허리에 동여매고 대야에 물을 떠서 제자들의 먼지 묻은 발을 하나하나 씻어주고 말했다. 너희가 주님, 선생님하고 부르던 내가 너희들의 발을 씻어 주었다. 내가 너희에게 한 것 같이, 너희도 남에게 그렇게 하도록 본을 보여준 것이다. 너희가 이걸 깨달아 그대로 행하면 복을 받을 것이다. 자세를 낮추고, 무릎을 꿇으면, 보이지 않던 것이 보인다. 세상을 이기는 최고의 지혜가 겸손인 걸 나는 그땐 몰랐다.

  겸손 하라, 진실로 겸손 하라. 왜냐하면 그대는 아직 위대하지 못하기 때문이다. 진실로 겸손은 자기완성의 토대이다.

35

신의 한 수 같은 인생은 없다. 모기는 피를 빨 때 잡히고, 물고기는 미끼를 물 때 잡힌다. 인생도 이와 같다. 남의 소유를 탐낼 때 위험해진다. 몸의 근육은 운동으로 키우고, 마음의 근육은 관심으로 키운다. 체온이 떨어지면 몸이 병들 듯 냉소가 가득한 마음은 병들기 마련이다. 오래 걸으려면 좋은 신발이 필요하듯 오래 살려면 좋은 인연이 필요하다. 포장지가 아무리 화려해도 결국엔 버려지듯이, 남의 들러리로 사는 삶 결국엔 후회만 남는다. 지구와 태양의 거리가 달라지면 둘은 공존할 수 없다. 사람의 관계도 이와 같다. 최적의 거리를 유지할 때 공존한다. 바둑의 정석을 실전에서 그대로 두는 고수는 없다. 정석대로 두면 어느 한 쪽이 불리해지기 때문이다. 이처럼 인생의 정석도 불리하지 않기 위해 배운다. 죽어가는 사람은 살려도 이미 죽은 사람은 살릴 수 없다. 끝나지 않은 인연이라면 살리되 끝난 인연이라면 미련을 갖지 마라. 밥을 이기는 충견도 드물고, 돈을 이기는 충신도 드물다. 향기가 없던 몸에 향수를 뿌려주면 향기를 풍기듯 메마른 마음에 온정을 뿌려주면 사람 냄새를 풍기기 마련이다. 때문에 신의 한 수 같은 인생은 없다. 우리네 삶은 주단을 깔거나 로또 복권이 아니다. 아름다운 인생은 바로 지금부터… 언젠가 모든 것이 달라질거야!라는 말을 믿지 마라. 오늘 하늘은 맑지만 내일은 구름이 보일지고 모른다. 당신의 해가 저물면 노래를 부르기엔 너무나 늦다. 가슴 저리게 사랑하고 그 사랑을 즐겨라. 친구여, 지금 이 시각을 중요시하라!한 치의 앞도 못보는 게 인간 삶이다. 즐길 수 있을 때 즐겨라! 항상 감사하고 늘 웃어라. 좋은 사람들과 멋진 친구들을 많이 만나기 위해 많은 사람들을 사랑하고 덕을 쌓는 일에 힘쓰라!

이 세상 모든 위대한 사업의 시초는 먼저 사람의 머릿속에서 계획된 것이다. 그러므로 그대의 사상을 풍부하게 하라. 현실이란 사상의 그림자일 뿐이다. 목적이 없는 사람은 조향 장치 없이 바다 위에 떠 있는 배와 같다. 우리의 몫은 가능해 보이는 일을 그저 바라보는 것이 아니라 당장 필요한 일을 실천하는 것이다. 본다고 보이는 게 아니고 듣는다고 들리는 게 아니다. 관심을 가진 만큼 알게 되고, 아는 만큼 보이고 들리게 된다. 호기심과 관심은 모든 것의 출발점이다. 어제에 대한 미련을 버리고 오지도 않은 내일을 걱정하지 말라. 단지 오늘을 사랑하라. 우리의 삶은 오늘의 연속인 것이다. 내일 일은 내일에 염려할 것이고 오늘은 오직 오늘 할 일에 최선을 다하라.과거는 이미 지나갔고, 내일은 아직 오지 않았다. 우리에게는 오직 오늘이 있을 뿐이다. 오늘을 소중히 여기고 바르게 살아야 한다. 과거는 이미 지나갔으니 미련과 후회를 버려라.내일은 아직 오지 않았으니 내일의 일에 사로 잡히지 말라. 우리가 소유할 수 있는 날은 오늘 뿐 오늘을 사랑하고 정성을 쏟아라. 오늘 만나는 사람을 후회없이 대하라. 내일을 위한 계획은 오늘 할 일이다. 염려와 계획은 다르다. 염려는 백해무익이다. 내일을 위한 쓸데없는 염려는 단지 오늘을 망칠 뿐이다. 결론적으로 계획없는 목표는 한 낱 꿈에 불과하다. 자기가 원하는 목표를 향하여 대담하게 행동하라.안 하는 것보다는 실패가 오히려 일보전진이다.

#36

심덕승명心德勝命. 채근담에 심덕승명心德勝命이라는 말이 있습니다. 마음의 덕을 쌓으면 운명도 바꿀 수 있다 라는 고사성어입니다. 덕을 베풀지 않고서야 어찌 좋은 사람들이 나와 인연을 맺으려 할 것이며, 행운이 따라 찾아들 것이며, 복과운이 찾아 올 것인가? 자장율사에 다음과 같은 이야기가 있다. 자장은 삼국시대 신라의 대국통으로 황룡사 주지 등을 역임한 승려이다. 당에 유학하여 명성을 떨쳤고, 당 태종의 두터운 예우를 받았으나 서기 643년(선덕여왕 12)에 여왕이 자장을 보내줄 것을 요청하여 귀국한 후 분황사에 머무르며 대국통이 되어 645년(선덕여왕 14) 황룡사에 구층탑을 세운 후 관세음보살을 꼭 만나야겠다는 일념으로 백일기도를 하고 있었다. 99일째 되는 날, 얼굴이 사납게 생기고, 곰보에 한쪽 팔과 다리가 없는 사람이 거지 같은 꼴을 하고 도량에 들어와서 소리를 지르고 있었다. "자장 너 있느냐? 얼른 나와 봐라"라며 큰소리를 지른다. 이에 상좌들과 불목하니들이 말리면서 큰 스님께서는 지금 기도중이시니 내일 오십시오라며 사정을 하고 달래느라 조용하던 도량이 순식간에 야단법석 난리가 났다. 이때 기도를 마치고 자신의 방으로 가던 자장율사가 점잖게 말한다. "무슨 연유인지는 모르나 내일 다시 오시오" 하며 자신의 방으로 몸을 돌리는 순간 그 거지가 큰 소리로 웃으며 말한다. "네 이놈 자장아, 교만하고 건방진 중놈아, 네 놈이 나를 보자고 백일동안 청해 놓고 내 몰골이 이렇다고 나를 피해? 네가 이러고도 중질을 하겠다고?” 라며 큰 소리로 비웃더니 이내 파랑새가 되어 날아가 버렸다. 자장율사는 그 자리에 풀썩 주저 앉아버렸다. 나를 찾아온 보살을 외모만 보고, 자신도 모르게 젖어든 교만하고 편협한 선입견으로 사람을 평가하고, 잣대질한 자신이 너무 부끄러웠다. 이에 모든 것을 버리고 바랑 하나만 메고 스스로 구도의 길을 떠나게 되었다.

살아가다 보면 스스로의 편견과 선입견 때문에, 수호천사와 보살을 못 알아보는 어리석음을 범할 때가 있다. 이 사람에게 이런 것은 시켜도 되겠지, 이 사람은 이 정도는 이해하겠지, 이 사람은 이 정도는 서운하지 않겠지, 이 사람은 이 정도는 놀려도 되겠지, 이 사람은 이 정도는 빼앗아도 되겠지, 이 사람은 이 정도는 없어져도 모르겠지, 이 사람은 이 정도 해도 모르겠지, 세상에서 나보다 못난 사람은 없다. 나를 가장 잘 이해해주고, 인정해주고 보듬어주는 보살을, 수호천사를 이 딴 짓으로 무시해서는 안된다. 나보다 아랫사람은 없다라는 하심을 가지고 사람을 대해야 좋은 운이 찾아 드는 법이다. 그것을 덕이라고 부르고, 겸손이라고도 부른다. 얻으려고만 하지 마라. 기만하고 속이려고 하지 마라. 횡재나 요행을 바라지 마라. 하늘에 뭔가를 간구하고 갈망할 때는, 나는 이웃을 위해서, 세상을 위해서, 하늘을 위해서 무엇을 주려고 노력하였는가? 나는 누군가의 뜨거운 감동이었는가?를 먼저 생각해라. 통장속에 잔고를 쓰면 쓸수록 비어져 가지만, 덕과 운은 나누면 나눌수록, 베풀면 베풀수록 커지고 쌓여진다. 이것이 잘사는 방법이고, 도리이고, 인류애가 아닐까 생각한다. 좋은 친구는 곁에만 있어도 향기가 나고, 좋은 말 한마디에 하루가 빛이 납니다.

#37

씨앗만 제공했다고 다 내 곡식이 아니다. 오씨 와 이씨는 앞 뒷집에 사는 데다 동갑이라 어릴 때부터 네집 내집이 따로 없이 형제처럼 함께 뒹굴며 자랐다. 둘 다 비슷한 시기에 장가 를 들었지만 오씨 마누리는 가을 무 뽑듯이 아들을 쑥쑥 뽑아내는 데, 뒷집 이씨네는 아들이고 딸이고 감감 무소식이었다. 의원을 찾아 온 갖 좋다는 약을 다지어 먹었지만 백약이 무효였다. 설이 다가와 두 사람은 대목장을 보러 갔다. 오씨가 아이들 신발도 사고, 자식들이 뚫어 놓은 방문에 새로 바를 창호지 사는 걸 이씨는 부럽게 바라만 봤다. 대목장을 다 본 두 사람은 대폿집에 들러 거하게 막걸리 잔을 나누고 각자 집으로 돌아왔다. 앞집 오씨네 아들 셋은 동구 밖까지 마중나와 장보따리를 나눠 들고 집으로 들어가 떠들썩하게 각자 새 신발을 신어보고 야단법석 인데 뒷집 이씨네는 두 양주가 얼굴만 마 주 볼 뿐 적막강산이다. 제수 물품을 부엌에 냅다 던진 이씨는 방 창 호지를 손으로 찢으면서 이놈의 창문은 3년이 가도 5년이 가도 구멍 하나 안나니라고 소리치다 그만 설음에 겨워 발을 뻗치고 엉엉 울었 다. 이씨 마누라도 부엌에서 앞치마를 흠씬 적셨다.

설날은 여자들이 눈코 뜰 새 없이 바쁜 날이다. 그믐날 밤에도 한 두 시간 눈을 붙일까 말까 한데다 설날은 꼭두새벽부터 차례상 차린 다, 세배꾼들 상 차린다, 친척들 술상 봐야지 온통 정신이 없다. 설날 저녁, 주막에서는 동네 남정네들의 윷판이 벌어졌다. 이씨는 오씨를 뒷방으로 끌고 가 호젓이 단둘이서 술상을 마주했다. 내 청을 제발 뿌리치지 말게. 무슨 말인가? 자네를 위한 일이라면 살인 빼고는 무엇이든 하겠네. 이씨가 오씨의 귀에 대고 씨도둑을 소곤거리자 오씨는 화들짝 놀라 손을 저으며 말했다. 이 사람아, 하루 이틀에 나온 생각이 아닐세. 천지신명과 자네와 나, 이렇게 셋 만이 아는 일이네. 무자식으로 적막강산 명절을 보내는 내가 불쌍하지도 않은가? 이씨는 통사정을 하고 오씨는 고개를 푹 숙이고 고민을 거푸 하다가, 연거푸 동동주 석 잔을 들이켜 댔다. 설날 밤은 깊어 삼경인데 피곤에 절여 이씨 마누라는 안방에서 곯아 떨어져 곤히 잠들어 있었다. 안방문을 열고 슬며시 들어와 옷을 벗고 이씨 마누라를 껴안은 사람은 이씨가 아니라 친구 오씨였다. 확 풍기는 술냄새에 고개를 돌리고 잠에 취해 고쟁이도 안 벗은 채 이씨 마누라는 비몽사몽간에 그 일을 평상시처럼 치루고 이내 잠이 들었다. 이씨 마누라가 다시 깊은 잠 속으로 빠진 걸 보고 오씨가 슬며시 안방에서 빠져 나오자 눈물 범벅이 된 이씨가 제 방으로 들어갔다. 그리고는 몇 달이 지나 모심을 무렵 이씨 마누라는 입덧을 하더니 추수가 끝나갈 무렵 달덩이 같은 아들을 낳았다. 이씨도 이씨 마누라도 감격에 겨워 마냥 흐느껴 울었다. 그런데 요녀석이 자라면서 영리함이 너무 뛰어났다. 시샘이 난 오씨는 틈만 나면 담 너머로 이씨 아들을 물끄러미 쳐다보곤 한숨을 내 쉬었다. 오씨가 어느 날 서당방에 들렀더니 훈장은 출타하고 일곱 살 난 이씨 아들이 훈장을 대신해 학동들에게 소학을 가르치고 있었다. 학동들 사이에는 열 살, 열두 살, 열다섯 살인 이씨 세 아들들도 끼워 배우고 있었다. 어느 날 이씨와 오씨가 장에 가는데, 길에서 만난 훈장이 이씨를 보고 아들이 천재요. 내년에는 초시를 보이도록 합시다. 오씨는 이내 속이 뒤집혔다. 며칠 후 오씨가 이씨를 데리고 주막에 데려가서 벌컥벌컥 술을 들이키더니 다짜고짜 말을 했다. 내 아들 돌려주게. 단호하게 쏜 한마디가 비수처럼 이씨 가슴에 꽂혔다. 몇 날 며칠을 두고 둘은 멱살잡이를 하고 술잔을 놓고 밤새도록 말다툼을 하다가는 해결책이 없어 마침내 사또 앞까지 가게 되는 송사가 되고 말았다. 오씨는 자기 씨라는 천륜을 앞세우고, 이씨는 예전의 약조를 앞세우며 서로 한치도 물러서지 않았다. 사또도 선뜻 결정할 수가 없었다. 결국 사또가 씨도둑 장물인 이씨 아들을 데려오게 했다. 그리고 자초지종을 아들에게 다 얘기하고 나서 사또가 물었다. 네 생각은 어떠냐? 일곱 살 난 그 녀석이 하늘을 쳐다보다 이내 눈물을 훔치더니 말을 했다. 지난 봄에 모심기 할 때 앞집에서 모가 모자라, 우리 집 남는 모종을 얻어 가 심었습니다. 그런데도 가을 추수할 때 우리 집에서는 앞집에 대고 우리 모종을 심어 추수한 나락이니 내놓으라 하지 않았습니다. 아이의 말이 곧 끝나자마자 사또는 큰소리로 말했다. 재판 끝. 쾅! 쾅! 쾅, 오 씨는 듣거라, 야간 침입하여 남의 부녀자까지 간통한 자가 무슨 낯으로 얼굴을 들고서 내 자식 운운하다니 앞으로 두 번 다시 그런 헛소리를 할 땐 곤장을 각오하라. 아버지, 이제 그만 집으로 갑시다. 이씨는 아들의 손을 잡고 집으로 가는 길에 눈물이 앞을 가려 몇 번이나 걸음을 멈추곤 했다. 정말 기가 막힌 명 판결이네요. 씨앗을 제공했다고 다 내 곡식이 아니죠. 다람쥐가 땅에 감춰둔 알밤을 찾지 못해 발아된 밤나무가 다람쥐 것이 아니라 땅 주인 것이 되는 것 처럼요, 암요.

#38

양동이에 게를 한 마리만 담아 두면, 알아서 기어 올라와 빠져 나갈 수도 있습니다. 그러나 여러 마리의 게가 함께 있으면 한 마리가 나가려고 할 때 다른 녀석이 그 게를 잡고 끌어 내려서 결국 모두가 못 나가게 된다고 합니다. 이를 크랩 멘탈리티crab mentality라고 하는데, 남들이 성공하는 모습을 눈 뜨고 보지 못하고 끌어 내리려는 마음 가짐과 태도를 말합니다.

우리 속담중에 사촌이 땅을 사면 배가 아프다와 비슷한 맥락입니다. 그런데 이 크랩 멘탈리티와는 아주 판이한 감동적인 이야기도 있습니다. 2017년 12월 10일, 미국 텍사스 주 댈러스에서 열린 BMW 댈러스 마라톤 대회에서의 일입니다. 여성부 1위로 달리고 있던 뉴욕의 정신과 의사인 첸들러 셀프가 결승선을 고작 183m를 남기고 비틀거리기 시작합니다. 다리가 완전히 풀린 첸들러 셀프는 더는 뛰지 못하고 바닥에 주저 앉아 버렸습니다. 이때 그 뒤를 바짝 쫓고 있던, 2위 주자에게는 우승을 할 수 있는 다시없는 기회였습니다. 그런데 2위 주자, 17세의 고교생 아리아나 루터먼은 아무도 예상할 수 없었던 행동을 시작합니다. 첸들러 셀프를 일으켜 부축하고 함께 뛰기 시작한 것입니다. 의식을 잃을 것 같은 첸들러 셀프에게 마리아나 루터먼은 당신은 할 수 있어요. 결승선이 바로 저기 눈 앞에 있어요라고 끊임없이 부축하고 격려하며 함께 달립니다. 그리고 결승선 바로 앞에서 아라아나 루터먼은 첸들러 셀프의 등을 밀어 그녀가 우승할 수 있도록 배려합니다. 미국 국민들의 시선은 1등이 아니라 2위로 들어온 17세의 소녀 아리아나 루터먼에게 쏠렸습니다. 그리고 더 큰 환호와 찬사가 쏟아졌습니다. 이는 영원히 지구촌에서 함께 살아야만 하는 인류에게 어떤 행동을 취하는 것이 올바른 행동인지, 어떠한 행동이 우리 모두에게 바람직한 행동인지를 보여주고 깨닫게 하였습니다.

진정한 승부는, 지나친 경쟁이 아니고 오히려 상생임을 깨달을 때 비로소 경기에서 정정당당한 승부가 펼쳐집니다. 이를 위해선 승자에게는 패자의 아픔을 아우르는 미덕이, 패자에게는 패배의 쓰라림을 툴툴 털어내고 새롭게 도전하는 용기와 여유가 생기는 것이라 할 수 있겠습니다. 스포츠는 인생의 축소판이기 때문에 사람들은 스포츠를 사랑하고 열광하는 것입니다!

양보의 미덕이 빛을 본 사례로, 솔로몬 왕이 서로 자기가 낳은 자식이라며 다투는 두 여자의 분쟁을 두고 아기를 둘로 나누어 반반씩 가져라 할 때 사랑의 모정은, 친자식을 양보했습니다. 뜨거운 모정은 생명이 차마 나누어지는 잔인한 분배의 수학적 법칙을 수락할 수 없었던 것입니다. 진짜 어머니는 포기하므로 자식을 다시 찾았습니다.

인생의 많은 문제들은 아무런 양보없이 자기 것을 고집할 때 얽히게 됩니다. 만일 우리가 양보와 희생의 정신에서 산다면 인생의 많은 문제들이 얼마나 쉽게 풀러 나가게 될 것이며 살기 좋은 세상으로 밝아질거예요! 그런데 우리는 참으로 양보가 없는 사회에 살고 있습니다.

모두가 분주하게 열심히 목표를 향해 달리다 보니 양보하는 아름다운 모습을 찾기 힘듭니다. 차에 오를 때, 문을 드나들 때, 좁은 길에서 승용차들이 왕래할 때, 매표소나 창구 등에서 양보가 없으므로 말다툼, 욕지거리가 오가고 때로는 싸움이 벌어집니다. 무례하고 부도덕한 일이 빈번히 일어나고 있습니다. 서로 양보하고 섬기는 마음의 여유가 아쉽습니다.

39

어리석은 사람은 인연을 만나도 몰라보고,
보통사람은 인연인 줄 알면서도 놓치고, 현명한 사람은 스쳐도 인연
을 살려낸다.

결코 포기하지 말라. 위대한 것이든, 사소한 것이든, 커다란 것이
든, 시시한 것이든.

인생은 흘러가는 것. 저 시냇물처럼 흘러가는 것.나도 저 물처럼
흘러가리. 흐르다가 바위에 부딪치면 비켜 흐르고 조약돌 만나면 밀
려도 가고 언덕을 만나면 돌아서 가리. 마른 땅 만나면 적셔주고 가
고 목마른 자 만나면 먹여주고 가리. 갈 길이 급하다고 서둘지 않으
리. 놀기가 좋다고 머물지도 않으리. 흐름을 중지하고 고이면 썩음을
알기에 유유히 흘러가는 활동의 필요성을 알려주고, 앞섰다고 교만
하지 않고 뒤 처졌다고 절망하지 않으리. 저 건너 나무들이 유혹하더
라도 나에게 주어진 길 따라서 노래 부르며 내 길을 가리라. 이에 물
이 가야 하는 길을 일러 법을 알려준다는 한자를 파자해보면 물 수水
변에 갈 거去를 붙여 세상을 다스리는 모든 법은 물의 덕을 모태로 흘
러 가야 한다고 했습니다. 이에 물의 도道를 설해 보고져 합니다.

1. 낮은 곳을 찾아 흐르는 겸손謙遜

2. 막히면 돌아갈 줄 아는 지혜智慧

3. 구정물도 받아주는 포용력包容力

4. 어떤 그릇에나 담기는 융통성融通性

5. 바위도 뚫는 끈기와 인내忍耐

6. 장엄한 폭포처럼 투신하는 용기勇氣

7. 유유히 흘러 바다를 이루는 대의大義

8. 겉은 변해도 근본은 안 변하는 신의信義

9. 세상의 모든 부정과 더러움을 씻어내는 세정洗淨

10. 뒷물이 앞물을 추월하지 않는 질서秩序

11. 높고 낮음이 없는 수평의 평등성平等性

12. 모든 생명체에 수분이란 젖을 공급해 주는 모성애母性愛

13. 모태 회기처럼 액체에서 고체나 기체로 바뀌는 순환循環

14. 흐르지 않고 고이면 썩는 부패腐敗

우리 모두 물이 흐르는 법대로만 행하고 살아가기를 염원해 봅니다.

#40

오래전에 미국에서 있었던 일입니다. 월남전이 한창이던 시절 월남에서 부상을 당하고 돌아온 군인들을 위한 대대적인 위문 공연을 준비하고 있을 때의 일입니다. 이 프로그램의 총 책임자인 감독은 미국의 유명한 코미디언 밥 호프를 이 공연에 초대하기로 결정했습니다. 그러나 밥 호프는 너무나 바쁜 데다가 선약들이 많아서 갈 수 없다고 거절을 합니다. 거듭되는 요청에 결국 5분 정도만 공연하고 돌아오기로 약속을 했습니다. 공연 당일 5분을 약속한 밥 호프가 얘기를 시작하자마자 상이용사들은 웃기 시작했습니다. 그런데 5분이 지나도 끝낼 생각을 안하고 10분, 15분, 25분이 넘었는데도 공연을 계속했습니다. 밥 호프는 거의 40분 동안 공연을 하고 내려왔는데 그의 얼굴에는 눈물이 흐르고 있었습니다. 감독이 40분을 하게 된 경위와 눈물을 흘리는 이유에 대해 물었습니다. 저 앞줄에 있는 두 친구 때문에 그렇습니다. 감독이 나가보니 앞줄에 상이군인 두 사람이 열심히 박수를 치며 기뻐하는 모습이 보였습니다. 한 사람은 오른팔을 잃어 버렸고, 한 사람은 왼팔이 없는 상태였습니다. 오른팔을 잃어버린 사람은 왼팔을, 왼팔을 잃어버린 사람은 오른팔을 사용해서 두 사람이 함께 박수를 치고 있었던 것입니다.

그 광경을 보며 밥 호프는 이런 이야기를 남겼습니다. 저 두 사람은 나에게 진정한 기쁨이 무엇인지를 가르쳐 주었습니다. 한 팔 씩을 잃어버린 두 사람이 힘을 합하여 함께 기뻐해 주고 있는 모습을 보면서 나는 참된 기쁨을 배웠습니다. 이 자체로도 감동적인 스토리지만 저는 여기서 어떠한 일을 이루고자 하는 마음인 의지라는 키워드를 떠올렸습니다. 나에게 뭔가가 부족하더라도 서로 도와주고 협력하면 그 이상의 값어치를 만듭니다. 손이 하나 밖에 없다면 박수를 칠 수 없을거예요.하지만 다른 사람과 함께라면 나 혼자서는 할 수 없었던 박수를 칠 수 있다는 것을 두 상이용사는 다른 모든 사람들에게 협동의 메시지를 전달하고 있었던 겁니다.

삶을 살아가며 벗으로 아는 사람은 많아도 마음을 아는 벗은 얼마나 되겠는가? 주봉지기 천배소 화불투기반구다 막역한 친구와의 술은 천 잔도 부족하고 말섞기 싫은 사람의 말은 반 마디도 많다. 열매를 맺지 않는 꽃은 심지 말고 의리없는 친구는 사귀지 말라했다. 서로 술이나 음식을 함께 할 때에는 형님 동생이니 자네와 나라 하는 친구가 많으나 어려운 일을 당했을 때에 도와 줄 친구는 별로 없느니라. 길은 멀어도 찾아갈 벗이 있다면 얼마나 좋으랴? 기별없이 찾아가도 가슴을 가득 채우는 정겨움으로 맞이해 주고 이런 저런 속내를 밤새워 나눌 수 있다면 정말 행복한 인생이 아니겠는가? 부부간이라도 살다 보면 털어 놓을 수 없는 일이 있고 피 나눈 형제라도 말 못할 형편이 있는데 함께 하는 술 한 잔 만으로도 속마음이 이미 통하고 무슨 말이 더 필요하랴! 마주하면 내 심정을 아는 벗이 좋다. 좋고 성공할 때 이런 저런 친구가 많으나 힘들고 어려우면 등 돌리고 나 몰라라 하는 세상 인심인데 그래도 가슴 한점 툭 털어 내놓고 마주하며 세월이 모습을 변하게 할지라도 보고 싶은 얼굴이 되어 먼 길이지만 찾아갈 벗이라도 있으면 행복하지 않을까?

41

우리 인간이 이 세상에서 만들어 놓은 것 중에 무엇보다도 값지고 소중하며 경이로운 것은 바로 책이다. 경험은 가장 훌륭한 교사이다. 다만 수업료가 다소 비쌀 뿐이다. 책 속에는 과거의 모든 위인이 누워 있다. 오늘날의 참다운 대학은 도서관이다. 책 속에 길이 있다의 길은 바람직한 삶의 방향을 의미한다. 책 속에는 먼저 살아온 사람들의 지혜가 들어 있기 때문에 우리가 책을 읽으면 좀 더 바람직한 삶의 방향을 찾을 수 있기 때문이다. 길을 걷다가 돌을 보면 약자는 그것을 걸림돌이라고 하고 강자는 그것을 디딤돌이라고 한다. 세상을 살아가면서 우리는 하루에도 몇 번씩 삶의 돌을 만난다. 그때마다 돌을 대하는 마음 가짐에 따라 결과는 달라진다. 삶에서 오는 모든 장애를 불편으로 보는 것과, 그것을 발판으로 삼아 재기와 도약의 계기로 삼는 것과는 분명 큰 차이가 있기 때문이다. 오늘도 장애의 요소와 같은 돌들은 생활에 무수히 널려 있다. 하지만 가장 중요한 것은 깔려 있는 돌이 아니라 우리 마음의 자세이다. 나를 힘들게 했다 생각해온 모든 걸림돌을 오늘부터는 역으로 발판으로 삼아 디딤돌로 생각할 수 있다면 편안하고 행복할 수 있지 않을까? 행복은 실제 보이는 현상이 아닌 마음의 상태에서 출발하기 때문이다. 뚜렷한 목표가 있는 사람은 가장 험난한 길에 서도 앞으로 전진하고 아무런 목표가 없는 사람은 가장 순탄한 길에서도 나아가지 못한다. 우리가 해야 할 중대한 일은 멀리 있는 불확실한 일이 아니라 아주 가까이에 있는 확실한 일이다. 자기가 무슨 일을 하면서 살아야 하는지를 깨달은 사람은 커다람 복을 받은 사람이다! 그에게 굳이 다른 일을 강요하지 말라.

지금도 저는 꿈으로 살아갑니다. 비전으로 호흡하고 꿈을 양식으로 먹으며 살아갑니다. 지금도 앞으로 이루어질 찬란한 약속을 생각하면 가슴이 설렙니다. 아무리 피곤해도 꿈없이 잠든 적이 한 번도 없었고 꿈 없이 일어난 적이 한 번도 없을 정도로 꿈을 먹고 살아갑니다. 꿈이 있다는 것이 얼마나 보배로운지요. 꿈이 보배입니다. 북극성입니다. 자기 가슴에 북극성이 찍혀 있는 사람은 설령 길을 잃어도 방향을 잃지 않게 됩니다. 풍랑을 만나도 표류하지 않습니다. 가고자 하는 목표를 향해 죽을 둥 살 둥 노를 젓습니다. 꿈을 가진 사람은 꿈을 만들고 반드시 이룹니다.

꿈이 있다면 작은 일이라도 시작하라. 새로운 일을 하는 용기 속에 당신의 능력과 기적이 모두 들어 있다.

#42

　우리는 종종 미래의 가능성을 단순히 지금 내 이력으로 적은 한도내에서 판단을 하곤 합니다. 하지만 당신이 이력서가 지금 비어 있다고 해서 당신의 미래까지 비어 있는 것은 아닙니다. 모두가 찌질이라고 불렀던 제임스 카메론 그는 영화 영상 기술의 수준을 높이는데 큰 기여를 했고, 터미네이터2 심판의 날로 영화사 제작비 1억 달러를 최초로 돌파했으며, 타이타닉으로 제작비 2억 달러를 돌파, 현 할리우드 대형 예산 관행의 시초를 만든 인물입니다.

　그가 만든 블록버스터 영화들은 세계적으로 대흥행을 기록하여 현 시점 영화 감독들 가운데 총 흥행 수익 세계 2위 기록을 보유하고 있습니다. 감독은 훗날 오스카 수상대에서 이렇게 외칩니다. I'm the king of the world. 밥은 굶더라도 굶지 말아야 하는 것이 있습니다. 그것은 희망입니다. 우리는 흔히 이력서가 화려해야 성공한 인생이라고 생각합니다. 명문학교, 찬란한 학위, 화려한 경력 그러나 그런 분들은 의외로 평범하게 삽니다. 골프 선수가 학벌로 골프를 치지 않습니다. 뛰어난 상상력과 표현력이 그를 말해 줍니다. 60이 넘고 70이 넘었다고 더 이상 꿈이 없다고 말하지 마십시오. 이력서에는 결코 써넣을 수 없는 지각력, 상상력, 기발한 아이디어만 있다면 그는 무한한 잠재력이 있는 거물이 될 수도 있습니다. 자신의 잠재력을 쓰레기로 여기지만 않는다면 말입니다.

가르치고 배운다는 것은 특별한 일이 아니라 삶 그 자체입니다. 가르치고 배우는 것은 때가 있는 것이 아니라 멈추면 삶도 거기서 멈추고 나아가면 삶도 진행을 하는 것입니다. 어머니 뱃속에 있을 때나 자라며 천성을 익히는 것은 주로 부모와 어른들의 몫이나 청소년기의 학업교육과 장년, 노년기의 평생교육은 오로지 자신의 몫입니다. 흔히 뒤로 쳐진 청소년들이, 금수저니 흙수저니 주어진 환경을 탓하며 출발선의 불공정을 불평하지만 어떤 상황에서 고생으로 닦았던, 학습으로 익혔던 쌓인 실력은 각자 노력의 몫입니다. 혹자는 진행중의 불공정을 맣하나 궁국은 삶의 인과로 나타납니다. 넘지 못할 산은 없습니다. 지성이면 감천입니다란 속담이 있습니다. 청소년기 이후 평생 감동한다는 뜻으로 무슨 일이든지 정성을 다하면 아무리 어려운 일도 이룰 수 있다는 속담입니다. 청소년기 이후 평생교육은 4가지로 이루어지니 명심하고 균형을 잡아야 합니다. 지식과 기술을 연마하는 학술교육, 도덕으로 마음 교육하는 정신교육, 의례를 경우에 맞게 실행하는 예의교육, 노동의 가치를 근면하게 구현하는 근로교육, 일생을 통한 평생교육이 넷 가운데 특정한 교육에 치우쳐 균형을 잃지 않기를 바랍니다.

개천에서 용나는 시대는 옛말

우리에게는 세 개의 손이 필요합니다. 오른손, 왼손, 그리고 겸손입니다. 그래서 제3의 손이라 불립니다. 두 개의 손은 눈에 보이지만, 겸손은 보이지 않고 느낄 수만 있습니다. 겸손은 자신을 낮추고, 타인을 존중하고, 자신의 부족함을 알고, 자신보다 뛰어난 자들이 있음을 겸허하게 받아들이는 자세를 말합니다. 부자가 없는 체 하기 보다도, 식자가 모른 체 하기가 더 어렵다고 합니다. 가진 재산이야 남이 안 보이게 감출 수 있지만, 아는 것은 입이 근질근질하여 참기가 힘들기 때문입니다. 제3의 손인 겸손은 살면서 꼭 필요한 손입니다. 스스로 잘났다는 자만, 남을 무시하는 오만, 남을 깔보고 업수이 여기는 교만, 남에게 거들먹거리는 거만, 이 4만의 형제를 손 봐주고, 다스릴 수 있는 것은 바로 겸손 뿐입니다.

조선 후기 때 실학을 집대성하여 실사구시를 주장하였던 다산 정약용(1762~1836) 선생은 대인관계의 중요성을 설파하고 살면서 적을 만들지 말라고 했습니다. 원수는 외나무다리에서 만난다고 했습니다. 언제 어디서 비좁고 막다른 골목에서 마주칠지 모르기 때문입니다, 그래서 백 명의 친구보다도 한 명의 적을 만들지 말라고 하셨습니다. 그는 출중한 학식과 재능을 바탕으로 정조대왕의 총애를 받았으나, 천주교 박해사건인 신유사옥으로 전라남도 강진으로 유배 되었는데 그곳에서 독서와 저술에 힘을 기울여 그의 학문체계를 완성했습니다. 겸손은 천하를 얻고 교만은 깡통을 찬다. 겸손은 사람을 머물게 하고, 칭찬은 사람을 가깝게 하고, 넓음은 사람을 따르게 하고, 깊음은 사람을 감동케 합니다. 결론적으로 삶의 여정에서 사람은 만남을 통해서 관계를 발전시키고 꿈을 이루어 갑니다. 만남과, 선택과, 관계 형성과, 이별이 반복되는 인생의 여정에서 좋은 만남이 되고 좋은 관계를 형성하기 위해서는 좋은 사람을 만나는 것보다도, 먼저 내 자신이 좋은 사람이 되어야 합니다. 다산 정약용 선생의 대인 관계의 교훈과 실천 덕목은 남녀노소와 직업의 귀천에 관계없이 이 시대를 살아가는 현대인에게도 모두가 마음에 새겨 실천해야 할 교훈적 실천덕목이라 할 것입니다. 마음이 아름다운 자여!그대 향기에 세상이 아름다워라!

말씀 언言은 돼지 해머리와 둘, 입으로 구성되어 있다. 이는, 머리로 두 번 생각하고 입을 열어야 한다는 뜻이다. 말은 일단 입 밖으로 나오면 주워 담을 수 없다. 말과 술은 숙성기간을 거쳐야 한다. 숙성되지 않은 술은 몸도 상하게 하고 생각없이 내뱉은 말은 마음을 상하게 한다.

세상에서 선과 악이란 어떤 때는 전과후가 복잡하게 얽혀 있어 쉽게 판단할 수가 없을 때가 있다. 그냥 눈에 보이는 상태만으로 선악을 판단해서는 물론 안 되는 것이랍니다.

#44

웃음학의 아버지라고 불리우는 사람이 있습니다. 노만 카슨스입니다. 그는 미국의 유명한 토요리뷰의 편집인이었다고 합니다. 어느 날 러시아에 출장 갔다 온 후 희귀병인 강직성 척수염이라는 병에 걸린 것을 알았다고 합니다. 이 병은 류마치스 관절염의 일종으로서, 뼈와 뼈 사이에 염증이 생기는 병으로 완치율이 매우 낮은 병이라고 합니다. 그는 나이 오십에 이 병으로 죽는다고 생각하니 원통하고 분했다고 합니다. 그때 그는 서재에 있는 몬트리올 대학의 한수 셀 리가 지은 삶의 스트레스라는 책을 보게 되었습니다. 그는 책을 읽는 중에 마음의 즐거움은 양약이다라는 말에 감동을 받았다고 합니다. 그는 아하 가장 좋은 약은 마음의 즐거움에 있구나라고 생각하고 나는 오늘부터 웃어야지, 즐겁게 살아야지라고 다짐하고 계속 웃었다고 합니다. 계속 웃으니 아픈 통증이 사라지기 시작했고 어느 날부터 손가락 하나가 펴지게 되었다고 합니다. 여보, 여보 이게 웬일이에요? 당신 손가락이 펴지다니 이게 웬일이에요? 부인과 아이들은 감격해서 울었습니다. 그때부터 같이 웃으면 더 잘 펴진다는 말을 듣고 온 집안 식구들이 웃기 시작했더니, 몸이 점점 호전되어 완전히 나아버렸다고 합니다. 웃음으로 치료된 그는 너무 신기해서 하버드 대학을 찾아가고, 스텐포드 대학을 찾아가서 자신의 경험담을 얘기 했다고 합니다. 그의 말을 들은 의과대학 교수들은 처음에는 비웃었지만, 그의 끈질긴 설득으로 결국 의과대학 교수들이 웃음에 대한 연구에 착수했다고 합니다. 의사들은 연구를 하면 할수록 웃음에 대한 비밀을 알아갔고, 더구나 웃음의 치료효과, 영향력 등의 놀랄만한 사실 수백 가지를 발견하게 되었답니다. 그도 토요리뷰의 편집인을 그만두고 의과대학 교수 밑에서 보조일을 시작하여 웃음 치료에 대한 연구를 하여 의과대학을 정식으로 다닌 사람이 아닌데도 의과대학 교수가 되었다고 합니다. 그 후 노만 카슨스는 미국 UCLA 대학교에서 75세 까지 웃음과 건강연구를 위해서 일생을 바쳤습니다. 노만 카슨스는 베스트 셀러가 된 그의 저서 『질병의 해부』에서 웃음은 방탄조끼다라고 말하고 있습니다. 어떤 세균, 병균, 바이러스도 웃는 사람에게는 들어갈 수 없다는 이야기입니다.

웃음은 탁월한 신체 면역효과가 있다고 합니다. 미국 캘리포니아주 로마린다 의과대학의 리버크와 스탠리 탠 교수는 웃음과 면역체계라는 논문에서 성인 60명의 혈액을 정상상태와 1시간 동안 코미디 비디오를 본 후 각각 채취해 비교했다고 합니다. 한바탕 웃고나면 몸 안에서 감마인터페론이 2백배 이상 증가하는데 이것은 면역체계를 작동시키는 T세포를 활성화시켜 종양이나 바이러스 등을 공격하는 백혈구와 면역 글로몰린을 생성하는 B세포를 활발하게 만든다고 합니다. 외부로부터 침입할 수 있는 세균에 저항할 수 있는 최상의 몸 상태를 만들어 주었다는 것입니다. 일본의 오사카대 대학원 신경 강좌팀은 웃음은 몸이 항체인 T세포와 NK(내추럴 킬러)세포 등 각종 항체를 분비시켜 암세포를 잡아먹고 더욱 튼튼한 면역체를 갖게 되었다고 합니다. 웃음은 마음과 정서를 강하게 하는 힘이 있습니다. 한 번 크게 웃을 때마다 엔도르핀을 포함해 21가지 쾌감 호르몬이 생성된다고 합니다. 박장대소와 요절복통으로 웃으면 650개 근육, 얼굴 근육 80개, 206개의 뼈가 움직이며 에어로빅을 5분 동안 하는 것과 같아 산소공급이 2배로 증가하여 신체는 시원해지고 자신감이 생기고, 활력이 솟구치고, 늘 긍정적인 상상을 지속할 수 있었다고 합니다. 웃을 일 없어도 웃으면 웃을 일이 생깁니다. 웃을 일이 있을 때만 웃는 게 아니라, 억지로 노력해서라도 웃어야 합니다. 행복한 사람이 웃는 게 아니라 웃는 사람이 행복해집니다. 내가 웃으면 거울도 웃습니다. 일소일소 일노일노()라는 말이 있습니다. 한번 웃으면 한번 젊어지고 한번 화내면 한번 늙어진다는 말입니다. 웃어야 웃을 일이 저절로 생깁니다. 웃음은 인생을 행복하게 하는 힘이 있습니다. 이 땅에 존재하는 모든 만물 중에 사람만 웃고 살아 갑니다. 웃음은 곧 행복을 표현하는 방법이랍니다.

45

유대인의 격언에 몸의 무게는 잴 수 있어도 지
성의 무게는 잴 수가 없다고 하였습니다. 왜냐하면 체중에는 한계가
있지만 지성에는 한계가 없기 때문이지라는 말이 있습니다. 재물은
곧 잃어버릴 수도 있지만, 지식은 언제나 몸과 함께합니다. 그러므로
사람이 태어나서 죽을 때까지 배워야 합니다. 학교 교육이 끝났다고
해서 사람의 배움이 끝난 것은 아니기 때문에 요즈음은 평생교육 또
는 생애교육을 강조합니다. 그러면 누구에게서 어떻게 배워야 할까
요? 공자는 세 사람이 함께 가면 반드시 두 사람의 스승이 있기 마련
이니, 그 선한 쪽을 따라 이를 따르고, 그 악한 쪽을 골라 이를 고쳐
야 하느니라 하였습니다.

　　춘추전국시대 제나라 환공이 싸움이 끝난 뒤 돌아갈 길을 잃고, 모
두가 어찌 할 바를 모르고 있을 때 명재상 관중이 이렇게 말했답니
다. 이런 때는 나이 먹은 말의 지혜가 도움이 될 수도 있습니다라고
말을 하니 환공은 그의 말대로 늙은 말을 풀어주고 그 뒤를 따라가자
갈 길을 찾을 수 있었다는 이야기가 전해옵니다. 한비자에 나오는 일
화로 관중 같은 총명한 사람도 자신이 모르는 것을 부끄러워하지 않
고 늙은 말을 방향타로 삼아 내세웠던 것이지요. 어려서 변호사를 꿈
꿨던 청년 정주영이 16세 때 고향 통천을 떠나는 계기가 됐던 것은
당시 모 신문에서 연재한 이광수의 소설 「흙」 때문이었다고 하는데,

정주영은 이 소설을 읽기 위해 당시 해당 신문을 구독하고 있던 마을 이장 집으로 밤마다 2km 이상을 달려 다녔다고 합니다. 소년 정주영은 이 소설을 읽으며 도시생활을 꿈꿨고 주인공처럼 변호사가 되기 위해 가출했는데 실제 상경한 후 정주영은 법제통신 등 여러 법학 관련 서적을 독학한 적도 있다고 합니다. 가출 후 인천부두에서 막노동을 할 때 청년 정주영이 머물던 노동자 합숙소에는 빈대가 들끓었다고 합니다. 사실 우리나라는 50년대 말까지도 시골이나 도시를 막론하고 빈대가 많았습니다. 온종일 공사판에 나가 일을 하고 숙소로 돌아와서 잠을 자려면 빈대의 극성으로 도저히 잠을 이룰 수가 없었답니다. 궁여지책으로 큰 밥상위에 누웠더니 잠시 뜸하다가 이내 상다리를 타고 올라와 물어뜯더랍니다. 기어올라오는 빈대를 잡기 위하여 양동이 4개를 구하여 물을 가득히 담아 밥상다리를 그곳에 담가 놓고 잠을 자니, 2, 3일은 조용하다가 다시 빈대가 찾아와 물어 뜯기 시작, 이상해 불을 켜고 빈대들이 무슨 방법으로 양동이 물을 피해 올라 왔을까? 살펴보니 놀랍게도 빈대들은 방벽을 타고 천정까지 올라간 다음, 상을 겨냥해 뚝 떨어지더라는 것입니다. 그 후 그는 어떤 일에나 전심전력으로 생각하고 노력하면 뜻을 이룰 수 있다는 빈대의 지혜를 기업경영에 활용했다고 합니다.

　사람이 삶을 영위함에 있어 꼭 필요한 것은 누구에게나 부단히 배우고자 하는 겸손한 자세입니다. 그래서 불치하문이라고 했습니다. 배우려는 의지를 가질 때 나의 표상이 아닌게 없습니다. 그것이 비록 늙은 말과 같은 짐승이요, 빈대와 같은 미물이라 할지라도 말입니다. 사람이 공부를 통해 성장하고 변화한다는 것은 누구나 알고 있는 사실입니다. 하지만 언제 어떻게 공부해야 하는가에 대해서는 각각 생각이 다르다고 할 것입니다. 유치원부터 시작하는 학교공부를 통해 사람으로서의 틀이 만들어지는 것이 일반적이지만 학교를 다니지 않은 사람 중에도 위대한 업적을 남긴 사람들이 많이 있는 것을 보면 삶의 현장도 훌륭한 교육의 장이 될 수 있다는 사실을 알 수 있습니다.

#46

이젠 개천에서 용나는 시대는 옛말이 되어 버렸
고, 할아버지의 재력에, 아버지의 관심과, 어머니의 정보력의 3박자
가 갖춰져야 자식을 제대로 키울 수 있다고 한다. 헬리콥터 맘들의
사교육에다 고액 과외 경쟁으로 치맛바람을 일으키는 모습을 보면
서, 자식들이 부모들의 자기만족 도구로 전락하는 것 같아 참으로 씁
쓸하기도 하다. 오늘 날에는 핵가족시대로 가정의 모습도 변하면서,
명절 때면 부모 자식 상봉 행사가 온 나라를 번잡하게 하지만, 외려
서로 떨어져 사는 게 익숙해져서 오면 반갑고, 가면 더 반가운 것이
오늘날 우리들 가족의 실제 모습이다. 자식이기는 부모 없다라고 하
지만 근래에는 돈 앞에서 핏줄도 무너져서 돈이 피보다 더 진한 시대
가 돼 버렸다. 그리하여 내 자식이 잘 됐다고 자랑하다가, 내 자식 이
럴 줄 몰랐다고 후회하는 사람들이 많다고 한다. 부모 자식간에도 되
고, 안 되고를 분명히 구분해야 하는 시대이다. 지금의 노년세대는
안 먹고, 안 입고, 안 쓰고, 안 놀고, 모으며, 아끼는 습관이 몸에 배
인 세대이다. 그렇게 모은 재산의 대부분을 부동산으로 깔고 앉아 있
지만, 이제는 부동산에 대한 생각도 바뀌어야 한다. 집에 대한 애착
을 바꾸어서 주택연금도 살펴 모기지론으로 스스로 노후를 맞이할
때이다. 더불어 사회적으로 인정받고 자식에게 소외 당하지 않으려
면 금전관리를 철저하게 가급적 금융재산으로 바꾸어, 내가 필요할

때 쓸 수 있게 대비해야 한다. 자신의 노년은 그 어느 누구도 대신해 주지 않는다. 자신의 것을 스스로 개발하고 스스로 챙겨라. 진정으로 후회없는 노년을 보내려거든 반드시 한 두 가지의 취미생활을 가져라. 산이 좋으면 산에 올라 세상을 한 번 호령해 보고 물이 좋으면 강가에 앉아 낚시를 해라. 운동이 좋으면 어느 운동이든 땀이 나도록 하고 책을 좋아하면 열심히 책을 읽어라. 그 길이 당신의 쓸쓸한 노년을 의미있게 보낼 수 있는 중요한 비결이다.

　강물은 바다로 흘러갑니다. 강의 담수와 바다의 염수가 만나는 지점을 솔트 라인salt line이라고 합니다. 두 종류 물의 염도 차이가 심한 경우 담수와 염수가 구분되는 솔트 라인이 뚜렷하게 보이는 경우도 있습니다. 그런데 이 솔트 라인은 수시로 변화합니다. 심한 가뭄으로 강물의 양이 줄어들면 솔트 라인은 강 위쪽에 형성되지만, 비가 많이 와서 강물이 불어나는 시기에는 솔트 라인은 바다 쪽 가까운 곳에 형성이 됩니다. 로키산맥 같은 높은 산에 가보면 수목한계선을 말하는 트리 라인tree line도 있는데 위로는 너무 추워서 나무나 풀이 한 포기도 자라지 않습니다. 그런데 기온이 더 높아지게 되면 트리 라인의 경계선이 조금 위로 올라가기도 합니다. 그 선을 넘어서면 전혀 다른 상황이 됩니다. 담수였던 물은 마실 수 없는 소금물이 되고 푸른 초목이 자라던 땅은 차가운 불모지가 됩니다. 모든 것은 한계가 있습니다. 그리고 눈에 보이든 안 보이든 경계선이 분명히 존재합니다. 우리의 삶에도 그 선을 넘으면 전혀 다른 상황이 발생하는 경우가 있습니다. 우리는 그 선을 지키기 위해 매일 나에게 주어진 일을 하고, 나와 내 주변의 관계를 지키고 자신의 존재 이유와 정체성을 지키기 위해 부단히 노력합니다.

47

인류의 등불이 되어 준 석가모니, 공자, 소크라테스, 예수를 4대 성인이라고 한다. 이들 중 원 종일 아테네 거리를 돌아다니며 젊은 이들에게 무지의 지를 설하고, 저녁 한 끼를 대접받는 청빈한 삶을 살다가, 아테네 청년들을 타락시켰다는 죄목으로 독배를 마신 인물이 바로 소크라테스다. 어느 날 몇몇 제자들이 소크라테스에게 물었다. 인생이란 무엇입니까? 소크라테스는 그들을 사과나무 숲으로 데리고 갔다. 때마침 사과가 무르익는 계절이라 달콤한 과육 향기가 코를 찔렀다. 소크라테스는 제자들에게 숲 끝에서 끝까지 걸어가며 각자 가장 마음에 드는 사과를 하나씩 골라오도록 했다. 단, 다시 뒤로 돌아갈 수 없으며, 선택은 한 번 뿐이라는 조건을 붙였다. 제자들은 사과나무 숲을 걸어가면서 유심히 관찰한 끝에 가장 크고 좋다고 생각되는 열매를 하나씩 골랐다. 학생들이 모두 사과나무 숲의 끝에 도착했다. 소크라테스가 미리 와서 그들을 기다리고 있었다. 그가 웃으며 제자들에게 말했다. 모두 제일 좋은 열매를 골랐겠지? 제자들은 서로의 것을 비교하며 아무 말도 하지 않았다. 그 모습을 본 소크라테스가 다시 물었다. 왜? 자기가 고른 사과가 만족스럽지 못한가 보지? 선생님 다시 한 번만 고르게 해 주세요. 한 제자가 이렇게 부탁했다. 숲에 막 들어섰을때 정말 크고 좋은 걸 봤거든요. 그런데 더 크고 좋은 걸 찾으려고 따지 않았어요. 사과나무 숲 끝까지 왔을 때야 제가 처음 본 사과가 가장 크고 좋다는 것을 알았어요. 소크라테스가 껄껄 웃더니 단호하게 고개를 내 저으며 진지한 목소리로 말했다. 그게 바로 인생이다. 인생은 언제나 단 한 번의 선택을 해야 하는 것이거든, 그렇다. 인생에서 가정법은 없다. 오늘 지금 최선의 선택과 결정이 우리의 인생이다.

우리는 모두에게 공평하게 주어지는 하루 24시간, 1년 365일을 똑같이 부여 받았고 사람마다 각기 다르게 사용할 뿐이지 어떻게 쓰느냐에 따라 각자의 인생이 달라지는 것이다. 각자 자기에게 주어진 기회에 최선을 다 하지 못하고 흘러버린 뒤에 아까워하고 후회한다. 기회는 한 번 지나가면 영원히 다시 돌아오지 않는다. 후회해도 소용이 없다. 매 순간이 인생의 삶에서 생각해 보면 늘 최초이자 다시 찾아오지 않을 마지막 기회이다. 어제는 이미 과거속에 묻혀 버렸고 내일은 아직 오지 않은 미래요, 우리가 행동하고 사용할 수 있는 바로 오늘, 이 순간이 유일하게 내가 소유하고 사용할 수 있는 처음이요 마지막 기회임을 잊어서는 안 된다. 절대로! 절대로! 절대로! 살면서 수없이 많은 선택의 갈림길 앞에 서지만 기회는 늘 한 번 뿐이다. 우리가 알고 있다고 확신하는 앎들은 얼마나 진실할까, 어떻게 하면 그릇되고 편협한 지식에 기인한 온갖 주견들을 모두 비우고 심령이 가난한 자로 거듭날 수 있을까? 순간의 잘못된 선택으로 인한 책임은 모두 자신이 감당을 해야 한다. 중요한 것은 한번 뿐인 선택이 완벽하길 바라는 일이 아니라, 때로는 실수가 있더라도 후회하지 않고 자신의 선택을 끌어 안는 일이다. 오늘 나의 불행은 언젠가 내가 잘못 보낸 시간의 보복이니까.

#48

　　인생이란? 회자정리會者定離 만나면 헤어짐이 있고,
거자필반去者必伴 떠난 사람은 반드시 돌아온다. 생자필멸生者必滅 생명
은 반드시 언젠가는 죽고, 사필귀정事必歸正 모든 일은 반드시 바른 길
로 돌아온다. 이렇듯 우리네 인생은 자연에서 왔다가 마침내 자연으
로 귀소합니다. 그래서 삶은 무상이요, 허상이며, 바람처럼 왔다가
구름처럼 흘러 가는 것입니다. 갖고 가겠습니까? 놓고 가시렵니까?
주고 가시겠습니까? 그래도 욕심을 부리겠습니까? 인생은 번갯불 같
고, 환상 같으며, 그림자 같으며, 바람 같은 것입니다. 순간을 놓치
면, 다시 돌아오지 않으며, 기회는 항상 기다려 주지 않습니다. 떠나
간 다음에 애원하고 후회한들 무슨 소용 있겠습니까? 지삭도, 재물
도, 명예도 한 때의 호사이고 사치이며, 아프거나 병이 들며는 아무
필요가 없습니다. 이제 버겁고 힘겹게 지고 가지 마시고, 홀홀 털어
버리고 활활 날려 버리고 풀풀 놓아 버리십시요! 세상은 이해와 용서
속에 관용의 미덕이 솟고, 인생은 나눔과 베품 속에 사랑의 화음이
쌓여집니다. 먹고 싶을 때 잘 먹고, 가고 싶을 때 많이 가고, 하고 싶
을 때 그냥 하십시오. 인생은 두 번 다시 오지 않는 막다른 길이니까
요. 떳떳한 행동으로, 당당한 모습으로 자신감 넘치게 의젓한 기지
로, 사람 답게 사는 것! 더 높이 보고, 더 멀리 느끼며 더 깊이 말하
고, 더 많이 들으며 더 짙게 맡으며, 더 크게 동하고 호연지기와 진취

적 기상에 자기 자신을 멋지고 폼나게 그려 갑시다.

칭찬과 격려의 말이 인생을 변화 시킵니다. 맛있는 음식은 몸을 배부르게 하지만, 칭찬과 격려의 말은 인생을 배부르게 합니다. 사람에게 용기를 주고 힘을 북돋아 주는 말의 힘은 실로 놀랐습니다. 누구나 살아가다 보면 최고의 순간을 맞이 합니다. 그 순간은 바로 누군가에게 격려를 받을 때 입니다. 아무리 위대하고, 유명하고, 성공 했다 할지라도 누구나 찬사에 굶주려 있습니다. 격려는 영혼에 주는 산소와 같습니다. 격려 받지 못하는 사람에겐 훌륭한 일을 해내리라고 기대할 수 없습니다. 어느 누구도 칭찬 없이는 살아갈 수 없기 때문입니다.

사람들이 격려가 필요한지 어떻게 알 수 있나요? 숨 쉬고 있는지 보면 됩니다. 그렇습니다. 우리는 누구나 늘 격려가 필요합니다.

49

인연이란 참 소중한 것이죠. 사회생활 역시 인연, 즉
관계, 네트웍으로 이루어집니다. 꽃이 향기를 품으면 벌 나비가 날아
들지만 시들어 악취를 풍기면 똥파리만 꼬여 듭니다. 그러므로 사람
의 향기를 가지고 좋은 인연을 맺어야 합니다. 또한 진정한 인연과
스쳐가는 인연은 구분해서 인연을 맺어야 합니다. 진정한 인연이라
면 최선을 다해서 좋은 인연으로 맺도록 노력하고 스쳐가는 인연이
라면 스쳐 지나가게 하여야 합니다. 그것을 구분 매듭하지 못하고
만나는 모든 사람들과 헤프게 인연을 맺어 놓으면 쓸만한 인연을 만
나지 못하는 대신에 어설픈 인연만 만나게 되어 그들에 의해 긍극 내
삶이 침해되는 고통을 받게 됩니다. 하여 인연을 맺음에 있어 신중해
야 합니다. 옷깃을 한 번 스친 사람들까지 인연을 맺으려고 하는 것
은 불필요하고도 소모적인 일입니다. 옳은 사람을 만나기에도 인생
을 짧습니다. 나 역시도 옳은 사람이 되야지 끼리끼리 만나기 마련이
구요! 누군가를 판단하기 전에, 내가 판단할 만한 진솔되고 당당한
사람인지 되돌아 봐야 합니다. 수많은 사람들과 접촉하고 살아가고
있는 우리지만, 인간적인 필요에서 접촉하는 사람들은 주위 몇몇 사
람들에 불과하고 그들 만이라도 진실한 인연을 맺어 놓으면 좋은 삶
을 살아 가는데는 부족함이 없습니다. 진실은 진실된 사람에게만 투
자해야 합니다. 그래야 그것이 좋은 일로 결실을 맺는 것입니다. 아

무에게나 진실을 투자하는 건 위험한 일입니다. 그것은 상대방에게 내가 쥔 화투패를 일방적으로 보여주는 것과 다름없는 어리석음 입니다. 우리는 인연을 맺음으로써 도움을 받기도 하지만 그에 못지 않게 피해도 많이 당하는데 대부분의 피해는 진실없는 사람에게 진실을 쏟아 부은 댓가입니다.

곰은 새끼를 사람처럼 어미 젖을 먹여 키우며 사냥하는 법, 곤충의 애벌레를 찾아 채취하는 법 등을 가르친 후 2살이 넘어지면 새끼 곰이 좋아하는 산딸기 밭으로 데려가서, 새끼 곰이 신나게 산딸기를 따 먹으며 정신을 빼앗기고 있을 때 어미 곰은 뒤도 안 돌아보고 홀로 떠나 버린다. 새끼 곰이 배를 채운 다음 어미를 찾아 보지만, 이 때 어미는 이미 사라진 후로 울며 불며 헤매다가 지쳐서 딸기 밭고랑에서 잠을 자고, 주위를 맴돌며 어미를 찾아 헤매지만 며칠을 기다려도 끝내 어미가 나타나지 않자, 어린 새끼 곰은 결국 홀로 독립해서 살 길을 찾게 된다고 한다. 한편 곰은 미련한 동물로 인식되기도 하였다. 미련한 사람을 곰이라고 하고, 급히 해야 할일을 느릿느릿 할 때 곰 가재 뒤지듯이라고 하며, 둔하고 미련하여 제가 저를 해치는 짓을 할 경우 곰 창날 받듯이라는 속담을 쓴다. 또한, 일한 사람을 제쳐놓고 엉뚱한 사람이 보수를 차지할 때 재주는 곰이 넘고 돈은 되놈이 받는다라는 말을 써왔다. 위에서 보는거와 같이 따뜻함도 엄마의 사랑이지만 자식의 독립심 고취를 위해 냉정하게 떠나는 어미 마음이 얼마나 아프겠냐만, 그래도 때가 되면 새끼와의 정도 떠나 보내는 곰 식 홀로서기를 들여다 보며, 세상은 엄마가 자식을 따뜻한 가슴으로 키우는 것만이 아니라 차가운 머리로 키우라는 교사를 터득해 본다.

#50

자, 잘 웃는 사람이 되려면 어떻게 하면 좋을까요? 간단합니다. 언제든지 생각날 때마다 잘 됐다, 다행이다라는 말을 떠올리면 됩니다. 일상속에서도 무슨 일이 있을 때마다 잘 됐다, 다행이다라고 하는 겁니다. 길을 걷다가도 뭔가를 보게 될 때마다 다행이다라고 하는 겁니다. 바보 같은 소리다, 그건 무리다, 그렇게 생각하시나요. 나는 그렇지 않다고 생각합니다. 생각해 보세요. 칼이란 건 생명을 위협할 수도 있는 물건입니다. 그런데 작은 상처로 끝났다고 생각하면 그야말로 다행아닙니까? 비가 오면 이 비 덕분에 산천초목이 촉촉해지고 가뭄도 해소된다라고 생각하면 다행이겠지요. 여느 때보다 늦게 일어나 서둘게 되는 일이 있더라도 늦잠 잔 만큼 푹 쉬었다고 생각하면 다행이 아니고 뭐겠습니까? 그렇게 생각하면 매일 감사할 일들이 우리 주위에 얼마나 많습니까? 맑고 파아란 하늘에 두둥실 떠 있는 흰 구름, 지나는 길에 피어 있는 이웃집 담장의 꽃, 선생님이나 상사에게 심하게 혼났지만 그래도 혼남으로서 배운 게 있을 테니 어떤 일이든 그 나름대로 감사할 수 있습니다. 그렇게 생각하지 않고 비는 싫다, 늦잠을 자다니 끝장이다, 해가 나오면 너무 더워서 싫다, 하늘 따위 올려다 보고 싶지 않다, 꽃 같은 건 눈에 들어오지 않는다, 누군가에게 싫은 소리를 듣는 건 정말 화난다, 이런 식으로만 받아들이면 당신의 표정은 늘 굳어집니다. 표정이 굳으면 마음도 굳어지고 맙니다. 그러니까 감사해야 합니다. 어떤 일을 만나든 감사하는 마음으로 받아들이면 그때마다 표정도 부드러워 집니다. 작은 미소가 떠오릅니다. 작은 미소는 당신의 얼굴을 온화하게 만들고, 얼굴이 온화해지면 언제나 밝게 웃을 수 있게 됩니다. 이런 것을 호순환이라고 합니다. 좋은 일은 점점 더 좋은 일을 불러오게 마련입니다.

우리의 삶이란 서로 모르는 사이가 서로 알아가며 살다가 다시 모르는 사이로 돌아가는 세월 일 뿐이라고. 진리는 가장 가까운 곳에 있었는데 우린 너무 먼 데서 살았습니다.

가져다 주는 것은 하늘의 몫 다듬어 가는 것은 사람의 몫.

덕분이라는 말 속엔 사랑과 감사가 들어 있습니다.

마음이 약한 사람에게는 무엇보다도 성공하는 것이 필요하다. 이때 칭찬은 교훈이 되며 찬탄은 강장제가 된다.

#51

　　자신이 진정 원하는 것이 무엇인지 잘 모르고 사는 사람들이 많이 있습니다. 다른 사람들의 시선이나 겉치레에 신경을 쓰면서 삶의 본질을 잊고 사는 사람들도 부지기수 존재합니다. 수년 전에 학업을 마치고 떠났던 제자들이 오랜만에 노스승을 찾아와 담론 하던 때 있었던 이야기입니다. 제자들은 자신의 성공담을 소개하며 스승님에게 감사의 뜻을 전했습니다. 그리고 나서 제자들은 현재 겪고 있는 스트레스를 호소하면서 성공은 했지만 행복하지는 않다고 불평불만을 토로하였습니다. 그러자, 노스승은 일어나 커다란 주전자에 커피를 끓이고 다양한 커피잔을 내왔습니다. 크리스탈잔과 은잔도 있었지만 싸구려잔과 종이컵 등 다양한 잔들이 있었습니다. 노스승은 제자들에게 각자 잔을 선택해 직접 커피를 따르라고 말했습니다. 제자들은 아름답고 값비싼 잔을 차지하려고 한참 부산을 떨었습니다. 제자들이 각자 커피잔을 가지고 자리에 앉자, 노스승님은 이렇게 말했습니다. 너희들이 진정으로 원하는 것은 커피가 아니더냐? 그런데 커피잔에 너무 올인하면서 살고 있는 것은 아닌지 한번 돌아보아라. 커피잔과 상관없이 커피는 똑 같았습니다. 재산이나 사회적 지위, 겉치레 등이 커피잔이라면 우리들의 삶 자체는 커피와 같은 것이라고 스승님은 말씀 하셨습니다.

　　우리가 진짜로 원하는 것은 좋은 커피인데, 구태여 비싼잔에 커피를 마시려고 안달하는 이유가 무엇인가? 커피잔을 무시하고 커피를 즐겨라. 마크 트웨인Mark Twain의 미시시피 강의 추억이라는 소설에 나오는 내용입니다. 어느 부자가 미시시피 강에 기선을 띄우기 위해 배를 만들게 하였습니다. 돈을 많이 들여 아주 훌륭한 배를 만들었습니다. 특히 뱃고동에 많은 신경을 썼습니다. 그래서 배가 고동을 울릴 때면 수마일 밖에서도 사람들이 몰려왔습니다. 그런데 이상하게도 뱃고동을 울릴 때마다 배의 엔진이 정지되어 배가 서는 것이었습니다. 그래서 선장이 기관장에게 이유를 묻자 뱃고동이 울릴 때마다 배의 모든 에너지가 기적을 울리는 데 쓰여지기 때문입니다.

결국 이 배는 배의 순기능보다 겉치레에 신경을 쓴 나머지 온전한 배의 역할을 감당하지 못하게 되었다는 것입니다. 우리는 지금 성공한 사람이 되기 위해 헛된 무언가에 얽매여 살아가고 있는 것은 아닌지? 그리고, 우리가 진정 원하는 것은 좋은 커피인데, 굳이 비싼 커피잔만을 구해 마시려고 번민하고 있는 것은 아닌지? 흔히 속물이라여겨진 사람들은 물질적 외면적 가치만을 신봉히여 겉치레에 목을 매는 특징이 강합니다. 속이 빈 내면을 숨기려거나, 공허감을 달래기위해서 겉포장에 더 신경을 쓰게 되는 이유입니다. 이제 관조의 시선으로 우리 주변을 돌아 보아야 하겠습니다. 그리고 나서 겉치레에 불과한 커피잔을 무시하고 커피 자체의 맛과 향을 음미하는 소중하고 귀한 삶을 영위 하시기를 소망해봅니다.

#52

제2차 세계대전이 끝난 후 영국에서 하느님이 없다
는 것을 증명하는 회의가 있었다. 이를 증명하기 위하여 천문학 박사
와 의학 박사 두 사람이 강연을 하였다. 먼저 천문학 박사가 강연을
시작했다. 얼마전에 저는 최신형 망원경을 갖게 되었는데, 이 망원경
은 현재 우리가 발견한 가장 멀리 있는 별도 볼 수 있는 고성능 망원
경입니다. 그런데 이 망원경으로 아무리 천체를 살펴도 하느님이 보
이지 않았습니다. 정말로 하느님이 계시다면 하느님의 옷깃이라도
보여야 되는데 전혀 보이지 않았습니다. 저는 그래서 하느님이 없다
는 것을 확신합니다. 그러자 많은 청중이 환호하며 박수를 쳤다. 맞
아, 맞아. 하느님은 없는 게 틀림없어. 두 번째 강연자는 의학 박사였
다. 그는 이렇게 주장했다. 나는 평생을 의학을 연구하며 살았습니
다. 그런데 기독교인들은 사람에게는 영혼이 있다고 주장하는데 나
는 도무지 그것을 이해할 수 없습니다. 나는 그동안 수많은 사람을
수술했으며 시신을 부검해 본적도 한 두 번이 아닙니다. 그러나 한
번도 영혼을 본적이 없습니다. 도대체 영혼이 어디에 있다는 것입니
까? 살 속에 있습니까? 뼛속에 있습니까? 아니면 핏속에 있습니까?
역시 그렇군. 기독교인들이나 성경은 다 거짓이야. 도대체 영혼이 어
디에 있단 말이야? 수많은 청중이 큰소리로 환호하며 고개를 끄덕였
다. 강연이 끝나고 사회자가 청중을 향해 질문을 하라고 했으나 모두

들 잠자코 있었다. 사회자는 그러면 이것으로 하느님이 없다는 것이 증명 되었으므로 회의를 마칩니다하고 말했다. 그때 맨 앞에 앉아있던 할머니가 제가 할말이 있습니다. 라고 하더니 연단 위로 올라갔다. 할머니는 먼저 천문학 박사께 질문을 했다. 박사님. 박사님이 갖고 계신 그 망원경은 아주 고성능 망원경이죠? 예. 무엇이든 잘 보이지요. 예, 그렇다면 바람도 보입니까? 바람이 보이냐고 물었습니다. 바람은 보이지 않습니다. 그러면 바람이 없습니까? 있습니다. 어떻게 있습니까? 보이지도 않는데. 하느님이 보이지 않는다고 해서 없다고 하는 것은 옳은 말입니까? 또 바람도 볼 수 없는 망원경을 갖고 하느님을 볼 수 있습니까? 천문학 박사는 아무말도 할 수가 없었다. 곧이어 할머니는 의학박사를 향해 질문을 던졌다. 박사님은 아내가 있습니까? 예. 자녀도 있습니까? 예. 그러면 박사님은 아내와 자녀들을 사랑하십니까? 예. 저는 제 아내와 자식들을 무척 사람하고 있습니다. 그래요? 그렇다면 칼을 가져오세요. 내가 박사님을 해부해서 아내와 자식을 사랑하는 그 사랑이 어디에 들어 있는지 확인해 봐야 겠습니다. 도대체 그 사랑이 살 속에 들어 있습니까? 아니면 뼛속에 들어 있습니까? 아니면 핏속에 들어 있습니까? 그는 아무 말도 할 수가 없었다. 하느님이 없다는 것을 증명하기 위해 모였던 이 회의는 한 할머니의 급소를 찌르는 송곳 같은 질문으로 말미암아 하느님이 살아 계시다는 것을 증명하는 회의가 되고 말았습니다.

#53

　주인의식이란 어떤 일이나 단체에 대응하여 주체로서 책임감을 가지고, 이끌어 가야 한다는 의식을 말합니다. 흔히 사람은 많은 데 쓸 만한 사람이 없다 라고 합니다. 막상 어떤 일을 맡기려고 할 때 주인의식을 갖고 자기 일처럼 일하는 믿을 만한 사람이 마땅치 않을 때 사용하는 말입니다. 주인 의식을 가진 사람은 한 순간의 마음이나 말처럼 단번에 평가되지는 않습니다. 어떤 사람이 자신이 원하는 것을 얻기 위해 자신의 마음을 절제하는 모습을 일정 기간 동안 보일 수는 있지만, 이것도 결국 상황이 바뀌거나 불리한 형편이 되면 본성이 드러납니다. 자리가 사람을 만들 수 있다고 하는데 이것은 인간이 모든 것의 중심이 된다는 사상의 관점에서 입니다. 자리가 사람을 만드는 것이 아니라 이미 자리에 합당한 마음과 태도로 자기 일처럼 직무하는 삶이 중요합니다. 주인 의식을 가지고 사는 사람과 주인 노릇을 하며 사는 사람은 분명히 다릅니다. 주인의 마음을 깨달아 뜻에 합당하게 사는 것이 주인 의식을 가진 삶이고, 주인처럼 대우받고 행세하며 사는 것은 주인 노릇을 하는 삶입니다. 나는 어느 곳에서 일을 해야 할 때 과연 주인 의식으로 일하려는 사람입니까? 노동자로만 일하려는 사람입니까? 또한 주인은 힘든 일을 즐겁게 하고 인부는 즐거운 일을 힘들게 하는 사람이랍니다. 아셨나요?

사람들은 곤경에 처할 때만 이 상황만 극복되면 열심히 살겠다고 다짐하지만 그 일이 해결되고 나면 이내 어려웠던 상황을 잊어버리고 작심삼일로 예전의 어리석음을 반복하는 경우가 허다합니다. 지금해야 할 일을 다음으로 미루는 누적지수를 환산해 보면 아마도 우리 인생의 절반이 되고도 남지 않을까 싶습니다. 우리 인생에서 똑같은 고통을 두번 세번 반복해 겪는 것은 자기 자신을 다스리지 못하는 나약한 의지 때문일 것입니다. 원효대사는 중생의 병중에서 가장 무서운 것이 오늘 할 일을 내일로 미루는 습관이라고 했습니다. 오늘 무언가 미루는 것이 있다면 언젠가 이루고 싶은 것, 이뤄야 할 것이 있다는 말일 테니 그 마음을 응원합니다.

이슬은 풀잎을 만나 영롱하게 빛나고 바람은 갈대를 만나 소리를 냅니다.

지금 삶에 재미가 없는 것은 내가 지금 내 삶에 집중하지 않았기 때문입니다.

여자는 자기를 사랑해 주는 사람을 위해 목숨을 바치며, 남자는 자기를 알아주는 사람을 위해 목숨을 바친다.

54

죽기 전 가장 많이 한 후회. 호주의 한 여성이 우수한 성적으로 대학교를 졸업한 후에 누구나 취업하고 싶어하는 좋은 은행에 취업하게 되었습니다. 처음에는 평생 먹고 살 걱정이 없는 좋은 직장에서 엘리트의 길을 걷고 있는 자신이 대견하고 자랑스러웠지만 매일 반복되는 똑 같은 일을 하면서 한평생을 보내야 한다고 생각을 하니까 인생이 너무 심심하고 재미가 없고, 무의미하다는 생각이 걷잡을 수 없이 밀려 들었습니다. 고민한 끝에 그녀는 직장을 그만두고 새로운 꿈을 찾기 위해서 영국으로 여행을 떠났습니다. 영국 여러 곳을 여행하다가 가지고 간 돈이 바닥나자 그녀는 생활비와 여행경비를 벌기 위해 일을 처음으로 시작한 일이 노인전문요양병원에서 병 간호를 하는 일이었습니다. 그렇게 여행을 마치고 다시 호주에 돌아온 그녀는 음악에 관심을 갖고서 작곡 공부를 시작했습니다. 그러면서도 영국 여행 중의 경험을 토대로 틈틈이 노인 돌보는 일을 계속했습니다. 상냥하고 붙임성이 좋았던 그녀는 사람을 편하게 해주는 재능이 있었습니다. 그런 그녀에게 자신의 삶이 얼마 남지 않은 것을 알고 있는 노인들이 평생 사는 동안 후회되는 일들을 묻기도 전에 모두 줄줄이 얘기했습니다. 그녀는 많은 노인들이 들려준 가장 후회되는 일들을 노트에 일일이 적어서 정리를 하다가 문득 똑 같은 얘기들이 주로 반복된다는 것을 깨닫게 되었습니다. 몇 년 후 그녀는 노인들에게 들은 이야기를 요약해서 그 중에서 가장 많이 반복된 다섯가지 후회와 그에 얽힌 에피소드를 책으로 썼습니다. 그 책은 얼마 지나지 않아서 베스트 셀러가 되었습니다. 죽기 전 사람들이 가장 많이 하는 후회 그 다섯 가지를 소개합니다.

 *첫째. 난 내 자신에게 정직하지 못했다. 내가 살고 싶은 삶을 사는 대신 내 주위 사람들에게 보여주기 위한 삶을 살았다.

 *둘째. 일에 너무 많은 시간을 써버렸다. 가족과 시간을 더 많이 보냈어야 했다. 어느 날 돌아보니까 애들은 이미 다 커 버렸고, 배우자와 관계는 서먹해져 있었다. 다시 살 수 없는 것이므로 이 일만 끝내고, 저 일만 끝내고, 그렇게 미루어서는 안 되는 것이었다.

 *셋째. 내 감정을 주위에 솔직하게 표현하며 살지 못했다. 내 속을 터놓을 용기가 없어서 순간 순간의 감정을 꾹꾹 누르며 살다가 미칠 지경에 까지 이르기도 했다. 더욱 중요한 것은 사랑한다고 말했어야 할 사람에게 사랑한다고 말하지 못했고, 용서를 구해야 할 사람에게 용서를 빌지 못했다.

 *넷째. 친구들과 연락하며 살았어야 했다. 다들 죽기 전 얘기 했다고 합니다. 그 친구 xxx를 꼭 한 번 봤으면.

 *다섯째. 행복은 결국 내 선택이었었다. 훨씬 더 행복한 삶을 살 수 있었는데 추락을 두려워해서 변화를 선택하지 못했고, 튀면 안된다고 생각을 해서 남들과 똑 같은 일상을 반복했다.

더욱 놀라운 사실은 이것 이었습니다. 우리 살아서 가장 부러워하고 많이 하는 말들인 돈을 원없이 쓸 정도로 더 많이 벌었어야 했는데, 궁궐 같은 집에서 한 번 쯤은 살았었으면, 고급차를 한 번도 못 타봤네. 애들은 더 잘 키웠어야 했는데. 이런 것들을 말한 사람은 아무도 없었다는 것이었습니다. 삶은 당신의 선택이다. 지혜롭고 진실하게 선택하라. 그리고 무엇보다 행복이 가장 중요하다고 말했습니다.

55

중국 춘추전국시대에 진입부陳立夫라는 95세
의 노인이 있었는데 눈귀가 밝고 생각이 민첩하였다. 하여 뭇사람
들이 건강 장수의 비결이 무엇이냐고 물었더니 이렇게 답하였다. 양
신재동養身在動 양심재정養心在靜 신체를 단련하는 것은 움직임에 있고
마음을 닦는 데는 고요함에 있다. 약보불여식보藥補不如食補 식보불여
단련食補不如鍛鍊 생명재어운동生命在於運動 보약으로 몸을 보하는 것은,
음식으로 몸을 보하는 것만 못하고 음식으로 몸을 보하는 것은, 운동
으로 몸을 단련하는 것만 못하다. 움직이는 생명은 운동으로 제어되
는 것이 제일이다. 즉 몸의 움직임이 최선이라는 말이다. 몸을 움직
이는 것을 활동이라 하는데 활活은 동動을 필요로 한다는 의미이다.
동動 속에는 생명력生命力이 살아있다. 그래서 동動을 운용하는 것을
운동이라고 하는 것이다. 즉, 인간의 건강한 수명은 운동에 있다는
심오한 뜻으로 소식다동小食多動과 맥을 같이 한다. 건강은 건강할 때
지키라는 말이 있지 않나? 지금 괜찮으니 앞으로의 건강도 괜찮겠지
하는 생각에 동動을 게을리 하면 반드시 건강에 문제가 발생할 수 있
다. 겨울철이 되면 점점 더 몸은 움츠려 들 수 밖에 없다. 따라서 동
動을 게을리 하게 되고 덩달아 우리 신체도 둔화되기 십상이다. 마음
을 닦는 데는 심신을 고요히 하여 수양이 필요하지만, 신체를 단련하
는 데는 다동이 최상이다. 춥고, 피곤하고, 귀찮다고 하여 활동을 멈

출 것이 아니라, 꾸준히 운동하여 생명력 있고 활기 넘치는 건강한 신체를 유지하도록 노력하지 않으면 편안함에 안주하는 그 몸이 우리를 주저 앉힐 것이다. 나이 들수록 건강이 재산이다.

개 한 마리를 훔치면 불인不仁이라고 한다. 그런데도 한 나라를 훔치고도 이를 의義라고 한다.

인생에서 좋은 친구가 가장 큰 보배다. 믈이 맑으면 달이 와서 쉬고 나무를 심으면 새가 날아와 둥지를 튼다. 스스로 하늘 냄새를 지닌 사람은 그런 친구를 만날 것이다.

우리는 이미 오늘 하루 행복할 조건을 충분히 갖추고 있다. 그러나 우리 안과 바깥 주변에 있는 행복의 조건들과 자신이 이어지게 해달라고 기도해야 한다.

겉모습의 나이는 세월이 정하지만 마음속의 나이는 내 자신이 정한다.

56

태양이 지면 그때가 저녁입니다. 결정은 태양이 하듯 인생도 그때를 스스로 정하지 못합니다. 돈은 가치를 묻지 않고 오직 주인의 뜻에 따를 뿐입니다. 몸이 지치면 짐이 무겁고, 마음이 지치면 삶이 무겁습니다. 각질은 벗길수록 늘어나고 욕심은 채울수록 커집니다. 댐은 수문을 열어야 물이 흐르고 사람은 마음을 열어야 정이 흐릅니다. 몸은 하나의 심장으로 살지만 마음은 두 심장인 양심으로 삽니다. 친구라서 이래도 되고, 저래도 되는 것이 아니라, 친구라서 이래선 안되고 저래선 안 된다는 것을 명심해야 합니다. 때론 침묵이 말보다 값진 것이 되기도 합니다. 함부로 내뱉은 말은 상대방을 공격하게 되고 다시 나를 공격하게 만드는 원인이 됩니다. 나이가 들면 어느 순간 젊은 날이 그리워지고, 시간을 되돌리고 싶어집니다. 그러나 조금만 생각을 바꾸면 나이를 먹는 동안 소중한 경험을 통해서 연륜과 지혜가 생깁니다. 사람은 늙어가는 것이 아니라 오늘도 덕스럽게 익어가는 것이어야 합니다. 인간이라면 세월의 흐름에 따라 늙어가는 것을 막을 수 없습니다. 그러나 나이 들어 주름진 연륜속에서 더 좋은 지혜를 얻을 수 있습니다. 사람의 용모에도 나이의 그늘이 집니다. 나이테라고 하는 주름살은 인생의 계급장이요, 고생의 온도계입니다. 삶의 얼룩에서 묻어나는 경험적 지혜는 오랜 세월을 통해 얻을 수 있는 진리라고 봐야 하며, 몸소 겪고 치르면서 깨달은 지혜는 삶을 살아가는 이정표가 되는 것입니다.

덕분德分이라는 단어가 있습니다. 국어사전에는 베풀어준 은혜나 도움으로 풀이되며 덕택德澤과 같은 말이기도 합니다. 우리의 실생활 속에서 덕분이나 덕은 도덕적 윤리적 이상을 실현해 나가는 인격적 능력 또는 공정하고 남을 넓게 이해하고 받아들이는 마음이나 행동을 일컫는 말입니다. 덕분을 줄여 쓰는 말이기도 합니다. 자네 덕에 일이 잘 되었네.누나 덕분에 내가 호강한다 꼴로 사용합니다. 덕분의 반대 뜻을 가진 단어로는 탓이라는 단어가 있는데 부정적인 상황에 주로 사용합니다. 탓은 주로 부정직인 현상이 생겨난 까닭이나 원인 또는 구실이나 핑계로 삼아 원망하거나 나무라는 일을 의미하는 말입니다. 남의 탓으로 돌리다. 안되면 조상 탓만 한다. 처럼 쓸 수 있습니다. 덕분이라는 마음으로 세상을 바라보면 내 주변에 좋은 일이 가득하게 만들어 지지만, 탓이라는 생각으로 세상을 바라보면 불행이 그림자처럼 따라 붙습니다. 말이 씨가 된다 라는 우리 속담처럼 자신이 말한대로 생각하게 되고, 행동하게 됩니다. 그 중에서도 덕분에 이 단어는 상대방의 수고와 배려를 인정해주는 말이기 때문에 더 기분이 좋아지는 이유이기도 합니다. 이제 부터라도 탓이라는 부정의 말보다는 덕분 이라는 감사와 긍정의 말로 마음먹기를 변화시켜 보세요.

#57

합천 해인사에 가면 기둥에 연이어 걸어 놓은
글판에 이런 좋은 글이 있다. 원각도량하처圓覺道量何處라는 글이다.
깨달음의 도량 즉 행복한 세상은 어디인가 라는 뜻이다. 그 질문에
대한 답은 맞은편 기둥에 새겨져 있다. 현금생사즉시現今生死卽時 당신
의 생사가 있고 당신이 발 딛고 있는 지금 이곳이다. 지금 살고 있는
이 순간, 이곳에 충실하라는 뜻이다. 삶의 모든 순간은, 첫 순간이면
서 마지막 순간이고 유일한 순간이다. 지금 이 순간은 영원할 수도
있지만, 마지막이 될 수도 있는 순간이다. 평생 일만하고 사는 바보
들이 놓치고 사는 것이 지금이다. 매 순간을 생애의 마지막인 것처럼
살아라. 과거에 연연하지 말고, 내일 일을 오늘 걱정하지 마라. 어제
의 비로 오늘의 옷을 적시지 말고, 내일의 비를 위해 오늘의 우산을
펴지마라. 오늘 지금에, 그리고 내가 있는 이 곳에서 충실하고 최선
을 다 하는 삶이 무엇보다 중요합니다. 인생에서 뭣보다 중요한 것은
지금과 여기입니다. 지금 현재 후회없는 삶을 살 마음 가짐이 아름다
우면 세상이 아름답습니다.

부주의한 말 한마디가 싸움의 불씨가 되고, 잔인한 말 한마디가 삶
을 파괴합니다. 쓰디쓴 말 한마디가 증오의 씨를 뿌리고, 무례한 말
한마디가 사랑의 불을 끕니다. 인자한 말 한마디가 길을 평탄케 하

고, 칭찬의 말 한마디가 하루를 즐겁게 합니다. 유쾌한 말 한마디가 긴장을 풀어주고, 사랑의 말 한마디가 삶의 용기를 줍니다. 함부로 뱉는 말은 비수가 되지만, 슬기로운 사랑의 칭찬은 남의 아픔까지도 낫게 합니다. 칭찬의 말 한마디가 사람의 인생을 바꾸어 놓기도 합니다. 기왕에 하는 말, 긍정과 기쁨의 말로 하루를 열어 가세요.

교육은 유산이 아니다. 취득이다. 교육은 그대의 머릿속에 씨앗을 심어주는 것이 아니라 그대의 씨앗들이 자라나게 해주는 것이다.

행복이란 조금은 모자라도 감사하고 조금은 부족해도 만족하는 것. 조금은 불편한 삶이라도 즐거워하고 조금은 마음에 들지 않는 삶이라도 행복해 하는 것. 그 조그만 행복이 모이고 모여 큰 행복이 되는 것.

58

행복은 주관적이다. 객관적이고 절대적인 행복은 없다. 어마어마한 부자도 불행하다고 느낄 수 있고, 빌어 먹는 처지나 노숙인도 행복하다고 느낄 수 있다. 행복은 지금 자신이 처한 상황에 만족감을 느껴야 경험할 수 있는 감정이다. 행복하지 않다면 지금 내 상황에 만족하지 못하다는 것이다. 나는 왜 만족하지 못하는 걸까? 만족하지 못하는 사람들의 특징은 당위적 사고가 많은 것이다. 당위적 사고란 나는 당연히 그래야 한다라고 생각하는 것이다. 매사 have to(~해야 한다)로만 사고하는 방식이다. 열심히 공부한 결과 100점을 받는다면 행복한 일이지만, 그렇지 않더라도 최선을 다한 결과이기에 만족할 줄 알아야 하는데, 이런 사람은 그렇게 받아들이지 못한다. 100점을 받아야만 하고, 100점을 받는게 당연한 일이기 때문이다. 따라서 100점을 받아도 기쁘거나 그다지 행복하지 않다. 당연한 결과가 나왔는데, 뭐가 기쁘고 행복하냐는 투다. 겨우 안도감 정도로 느낄 뿐이다. 나도 마찬가지다. 당위적 사고를 하는 스타일이다. 원하는 대학에 합격했을 때나 바라던 회사에 취직했을 때도 행복한 감정은 잠시 뿐, 당연한 결과라는 생각에 이내 평상심으로 돌아갔다. 주어진 업무를 잘 처리해 좋은 결과가 나왔을 때도, 자신이 속한 팀이 우수한 실적으로 목표를 달성해 보너스를 받았을 때도, 그저 당연하다는 생각에 무덤덤히 받아들였을 뿐이다. 그런데 이것이 어떻게 당연한 일이겠는가? 오래 땀 흘러 노력한 결과이고 힘들게 이뤄낸 인내의 소산이기에 감사할 줄 알고 행복할 줄 알아야 정상적인 감정을 지닌 사람 아니겠는가? 이런 부류에 속한 사람은 마땅히 희망과 당위를 구분해서 생각을 하고 먼저 말버릇부터 고치는 게 좋다. 나는 그 일을 잘해야 해 이번에 운동해서 꼭 살을 빼야 해. 주말에 시간을 알차게 보내야 해. 이렇게 고쳐야 해. 나는 그 일을 잘 했으면 좋겠어. 이번에 운동해서 살을 빼고 싶어. 주말에도 시간을 알차게 보냈으면 좋겠다. 내 삶이 의미있고 가치있는 것들로 채워지려면 내 감정을 잘 드러내고 정확히 표현해야 한다. 세상에 당연한 건 없다.

집중력, 그 집중력이 바로 성공에 필요한 비결이다. 어떤 일이든 세상의 모든 유혹에 지지 않고 목숨을 걸고 네가 하는 일에 집중한다면 성공할 수 있는 것이다. 당신도 할 수 있습니다. 노력하고, 집중하고, 인내하고, 최선을 다하면 그것이 무엇이든지 반드시 해낼 수 있는 것입니다.

비교라는 것은 물건에 하는 것이지 사람에 하는 것이 아닙니다. 특히 나 자신을 다른 이와 비교하는 것은 자신을 가장 아프게 하는 것이니깐요. 어제의 나를 이겨 나간다면 내일의 나는 결국 승리할 것입니다.

#59

　　믿음은 나약한 사람들만이 갖는 것이 아니며,
비과학적인 사람들만이 갖는 것도 아닙니다. 자신의 염려라든지 불
안 등을 믿음으로 대치한다면, 그것이 설령 실제가 아니라 해도 실제
로 변하게 되는 사례들을 우리는 종종 볼 수 있습니다. 그것을 혹자
는 기적이라 하고 혹자는 트랜스 포 메이션이라 합니다. 누군가에게
그런 믿음을 주는 사람은 행복한 사람입니다. 나는 누군가에게 그런
믿음을 주워 본 사람이었나요? 믿음의 힘은 강력합니다. 잘못된 믿
음이 실패의 원인이 되기도 하지만, 목표를 향해 자기 자신감을 높이
기 위한 믿음은 강력합니다. 성공하고 싶다면 우선 성공한다는 믿음
을 가져야 합니다. 진정한 성공자가 되려면 세상 사람들이 나를 처음
만난 그 순간부터 100% 나를 신뢰할 수 있게 만들어야 합니다. 그러
기 위해 필요한 것은 설득력, 진실, 긍정의 힘이고 이런 요소들이 하
나가 되어 만들어내는 것이 바로 상호 신뢰이고 믿음입니다.

　　순리順利에 따르면 인간은 종종 땅보다 돈을 먼저 갖고 싶어하고, 설
렘보다 희열을 먼저 맛보려 하며, 베이스 캠프를 잘 준비하기 보다는
오로지 정상정복에 올인을 합니다. 노력에 앞서 결과 기대가 크기 때
문에 무모해지고, 탐욕스러지고, 조바심내고, 빨리 좌절하기도 합니
다. 자연은 봄 다음에 바로 겨울을 맞게 하지 않았고, 뿌리에서 바로

꽃을 피우지 않고 줄기에서 아름다운 꽃을 피우게 했으며, 꽃이 진뒤에 어김없이 열매를 거두게 했습니다. 만물은 물 흐르듯이 태어나고, 자라나서 종래 사멸합니다. 자연은 이렇게 말해줍니다. 모든 것에는 순서가 있고, 일을 마친 후 기다림은 헛됨이 아닌 과정이었다. 어느 시인은 한 송이 국화꽃을 피우기 위해 봄부터 소쩍새는 그리 울었나 보다라고 하지 않았던가요? 꽃 한 송이를 피워 내는데도 계절의 변화와 긴 기다림의 시간이 필요한 것을. 이 세상에는 변치 않는 게 없지요. 태초의 아름다움을 그대로 유지하는 것도 없고, 지금 가진 것을 영원히 누릴 수도 없습니다. 가장 아름다운 꽃을 버릴 줄 알아야 열매를 새로이 맺는 것처럼. 우주 자연의 이치에 따라 순리대로 사는 것이 곧 인생의 정답입니다. 순리는 사전적 의미로 우리가 없는 순조로운 이치나 도리입니다. 봄이 가면 여름이 오고 여름이 가면 가을이 오고 가을이 가면 겨울이 옵니다. 이것이 자연의 법칙입니다. 그러나 사람들은 여름과 겨울을 건너 뛰고 싶어 합니다. 봄에서 바로 가을로 가려고 하고 가을에서 봄으로 가고 싶어 합니다. 이것은 순리가 아니고 역리입니다. 순리를 따르지 않고 역리를 추종하고 싶기에 문제가 발생하는 것입니다. 여름과 겨울은 고통의 시간으로 그 고통을 견디는 것은 누구에게나 힘이 드는 시간입니다. 그러나 여름의 뜨거운 태양빛 아래서 만물이 성장하며 겨울의 냉혹한 추위 속에서 저장과 관리의 중요성을 터득하게 되는 법으로, 비록 힘이 들고 어렵지만 그 고통을 견뎌내야만 가일층 단단한 성장을 거두게 되는 것이랍니다. 마땅히 해야 할 일은 마땅히 하고 절대 해서는 안되는 일은 마땅히 하지 않는 것이 삶의 순리입니다. 사람도 순리順利를 따르면, 꽃처럼 아름답게 삶이 더욱 밝아질 거라 생각해 봅니다.

#60

거짓말에도 색깔이 있다. 하얀색과 새빨간색이 있답니다. 하얀색은 사람을 사랑하는 마음에서 사람에게 희망과 위안을 주기 위한 선한 거짓말을 하는 경우이며, 의학계에서 전해오는 플라시보 효과는 가짜약을 진짜 약이라고 속여 투약을 해도 약효가 있다는 심리적 호전 현상을 유도하는 대표적인 선한 거짓말이며, 간호사가 자주하는 이 주사 하나도 안 아파요. 예식장 사진사가 말하는 지금까지 제가 본 신부중에 제일 예뻐요. 중국집 사장님이 말하는 예. 지금 바로 출발합니다. 등이 하얀 거짓말이고, 사회 전반에 만연되어 있는 내로남불, 네탓, 가짜뉴스, 통계조작, 선거조작, 왕따, 이지메 등에 동원되는 악의적인 거짓말은 새빨간 거짓말이랍니다. 가끔은 악의에 찬 진실보다도 사람을 진심으로 사랑하는 마음이 깃든 선의의 거짓말이 필요한 때도 있다는 것이지요. 사랑이 깃든 말, 아름다운 말은 말하는 사람들, 말을 듣는 사람도 행복하게 한다는 것도 알아야 하겠지요.

세상에 없는 것이 3가지 있답니다. 첫째, 정답이 없다. 둘째, 비밀이 없다. 셋째, 공짜는 없다입니다. 행복한 삶에도 3가지가 필요한데 첫째, 가벼운 짐, 둘째, 착한 동반자, 셋째, 하얀 거짓말이랍니다. 짐(돈. 명예. 일 등)이 무거우면 삶도 무거우며, 동반자와 뜻이 맞지 않으면 여정은 더 괴롭습니다. 하지만 하얀 거짓말은 삶의 윤활유입니다. 새빨간 거짓말은 비난 받아야 마땅하지만 하얀 거짓말은 권장합니다. 그래야 우리 사회가 좀더 여유롭고 행복한 사회가 될 것입니다. 오늘도 사랑해 라는 하얀 거짓말로 하루를 시작해 가자구여.

61

아일랜드 전설에 가시나무새의 일상에 대한 이야기가 있다. 일생에 단 한 번 우는 전설의 새로 그 울음소리는 이 세상의 어떤 소리보다 아름다운 것이다. 이 새는 둥지를 떠나는 그 순간부터 가시나무를 찾아 헤맨다. 그러다가 가장 길고 날카로운 가시를 찾으면 몸을 날린다. 죽어 가는 새는 그 고통을 초월하면서 이윽고 종달새나 나이팅게일도 따를 수 없는 아름다운 노래를 부른다. 가장 아름다운 노래와 목숨을 맞바꾸는 것이다. 그 이유는 가장 훌륭한 것은 위대한 고통을 치러야만 비로소 얻을 수 있기 때문이라 한다.

　삶은 고통이다. 이 고통의 현실을 어떻게 맞이 하느냐에 따라 우리들이 부르는 노래가 달라질 수 있다. 고통을 핑계삼아 고통에 그저 가라앉는 사람, 고통에 발버둥치며 외치고만 있는 사람, 고통속에서도 그 풍파를 넘어 삶의 목표와 푯대를 갖고 아름다운 노래를 부르는 사람, 가시나무새의 선택처럼 어떤 선택을 할 것인지도 각자의 자유인 것이다.

　오래 전 겨울이었다. 지금의 고양시 쪽으로 취재하려 갔다가 열차를 타고 신문사로 돌아오던 길이었다. 내 옆자리에는 연세가 지극한 할머니께서 창밖을 바라보면서 앉아 계셨다. 나는 목례를 하고 그 옆자리에 앉았다. 그리고 한참 있다가 어디까지 가시느냐며 고개를 돌렸더니 할머니는 두 손을 가지런히 모은 채 기도를 하고 계셨다. 나는 할머니의 기도가 끝나기를 기다렸다가 무엇을 간구하시기에 그렇게 열심히 기도 하시느냐?고 물었다. 할머니는 조용히 차창 밖을 가리키며 나직한 목소리로 하얀 눈으로 덮인 산야가 얼마나 아름다우냐고 했다. 그러면서 아름다운 설경을 볼 수 있도록 은혜를 주신 하느님께 감사 기도를 드렸다고 했다.

나는 부끄러운 생각이 들었다. 나름 시를 쓴다는 사람이라 하면서 잠시나마 그저 아무 생각없이 밖을 멍하니 바라보고만 있었으니 말이다. 그런데 자세히 보니 할머니는 왼쪽 눈에 안대를 하고 있었다. 까닭을 물었다. 돌아온 대답은 참으로 놀라웠다. 몇 년 전 교통사고로 실명한 아들에게 한 쪽 눈을 이식해 주었다고 했다. 그러면서 자기 눈을 나누어 주어 아들이 아름다운 세상을 다시 볼 수 있게 되었으니 이거야말로 정녕 하느님의 크나큰 축복이 아니냐고도 했다. 그리고는 남 보기엔 조금 흉할지 모르겠지만 왜 일목요연 하다는 말도 있지 않느냐면서 조용히 웃으셨다.

얘기를 나누는 가운데 할머니는 남대문 시장에서 여러가지 생필품을 떼어다 시골 동네를 찾아다니며 파는 방물장수라 하였다. 성혼한 아들과 딸이 셋씩이나 있지만 다들 도회지로 나가 저 살기도 비쁜데 어디 어미까지 챙길 겨를이 있겠느냐고 하면서 그래도 비록 오두막이지만 내 집을 지키며 이렇게 사는 것이 오히려 마음 편하다고 말씀하셨다. 그래도 해마다 다가오는 명절에 손자 손녀들에게 용돈에 보태 쓸 돈을 좀 넉넉히 주려면 얼른 한 푼이라도 더 벌어 놓아야 할텐데 경기가 전과 같이 않아 걱정이라고 했다. 하지만 이렇게라도 돈을 벌 수 있게 건강을 주시는 하느님께 늘 감사한 마음으로 살고 있다고 했다. 나지막한 목소리로 찬송가를 흥얼거렸다. 나 같은 죄인 살리신 주 은혜 놀라워 잃었던 생명 찾았고 광명을 얻었네.

내 눈시울이 뜨거워졌다. 일찍이 돌아가신 어머니 생각이 났다. 우리 어머니도 늘 그렇게 사셨다. 자신은 못 드시고 못 입어시면서도 오로지 자식들이 먼저였다. 아들에게 육신의 일부를 주어 불편한 몸이지만 자식들에게 전혀 의지하지 않으면서 오히려 손자 손녀들이 찾아오면 용돈을 보태 주려고 행상에 나선 할머니 그런 가운데 언제나 하느님께 감사하면서 살아 가시는 할머니의 밝은 모습은 큰 감동이 아닐 수 없었다. 할머니의 삶은 가시나무새처럼 일생을 자식들을 위해 애쓰다가 마지막 애절한 감사의 기도를 드리면서 세상을 떠나시지 않을까? 생각이 거기에 미치니까 내 앞에 계신 가시나무 할머니는 바로 성인聖人이었다. 나는 할머니를 만난 후로 범사凡事에 감사하게 되었다.

62

빌게이츠는 세계에서 가장 부유한 사람입니다.
그의 재산은 대략 860억 달러(약 96조 1천500억 원)로 평가됐다 합니다.
어떤 사람이 빌게이츠에게 물었습니다. 세상에 당신보다 더 부유한
사람이 있습니까? 예, 나보다 더 부유한 사람이 있습니다. 그리고 그
는 이런 이야기를 했습니다. 당시는 제가 부유하거나 유명하지 않았
던 시기였습니다. 어느 날 뉴욕의 공항에서 비행기를 기다리고 있었
고, 그때 저는 신문 가판대를 놓고 장사하는 이를 보았습니다. 신문
을 사고 싶어 신문을 집었는데 마침 주머니에 현금이 없더군요. 그래
서 저는 신문 살 생각을 접고 다시 신문을 상인에게 돌려 주었습니
다. 지금 제게 현금이 없습니다라고 말했더니 그 상인은 저에게 그냥
드리지요 가져 가세요라고 말했습니다. 저는 그에게 감사하며 신문
을 가져 갔습니다. 우연하게도 2~3개월 후에 저는 같은 공항에 다시
갔었고 그날도 주머니를 뒤지니 신문을 살 잔돈이 없었습니다. 미안
해하며 그말을 하자 상인은 또 저에게 신문을 공짜로 주었습니다. 저
는 미안해서 그것을 가져 갈 수 없다고 말했더니 그는 그냥 가져 가
세요. 뉴스를 읽을 필요가 있는 이에게 신문 한 장을 공짜로 주었다
고 제가 망하는 것은 아닙니다라고 말하더군요. 저는 그에게 감사하
며 신문을 가져 갔습니다. 이렇게 빌은 신문을 보며 어떤 기사가 중
요하고 덜 중요한지 뉴스 가치를 판단하며 세상을 보는 안목을 기를

수 있었습니다. 요즘 젊은이들은 신문을 잘 안보는 추세이지만 빌 게이츠는 신문은 관심 분야를 넓혀주는 지식의 창고 역할을 하였다고 하며 자신만의 관점을 만들기 위해 책읽기와 함께 신문읽기가 필수라고 충고합니다.

그 후 19년이 지났고, 저는 유명해졌고 사람들에게 많이 알려졌습니다. 그때 갑자기, 저는 그 신문을 팔던 이가 생각났습니다. 그가 어디 있는지 수소문을 하였고, 약 달 반이 지난 후 종래 그를 찾았습니다. 그를 만나서 저는 그에게 물었습니다. 저를 아십니까?라고 물었더니 네, 알아요. 당신은 빌 게이츠가 아니세요? 그에게 다시 물었습니다. 혹시 기억하세요? 저에게 신문을 공짜로 주셨던 일을 그 신문을 팔던 이는 네, 기억합니다라고 말하더군요. 난 그에게 당신은 내게 신문을 두 번이나 공짜로 주었습니다. 그때 주신 도움을 돌려드리고 싶습니다. 당신의 삶에서 원하는 것이 무엇인지 말씀해 주시면, 그것을 들어 드리겠습니다. 그러자 그 신문 장수가 나에게 말했습니다. 선생님, 이렇게 함으로써 제가 드린 도움에 버금가는 보답이 된다고 생각하십니까? 저는 왜요? 왜 안되지요?라고 그에게 물었습니다. 그러자 그가 말하길 저는 제가 가난한 신문 장수였을 때 당신을 도왔습니다. 하지만 당신은 세상에서 가장 부유한 사람이 되고 나서 저를 도우려고 합니다. 그렇다면 당신의 이 도움이 당시의 제 도움과 어떻게 같을까요?라고 우문에 현답을 하더군요. 저는 그날 신문 판매업자가 저보다 더 부자라는 것을 깨달았습니다. 왜냐하면 그는 누군가를 돕기 위해 부자가 되기를 기다리지 않았기 때문입니다. 진정한 부자는 많은 돈을 갖고 있는 사람이 아닌 부유한 마음을 가진 사람이라는 것을 알게 되었습니다. 부유한 마음을 갖는 것이 많은 돈을 소유하는 것보다 더 중요합니다.

이후 빌 게이츠는 사업을 통해 더 많은 사람을 도왔고 엄청나게 기여했습니다. 단순히 금전적 지원금을 제공하는 것 이상으로 사람들의 삶의 수준을 획기적으로 높이고 인류에 공헌한 것입니다. 결과로 그는 많은 돈을 모았지만, 그가 가지고 있는 부는 그가 비즈니스를 통해 공헌한 것에 비하면 작은 대가일 뿐입니다.

  이처럼 상호 윈윈의 거래를 통해 기업가들은 사람들을 돕고 큰 부를 이룹니다. 필요한 상품과 서비스를 창출해 사람들의 편의를 높이는데 기여하는 것이 바로 돈을 버는 과정입니다. 그러면서도 자식에게 거액의 유산을 물려주는 것이 그들을 위해서 그다지 좋은 일이라고 생각하지 않는다며, 자식들이 자라서 거액을 상속(증여) 받을 것이라고 생각하면 새로운 일에 도전하려는 의욕이 적어지기 마련으로 창의력이 생겨날 리가 없기 때문이라서요.

63

연륜年輪과 경륜徑輪. 고려장이 없어진 유래입니다. 고려장은 고려인이 효도심이 없어서 있었던 일일까요? 고려장 풍습이 있던 고구려 때 박정승은 노모를 지게에 지고 산으로 올라 갔습니다. 그가 눈물로 절을 올리자 노모는 네가 온 길을 잃을까 봐 나뭇가지를 꺾어 표시를 해 두었다고 말합니다. 박정승은 이런 상황에서도 자식을 생각하는 노모를 차마 산에 버리지 못하고 몰래 노모를 모셔와 봉양을 합니다. 그 무렵 중국 수 나라 사신이 고구려의 지식 수준을 판별하기 위해 똑같이 생긴 말 두 마리를 끌고 와 어느 쪽이 어미이고 어느 쪽이 새끼인지를 알아내라는 문제를 제시합니다. 만약 제대로 맞히지 못하면 조공을 바치라는 시비였습니다. 이 문제로 고심하는 박정승에게 노모가 답을 제시해 주었습니다. 말을 며칠 굶긴 다음 여물을 주어 보렴, 먼저 먹는 놈이 새끼란다. 고구려가 이 문제를 풀어내자 수 나라는 또다시 두 번째 문제를 제시했는데 그건 네모난 나무 토막의 위 아래를 가려 내라는 것이었다. 그런데 이번에도 노모는 나무란 물을 밑에서부터 빨아 올린다. 그러므로 물통안에 나무토막을 넣어보면 뜨는 쪽이 위쪽이란다. 고구려가 이 문제를 풀어내자, 약이 오른 수 나라는 또 다시 어려운 문제를 제시했는데 그건 재로 새끼를 한 다발 꼬아 바치라는 주문이었습니다. 당시 고구려에서 아무도 이 문제를 풀지 못했는데 박정승의 노모가 하는 말이 "애야, 그것도 모르느냐? 새끼 한 다발을 꼬아 놓고 곱게 불에 태워 재를 만들면 그게 재로 꼬아 만든 새끼가 아니더냐?" 중국에서는 모두 이 어려운 문제들을 풀어내자 고구려는 동방의 지혜 있는 민족이다라며 다시는 깔보지 않았다 하며 당시 수 나라 황제 수 문제는 고구려를 함부로 침범하지 말라고 아들인 양세에게 낭부합니다. 그런데노 이 말을 어기고 아들인 수 양제가 두 번이나 침범해와 113만명이 넘는 대군으로도 고구려의 을지문덕 장군에게 대패하고는 나라 조차 망해 버립니다. 그 뒤 들어선 나라가 당나라인데 또 정신을 못 차리고 고구려를 침범했다가 안시성 싸움에서 양만춘 장군에 패하고 당시 황제인 당태종은 화살이 눈에 맞아 애꾸로 된 채로 죽습니다. 이렇게 노모의 현명함이 세 번이나 나라를 위기에서 구하자 왕을 감동시켜 고려장의 습벽을 없이 하였다는 일화가 전해집니다.

그리스의 격언에도 집안에 노인이 없거든 빌리라는 말이 있습니다. 삶에 있어 연륜이 얼마나 소중한지를 잘 보여주는 말입니다. 물론 기억력도 다소 떨어지고, 남의 이야기를 잘 듣지 않고, 자신의 경험에만 집착하는 경향도 있지만 나이는 기억력이 빠져나간 자리에 통찰력을 자리하게 합니다. 설화속에 나타나는 노인을 버리는 풍습은 인간을 육체적인 힘이나 능력 위주로 평가하는 가치관의 반영이고, 이에 반박하는 어린 손주의 재치나 노인의 지혜는 인간의 존엄성과 정신적 가치의 중요성을 일깨워 주는 의미가 있다고 봅니다. 노인의 지혜와 경륜을 활용하는 가정과 사회, 국가는 발전할 수 있습니다. 누구나 노인이 됩니다. 천재가 경륜을 이기지 못하고, 경륜이 연륜을 이기지 못한다는 말을 꼭 기억하시길요.

#64

얼마나 잘사나 두고 보자고 하는 사람들이 있습니다. 두고 보지 마세요. 그런 사람을 보면 볼수록 아픔만 커질 뿐입니다. 두고 보면 잘사는 것만 보입니다. 지금까지 그를 통해 얻은 아픔만으로도 충분합니다. 이제 그를 그만 보고 있는 것이 가장 좋은 방법입니다. 그 사람도 조금 있으면은 세상에서 흔적 없이 사라질 불쌍한 존재이니까요? 있는 동안 그 때문에 아픔만 새기지 말고 아름다운 것들을 생각하고 즐거운 일들을 추억하며 사는 것이 내 인생이 행복하게 사는 길입니다. 죽음 앞에 이르면 모든 사람은 발가벗은 빈손의 불쌍한 인생일 뿐입니다. 아까운 남은 인생을 미움과 탄식으로만 채울 수는 없습니다.

세상 모든 사람들이 죽음을 향해 가는 인생일 뿐임을 생각할 때 우리는 모든 사람을 향해 좀 더 넓은 마음을 품을 수 있을 것입니다. 사랑할 줄 아는 사람, 그는 바보를 천재로 만들 수 있는 사람이고 고장 난 세상을 고치는 기술자입니다. 나는 길을 걸을 때 앞서가는 사람의 발뒤꿈치를 훔쳐보는 경향이 있습니다. 그리고 그들의 하루를 짐작해 봅니다. 경쾌하게 느껴지면 만사형통의 날 이었을 것이고, 발걸음에 힘을 받는 모양새는 의욕 성취의 날 이었을 터이고, 무겁게 내딛음은 굴곡의 순간이 짝이 된 날 이었을 거고, 힘없는 촉감은 미련의 잔상이 남아 있는 날 이었을 거라고 우리가 남들보다 조금 더 넓게 사랑할 줄 안다면 우리는 모든 곳에서 환영 받는 주인공이 될 수 있습니다. 사랑을 받는 사람이 아니라 주는 사람이 세상의 참된 주인공이랍니다.

인생의 시계는 한 번 밖에 감을 수 없다. 아무에게도 이 시계를 언제 멈추라고 할 능력은 없다. 지금이야 말로 당신이 소유한 유일한 시간이다. 살고 사랑하고 힘써 일하라. 인생은 어느덧 끝나 버린다. 그렇지 않으면 당신의 믿음은 갈 자리를 잃고 말 것이다.

사람이 생을 마감한 후 남는 것은 쌓아온 공적이 아니라 함께 나누었던 것입니다.

우리에게는 같은 오늘이 주어졌다. 어떤 오늘을 선택하느냐가 바로, 우리의 인생이다.

배가 부르면 머리는 여윕니다. 미식은 늑골을 살찌게 하지만 지혜를 파산시킵니다.

가장 훌륭한 인격자는
욕망을 스스로 자제

#65

마음이 열려 있는 사람 곁에는 사람들이 언제나 머무르기를 좋아합니다. 지나치게 주관이 강하고 마음이 굳어 있고 닫혀 있는 사람 곁에는 사람이 떠나가는 것입니다. 다른 사람들이 이야기에 귀를 기울이고 열린 마음으로 모든 사람을 대한다면, 그 사람 가까이에 있고 싶어 하는 것입니다. 다른 이의 말을 잘 들어 주고, 마음을 받아 주는 것은 그 사람이 낮은 자세의 소유자이며 겸손한 사람일 것입니다. 무엇인가를 애써주려고 하지 않아도 열린 마음으로 남의 말을 경청하려 든다면 그 사람 곁에는 늘 사람들이 머물 것입니다. 자신을 낮추고 또 낮춰 저 평지와 같은 마음이 되면 거기엔 더 이상 울타리가 없으며 벽도 없어집니다.

봄이 되면 넓디 넓은 들판엔 수많은 들꽃들이 피고 각기 색깔이 다르지만 어울려서 시기 질투없이 잘들 살아 가듯이 그렇게 열려 있는 마음은 편안하게 살아갈 수 있습니다. 들판에 피어 있는 들꽃들은 여러 모양과 향기가 달라도 서로 시비하지 않으며, 싸우려고 들지 않으며, 아무런 갈등 없이 살아 갑니다. 이처럼 열린 마음은 자유로운 마음입니다. 열린 마음은 강합니다. 나를 낮추고 마음을 열어두십시오.

주는 마음은 열린 마음이요. 열린 마음은 자유로운 마음입니다. 울타리가 좁으면 들어설 자리도 없습니다. 많이 쌓고 싶으면 울타리를 넓게 쳐야 합니다. 더 많이 쌓고 싶으면 아예 울타리를 허물어야 합니다. 넓은 들판엔 아무리 많은 양을 쌓아 놓아도 여전히 빈자리가 남습니다. 열린 마음은 강합니다. 아무것도 지킬 게 없으니 누구와도 맞설 일이 없습니다. 맞서지 않으니 누구도 대적하려 하지 않습니다. 그 마음은 곧 허공과 같을 진대 누가 감히 꺾으려 들겠는가요? 높이 오를수록 낮아져야 합니다. 진정 강해지려면, 어디에도 구속 받지 않는 자유인이 되려면 마음을 열고 끝없이 자신을 낮추십시오. 저 광활한 들판이 어떤 것과도 자리 다툼을 하지 않듯이 열린 마음에는 일체의 시비가 끼어들지 않습니다.

#66

　　비단은 귀하지만 모든 사람에게 반드시 필요한 물건은 아닙니다. 모든 사람에게 반드시 필요한 것은 걸레입니다. 어리석은 사람은 인연을 만나도 인연인 줄 알지 못하고, 보통사람은 인연인 줄 알아도 그것을 살리지 못하며 현명한 사람은 소매 끝 스친 인연까지도 그것을 살릴 줄 압니다. 어떤 사람을 만나고, 어떤 책을 읽고, 어떤 배움을 얻느냐에 따라 인생은 전혀 달라집니다.

　19세기와 20세기를 대표하는 위대한 화가 빈센트 반 고흐와 파블러 피카소 이들 중 누가 더 뛰어난 예술가 였는지를 판단하기는 힘이 듭니다. 하지만 누가 더 행복하고 성공적인 삶을 살았느냐는 명백해집니다. 고흐는 생전에 단 한점의 그림도 팔지 못해 찢어지는 가난 속에서 좌절을 거듭하다가 37세의 젊은 나이에 스스로 목숨을 끊었고 피카소는 살아 생전에 이십세기 최고의 화가로 대접 받으며 부와 풍요속에서 구십세가 넘도록 장수했습니다. 도대체 무엇이 두 화가의 인생을 갈라 놓았을까요? 여러가지 원인이 있을 수 있겠지만, 많은 경영학자들은 인맥의 차이를 중요한 요소로 꼽습니다. 인생을 성공하거나 실패하는 가장 큰 원인은 인간관계라고 합니다. 고흐는 사후에 피카소를 능가할 만큼 크게 이름을 떨친 화가입니다. 그는 언제나 소재를 눈 앞에 두고서 그림을 그렸습니다. 그가 기억이나 생각에 의존해서 그림을 그리는 경우는 드물었습니다. 눈으로 본 것을 종종 심하게 변형을 시키기는 했지만, 그는 여전히 자연에 충실하였고, 추상으로 통하는 경계선을 넘어서지는 않았습니다. 그가 남겨 놓은 걸작들은 현재 피카소의 그림보다 값이 훨씬 더 나아가고 있기 때문입니다. 독일 슈피겔을 비롯한 주요 외신에 따르면 나치가 강탈했던 빈센트 반 고흐의 수채화 건초더미가 뉴욕 크리스티 경매에서 3,590만 달러(약 423억 원)에 낙찰됐다고 합니다. 고흐의 수채화 작품 중 최고가 기록도 갈아치웠습니다.

그러나 죽고 난 뒤의 성공이 살아 생전의 성공과 같을 수는 없습니다. 하루에도 춘하추동이 있습니다. 아침 3시부터 9시 까지가 봄이고, 9시부터 14시 까지는 여름, 14시부터 20시 까지는 가을, 20시부터 다음날 03시 까지는 겨울입니다. 시간에는 3가지의 성질이 있다고 합니다. 같은 시간에는 두 가지의 일을 못하는 단일성이 있고, 한 번 지나가면 다시 돌아오지 않는 순간성이 있으며, 오늘이 나의 생일이라면 다음 해에 또 나의 생일이 돌아오는 연일성이 있습니다.

인간관계에서 중요한 인맥의 3가지 장점은 질 높은 정보를 얻을 수 있고, 다양한 재능을 가진 사람들을 접할 수 있으며, 따라서 인맥은 일종의 권력입니다. 한 번 받기도 힘든 노벨상을 두 번이나 수상한 라이너스 폴링 박사의 경우 화학상과 평화상이라는 서로 다른 분야의 노벨상을 두 번이나 수상했습니다. 그의 창조적 성공은 탁월한 두뇌가 아니라, 다양한 인맥, 균형적인 인맥이 받쳐준 결과입니다. 결국 고흐의 불행한 삶은 그가 가진 재능보다는 그를 받쳐줄 인맥을 만들지 못했기 때문이었습니다. 궁극으로 좋은 인맥이란 비단 같은 고고한 사람보다는 나를 쓸고 닦아 빛을 내어주는 걸레 같은 사람이 더 소중하고 시대에서도 더욱 필요한 사람이라는 것입니다.

#67

　　만초손滿招損. 이 뜻은 가득차면 손해를 부른다. 집을 멀리 떠나 있던 어느 부잣집 아들이 오래만에 돌아와 집을 둘러보니 사랑 채 서까래 하나가 썩어 휘어 있지 않은가? 아버지께 집을 수리 해야 겠다 하니 아버지께서 얘야, 지금 우리집은 근심 걱정없이 행복하게 잘 살고 있지 않니? 서까래 하나 썩는 정도의 근심거리는 남겨 두어 야 재액을 막을 수 있단다. 하고는 집수리를 못하게 했다는 얘기이 다. 달도 차면 기울고, 언덕도 비바람에 깎여 낮아지고, 귀신도 가득 찬 사람에게 마를 주어 호사다마好事多魔라 했으며 그러한 사실과 현 상現像은 공평무사公平無私한 하늘의 도道요, 이치理致인지도 모른다. 사 람들도 가득 찬 사람을 싫어한다. 이것이 바로 가득 차 넘치면 손해 를 부른다는 만초손의 이치이다. 아버지는 달도 차면 기운다는 만초 손의 이치를 알고 있기에 행복이 가득 참이 오히려 두려운 것이었다. 그래서 썩은 서까래를 걱정거리로 남겨 두어 집안의 액을 막는 액막 이로 삼으려 한 것으로, 이와 같은 액막이 비법은 재난, 질병 등의 재 액이 물리적 실체를 지니고 인간의 생활 공간을 내왕한다는 생각에 서부터 생겨난 행위로써 재액을 적극적인 자세로 대처하여 풍요한 건강, 가정의 안정을 유지하려는 의지의 표현이라고 할 수 있는 것이 다.

　　어느 누구나, 어느 가정이나 한 두 가지 이상의 걱정거리를 안고 산다. 문제는 걱정거리를 어떻게 받아 들이느냐 하는 것이다. 걱정거리를 걱정으로만 몰아가지 말고 여유로운 마음으로 받아들여 보라는 것이다. 걱정거리가 생겼을 때 아이쿠 큰일났네 라고 절망적 조급함으로 여기지 말고 이것도 무슨 뜻이 있겠지 하고 희망적 여유로움으로 생각해 보라는 것이다. 해결할 수 있는 지혜와 방법을 찾게 되리라.

무엇이든 자신이 태어나기 전보다 조금이라도 나은 세상을 만들어 놓고 가는 것. 당신이 이곳에 살다 간 덕분에 단 한 사람의 삶이라도 더 풍요로워지는 것 이것이 바로 성공이다.

가장 밝게 빛나는 순간은 모든 주위가 가장 어두울 때이다.

68

어떤 사람이 죽어서 천국에 갔더랍니다. 가서 보니까 천사들이 뭘 열심히 포장하고 있더랍니다. 무엇을 하고 있느냐고 물으니까 사람들에게 줄 복을 포장하고 있다고 하더랍니다.

복이 사람들에게 까지 잘 전해지도록 포장을 해서 보내는 거랍니다. 그리고 복을 포장하는 포장지는 바로 고난이라는 겁니다. 고난은 단단해서 내용물이 파손되지 않고 잘 벗겨지지 않으니까 포장용으로는 제격이라는 겁니다. 그러면서 천사가 하는 말이 그런데 사람들이 고난이라는 껍데기만 보고 그 안에 복이 들어 있는 줄도 모르고 어이쿠 무섭다 하면서 받지 않고 피해 버리거나, 받아 놓고서도 포장을 벗기고 그 안에 들어 있는 복을 꺼낼 생각은 하지 않고 고난만 붙잡고 힘들어 한다는 것이랍니다. 포장지를 어떻게 벗기는 거냐고 물으니까, 고난이라는 포장지를 벗기고 복을 꺼내는 열쇠는 바로 감사라는 겁니다. 고난을 겪은 사람은 어질어지고, 선해지며, 통찰은 시련과 고통을 통해서만 얻어지는 것입니다. 그래서 고난을 무서워 하거나 피하려고 하지 말고 감사하면서 받아드리면 그 껍질이 벗겨지고 그 속에 들어 있는 복을 받을 수 있게 된다는 것입니다. 그런데 사람들이 고난으로 포장된 선물을 받으면 감사하기보다는 힘들어 하면서, 불평을 말하고 우선적으로 피하려고만 하기 때문에 껍질이 더 단단해져 그 안에 있는 복이 세상에 나와 보지 못하는 경우가 많다는 것입니다.

　나비는 누에고치에서 뚫고 나오기 위해 온 힘을 다합니다. 그렇게 힘들게 나와야 만이 드디어 날개를 펄럭이며 날게 됩니다. 이것을 가련히 여긴 옆사람이 쉽게 나올 수 있게 도움을 주어 누에고치에서 나오게 된 나비는 날개를 펼친 지 얼마 되지 않아 바로 떨어져 죽고 만다고 합니다. 이유인 즉, 누에고치가 나오기 위해 죽도록 안간 힘을 써야 날개에 혈액이 공급되고 그렇게 혈액 순환이 된 날개만이 드디어 날개 짓을 펄럭이며 날개 되는 것이라 합니다.

　맹자는 하늘이 사람에게 큰 일을 맡기고자 할 때에는 먼저 그 마음을 괴롭히고 그 몸을 고되게 하며, 그를 굶주림과 궁핍에 빠뜨려 그가 하는 일마다 어긋나게 만든다. 이는 그의 마음을 힘들게 하여 인내심을 기르게 함으로써 전에는 할 수 없었던 일까지 해낼 수 있도록 돕기 위한 것이라고 했습니다. 밟히며 자란 잔디가 강하듯이 고난이 왔다고 해서 쉽게 좌절해서는 안됩니다. 고난은 극복하라고 우리에게 훈련으로 주워 지는 것이랍니다.

#69

      하루에도 수십 번씩 마음을 새롭게 고쳐먹고
다짐하곤 합니다. 그러나 채 몇 분도 지나기 전에 갖가지 망상들이
꼬리를 물고 이어져 엉뚱한 생각에 빨려 있는 나 자신을 발견하곤 하
지요. 길지도 않은 우리네 인생 왜 고통과 번민속에 괴로워하며 살아
야 할까요? 우리네 인생이 그리 길지도 않은데 왜 슬퍼하며 눈물 지
으며 살아야 할까? 우리가 마음이 상하여 고통스러워 하는 것은 용
서와 사랑을 너무 어렵게 생각해서 그래요. 나의 삶을 누가 대신 살
아주는 것이 아니니, 나의 삶의 초점을 상대에게 맞추면 힘들어 집니
다. 행복은, 누가 가져다 주는 것이 아닙니다. 단지 내가 마음 속에서
누리는 것이랍니다. 어떤 대상을 놓고 거기에 맞추려고 애쓰지 말아
요. 그러면 병이 생기고, 고민이 생기고, 욕심이 생겨 힘들어집니다.
누구에게도 나의 바램을 강요하지 말아야 하며 누구에게도 나의 욕
망을 채우려 하지 말아야 합니다. 그러면 슬퍼지고 삶이 너무 어렵게
됩니다. 우리네 인생이 그리 길지도 않은데 이제 즐겁게 살아요. 있
는 그 모습 그대로 누리면서 살아요.우리의 삶을 아름답고 행복하게
집 지어서 서로의 필요를 나누면서 살아요. 그리하면 만족하고 기쁨
이 온 답니다. 갈등하지 말아요. 고민하지 말아요. 슬퍼하지 말아요.
아파하지도 말아요. 그러기엔 너무 우리 인생이 짧아요. 뒤는 돌아보
지 말고, 앞에 있는 소망을 향해서 달려가요. 우리 인생은 우주보다

도 크고 아름다워요. 우리 인생은 세상 어느 것 과도 바꿀 수 없는 너무 소중한 존재 입니다. 세상에 태어나서 길지도 않은 세월속에 단, 한 번 살고가는 우리네 인생 아름답고 귀하게 여기며 서로 사랑하며 마음을 나누며 살아야 하지 않을까요?

평안북도 정주에 머슴살이를 하던 청년이 있었습니다. 눈에는 총기가 있고 동작이 민첩하고 총명한 청년이었습니다. 아침이면 일찍 일어나 마당을 쓸고 일을 스스로 찾아서 했습니다. 그는 아침이면 주인의 요강을 깨끗이 씻어서 햇볕에 말려 다시 안방에 들여 놓았습니다. 주인은 이 청년을 머슴으로 두기에는 너무 아깝다고 생각하고 그 청년을 평양의 숭실대학에 입학시켜 주었습니다. 공부를 마친 청년은 고향으로 내려와 오산 학교 선생님이 되었습니다. 요강을 씻어 숭실대학에 간 그가 민족의 독립운동가 조만식 선생님이십니다. 후에 사람들이 물었습니다. 머슴이 어떻게 대학에 가고, 선생님이 되고, 독립운동가가 되셨느냐고? 선생님은 다음과 같이 대답하셨습니다. 주인의 요강을 정성 들여 씻는 정성을 보여라. 그렇게 대답하셨습니다. 남의 더러운 요강을 닦는 겸손과 자기를 낮출 줄 아는 아량 덕분에 조만식 선생님을 낳게 했습니다.

70

가장 훌륭한 인격자는 욕망을 스스로 자제할 수 있는 사람이며, 가장 겸손한 사람은 자신이 처한 현실에 대하여 감사하는 사람이고, 가장 존경받는 부자는 적시 적소에 돈을 쓸 줄 아는 사람입니다. 가장 건강한 사람은 늘 웃는 사람이며, 가장 인간성이 좋은 사람은 남에게 피해를 주지 않고 사는 사람입니다. 가장 좋은 스승은 지식을 아낌없이 주는 사람이고, 가장 훌륭한 자식은 부모님의 마음을 상하지 않게 하는 사람입니다. 가장 현명한 사람은 놀 때는 세상 모든 것을 잊고 놀며 일할 때는 오로지 일에만 전념하는 사람입니다. 가장 좋은 인격은 자기 자신을 알고 겸손하게 처신하는 사람이고 가장 부지런한 사람은 늘 일하는 사람이며 가장 사랑이 많은 사람은 나보다 남을 먼저 생각하는 사람이고 가장 행복한 사람은 작은 것도 나누어 줄줄 아는 사람입니다. 가장 훌륭한 삶을 산 사람은 살아 있을 때보다 죽었을 때 이름이 빛나는 사람입니다. 나의 사랑이 소중하고 아름답듯 그것이 아무리 보잘 것 없이 작은 것이라 할지라도 타인의 사랑 또한 아름답고 값진 것임을 잘 알고 있는 사람 그런 사람이 참 아름다운 사람입니다. 나의 자유가 중요하듯이 남의 자유도 똑같이 존중해 주는 사람 그런 사람이 참 아름다운 사람입니다. 남이 실수를 저질렀을 때의 기억을 떠올리며 그 실수를 감싸 안는 사람 그런 사람이 참 아름다운 사람입니다. 남이 나의 생각과 관점에 맞지 않다고 해서 그것을 옳지 않은 일이라 단정 짓지 않는 사람 그런 사람이 참 아름다운 사람입니다. 잘못을 저질렀을 때 너 때문이야 라는 변명이 아니라 내 탓이야 라며 멋쩍은 미소를 지을 줄 아는 사람 그런 사람이 참 아름다운 사람입니다. 기나긴 인생길의 결승점에 1등으로 도달하기 위해서 다른 사람을 억누르기 보다는 비록 조금 더디 갈지라도 힘들어 하는 이의 손을 잡아주며 함께 갈 수 있는 사람 그런 사람이 참 아름다운 사람입니다. 받을 것들을 기억하기 보다는 늘 못다 준 것을 아쉬워 하는 사람 그런 사람이 참 아름다운 사람입니다. 참 아름다운 사람 당신을 사랑합니다.

가난한 어머니와 아들이 살고 있었습니다. 어머니는 어렵게 아들의 학비를 마련하여 공부를 시켰습니다. 어머니의 눈물겨운 노고로 아들이 대학을 졸업하게 되었습니다. 그러나 어머니에겐 고민이 생겼습니다. 졸업식장에 가기가 두려웠습니다. 초라하고 누추한 자신의 모습이 수석 졸업을 차지한 아들의 영예에 오점이라도 되면 어쩌나 하는 걱정에서 였습니다. 그러나 아들의 간곡한 권유로 어머니를 졸업식장에 모시고 나갔습니다. 아들은 졸업 연설을 통해 수석 졸업의 영광을 하나님과 스승들 그리고 자신의 어머니에게 돌렸습니다. 우뢰와 같은 박수 속에서 그는 학장으로부터 금메달을 받았습니다. 그는 메달을 자신의 목에 걸지 않고 두 손으로 바쳐 들고는 청중들 틈으로 걸어 나갔습니다. 사람들의 시선이 초라한 옷을 입은 그의 어머니에게 집중되었습니다. 어머니 고맙습니다. 어머니의 은혜로 이렇게 졸업을 하게 되었습니다. 이 메달은 마땅히 어머니께서 받으셔야 합니다. 그는 어머니의 목에 금메달을 걸어드렸습니다. 참으로 감동적인 졸업식이었습니다. 그는 그 후 그 프린스턴 대학의 학장이 되었으며, 후엔 개혁적인 민주당원으로서 윌슨은 1910년 뉴저지주 지사로, 1912년 제28대 미국 대통령에 선출 되었으며, 노벨 평화상도 받았습니다. 그가 바로 민족자결주의를 제창한 미국의 윌슨 대통령입니다.

#71

　　세상에 태어나서 우리는 수많은 난관을 만나고 그것을 해결하면서 살아 갑니다. 어떤 사람은 태어나서 고생하다가 나중에 웃는 사람이 있는가 하면 어떤 사람은 먼저 웃고 나중에 어려운 사람이 있습니다. 각자가 직업이 있든 없든 자기 방식대로 살아 갑니다. 하지만 영국의 유명한 시인 조나단 던은 인간이 섬이 아니다.(No man is Island)라고 말하였습니다. 어느 누구도 바다에 있는 외딴섬처럼 혼자 살 수는 없고 서로 관계를 맺고 살아 갈 수 밖에 없는 존재라는 뜻입니다. 사람 인人자는 서로가 등을 기대고 부추기며 살아가는 것을 의미하며 그것이 곧 인생이며 삶인 것입니다.

　미국의 시인이며 사상가인 랄프왈도 에머슨(1803~1882)은 성공을 이렇게 노래 합니다.

　자주 그리고 많이 웃는 것/ 현명한 이에게 존경을 받고 아이들에게서 사랑을 받는 것/ 정직한 비평가의 찬사를 듣고 친구의 배반을 참아 내는 것/ 아름다움을 식별할 줄 알며 다른 사람에게서 최선의 것을 발견하는 것/ 건강한 아이를 낳든 한 뙈기의 정원을 가꾸든 사회 환경을 개선하든 자기가 태어나기 전보다 세상을 조금이라도 살기 좋은 곳으로 만들어 놓고 떠나는 것/ 자신이 한때 이곳에 살아 있음으로 해서 단 한 사람의 인생이라도 행복하게 되는 것. 이것이 진정한 성공이다.

참으로 단순하면 서도 간결하게 성공을 정의한 말이며 뿌린대로 거두는 삶의 메아리 법칙입니다. 삶이란 메아리와 같은 것입니다. 내가 삶을 긍정적인 생각으로 바라보면 삶 또한 나에게 긍정적인 선물을 주고, 내가 삶을 부정적인 생각으로 바라보면 삶 또한 나에게 부정적인 선물을 줍니다. 삶은 우리가 준 것을 충실하게 되돌려주는 관습이 있습니다. 우리들 생각, 말, 행동, 표정은 언제가 될지 모르지만 반드시 우리에게 다시 되돌아 오는 것입니다. 삶은 벽에다 대고 공을 던지는 것과 같은 현상입니다. 벽에다 대고 공을 던지면 그 공이 어김없이 자신에게 돌아오는 것처럼 세상에 불평을 던지면 자신에게 불평이 돌아오고, 세상에 미소를 던지면 자신에게 미소가 돌아오는 것입니다. 자신의 삶에 대해 불평을 던져 놓으면서 삶이 소중한 것을 주지 않는다며 투덜대는 사람, 자신의 얼굴에 접근 금지라고 써 놓고서 다른 사람이 다가오지 않는다고 생각하는 사람, 그 사람이 바로 당신이 아닌지요? 심사숙고해 볼 필요가 있습니다.

#72

금金을 얻으려면 불이 필요한데, 금광에서 캐낸 금광석을 뜨거운 불에 넣고 녹여서 여러 정제 과정을 거쳐 불순물을 제거해야 순도가 높은 금을 얻을 수 있습니다. 이처럼 불에 여러 번 정제할수록 금의 순도와 가치가 높아지듯이 사람도 인생도 마찬가지입니다. 고난과 역경이 사람의 품격을 깊이 있게 가치 있게 만듭니다. 흔히 운칠기삼運七技三이라는 말이 있습니다만 운이 좋은 사람은 뚜렷한 목표를 가지고, 매사에 열정과 정성을 다하는 사람입니다. 또한 매사에 감사할 줄 알고 항상 배우는 자세로 일에 집중하는 사람입니다. 이를 지성여불至誠如佛이라고도 말합니다. 지극한 정성이 곧 부처라는 얘기입니다. 이렇게 지극한 정성을 한결같이 드리는 사람에게 어찌 운이 따라오지 않겠습니까? 고통을 모르는 사람은 고통에 신음하는 사람을 위로할 수 없고, 절망을 겪어보지 않은 사람은 절망에 빠진 사람에게 용기를 심어줄 수가 없습니다. 눈물을 흘려보지 않은 사람은 역경에 빠진 사람을 격려할 수 없고, 온실에서 자라난 화초 같은 사람의 말은 힘들어 구명을 구하는 사람에게 용기를 줄 수가 없습니다. 만약, 사람이 살아가면서 통상으로 겪는 실패로 모든 것을 포기해 버리면 영원한 실패자로 남지만, 실패를 통해 교훈을 얻고 실패를 극복해가는 사람은 심오한 영혼을 지닌 강한 사람으로 변화됩니다. 우리가 지금까지 고난과 역경이 두려워 정면으로 승부하는 길을 피해 왔다면, 지금부터는 고난과 맞서서 정면으로 승부하고 역경과 싸워 기필코 승리하는 삶을 사시기 바랍니다.

고난은 우리를 더욱 강하고, 더 현명하게 만들고, 역경은 우리를 주변 환경에 더 잘 적응하고 더 잘 견디는 사람으로 만듭니다. 고난을 불운 탓으로 돌리면, 우리는 더욱 약해집니다. 그러나 치열하게 경쟁하며 살아야 하는 세상에서 내 가치를 인정받는 것은 대개가 고난이라는 포장지로 싸여 있습니다. 성공한 사람은 이런 고난과 역경을 오히려 기회로 삼고 포장지를 벗기고 일어선 사람들로 고난과 역경을 디딤돌 삼아 행복으로 가는 과정과 기회로 삼는 사람들일 따름입니다.

향수는 병든 고래의 몸에서 짠 기름을 원료로 하여 만들고, 우황청심환에 핵심인 우황은 병든 소의 담낭속에 병으로 인하여 생긴 응결물 즉 담석에서 나오는 약제입니다. 건강한 소의 몸에는 우황 성분이 없습니다. 로키산맥과 같이 험준하고 깊은 계곡에서 비바람과 눈보라의 고난을 극복하며 죽지 않고 견뎌 온 나무라야 만이 공명이 가장 좋은 목재가 되어 세계에서 인정받는 최고급 명품 바이올린의 몸통이 됩니다. 크다, 작다, 많다, 적다 이 모두가 상대적인 개념입니다. 무엇을 기준으로 하느냐에 따라 삶의 내용이 달라집니다. 가령 시간 없어 못한다, 가진 것이 없어서 못한다는 것은, 핑계에 지나지 않습니다. 욕심을 버리고 삶의 질과 기준을 조금만 낮추고 줄이면, 무한대의 여유가 생겨납니다. 그 작은 삶에 내 역량을 맞추고 조금씩 늘려가면 성공에 이르게 되는 것입니다.

고난과 역경은 행복으로 나가기 위한 기회이며, 극복해 나가며 성장해가는 필수과정이라는 사실을 명심하고, 담대하게 받아들이며 전의를 불태우는 오늘과 내일이시길 기원합니다.

73

단지 사랑에 빠진 한 남자일 뿐입니다. 우리는 가난한 학생 커플, 하지만 가족도 없고 가진 것도 없는 저를 여자 친구의 부모님이 좋아 하실 리 없습니다. 그래도 저에겐 건강한 몸이 있었기에 그녀만은 내 한 몸 다 바쳐 반드시 행복하게 해주겠다고 다짐하며 서로 결혼을 계획했습니다. 하지만 어느 날 교통사고를 당한 저는 평생을 반신 불구로 살아가야 한다는 청천벽력 같은 진단을 받게 됐습니다. 이루 말할 수 없을 만큼 하늘이 원망스러웠습니다. 너무 힘들었지만 그때 제가 가장 먼저 한 일은 그녀에게 일방적으로 이별을 통보한 것이었습니다. 저는 사고 소식을 알리지도 않았고 그냥 마음이 떠난 것처럼 갑작스럽게 헤어지자고 했습니다.

친구들을 통해 들려오는 소식은 그녀가 정말 정신 나간 사람처럼 힘들어 한다는 이야기. 정말 가슴이 아팠지만 그녀에게 평생 짐이 되는 것보다는 이렇게 하는 게 낫다 라는 생각에는 변함이 없었습니다. 그리고 저는 열심히 재활 치료를 받고 퇴원을 했습니다. 학교도 졸업하지 못한 상태로 장애인 복지관에서 일거리를 찾아 열심히 재활 훈련을 받았습니다. 꽤 오랜 병실 생활 때문인지 이미 굳어버린 다리 근육이 좀처럼 굽혀 지질 않았지만 그래도 이를 악물고 견디었습니다. 어떻게 든 혼자 버티고 살아내야 했으니까요? 그렇게 전 자동차 정비 기술을 배웠습니다. 그나마 멀쩡한 손으로 한쪽 다리를 지탱해

가며 열심히 배워 정비사 자격증도 취득했습니다. 물론 바쁘게 살아오던 그 시간들 속에서도 그녀를 잊은 적은 한시도 없었습니다.

　그 무렵 저는 친구로부터 놀라운 이야기를 듣게 되었습니다. 정희 결혼한대, 근데 상대가 말이야, 장애인이래. 뭐 누구라고 자세히 말해봐. 아 몰라 저기 많이 힘든 사람인가 보더 라고. 히늘이 무너지는 듯한 절망감 속에 하루 종일 아무것도 일이 손에 잡히질 않았습니다. 그녀에게 짐이 되고 싶지 않아 억지로 떼어 놨던 우리 사이였는데 어째서 나 같은 장애인과 결혼을 한다는 거지? 정말 우울하고 답답했습니다. 견딜 수 없는 저는 용기를 내어 그녀에게 연락을 했습니다. 이 결혼을 막아야 했거든요. 너 결혼한다며 그 사람 사랑해? 너 평생 힘들게 될거라고. 그래도 괜찮아, 연락 올 줄 알았어, 나 그동안 한 번도 너 잊은 적 없어, 널 만나고 싶어서 거짓말 했던거야. 네 상태 벌써부터 다 알고 있었어. 하지만 그때는 나도 겁나고, 가족들 반대도 무섭고 해서 그래. 니가 하자는 대로 모른 척 했는데 그게 아니더라. 네가 평생 못 걷는다 해도 난 너랑 헤어질 수가 없을 거 같은거야. 네가 힘든 만큼 내가 좀 더 노력할게. 내가 결혼할 사람은 다른 사람이 아니고 바로 너야. 그랬습니다. 제가 그랬던 것처럼 그녀 역시 저를 그리워하며 살아왔던 겁니다. 이제는 더 이상 서로의 마음을 속일 수가 없어서 전 결혼을 결심했습니다.

　물론 처가 쪽엔 허가를 벋지 못한 상태에서 혼인신고부터 했습니다. 여전히 부족한 생활에 허덕이고 불편한 몸 때문에 힘든 적도 있지만 함께 라는 것만으로도 너무나 행복합니다. 그렇게 4년을 보내고 올해 드디어 결혼식을 할 수 있게 허락을 받았습니다. 비틀거리던 내 인생에 들어와 하나씩 제자리를 찾게 도와준 그녀에게 어떻게 이 고마움을 다 전할 수 있을까요? 부족해도 부족한 줄 몰랐고 아프지만 아픈 줄 모른 채 살아갈 수 있습니다. 사랑하는 우리, 서로가 곁에 있기 때문입니다.

이 세상은 사랑으로 이겨내지 못할 건 없다는 걸 그녀로 인해 깨달 았습니다. 저는 더 이상 불행하지 않습니다. 그녀를 더 행복하게 해 주고 싶기 만한, 그저 사랑에 빠진 한 남자일 뿐입니다.

#74

한 선비가 과거시험을 보러 한양에 가고 있었습니다. 선비는 자신의 학식에 대해 자부심이 하늘을 찌르고 있어 장원급제할 것을 굳게 믿고 있었습니다. 어느 곳에서 나룻배를 타고 큰 강을 건너던 중 선비는 노를 젓는 뱃사공에게 자랑하듯 말했습니다. 이보게 사공 논어를 읽어 보았는가? 사공은 선비의 질문에 궁금하여 대답했습니다. 논어라니요? 그게 무슨 책입니까? 사공의 대답에 선비는 어이없는 표정으로 말했습니다. 어찌 논어를 모르다니 그건 지금 몸만 살아있지 자네의 정신은 죽은 것이나 다름없네.

그 순간 큰 바람이 불어와 물결이 계속 출렁거려 나룻배가 휘청거리자 사공이 말했습니다. 선비님, 혹시 헤엄을 칠 줄 아십니까? 배가 뒤집힐까 두려워 사색이 된 선비가 말했습니다. 난 평생 글 공부만 해서 헤엄을 칠 줄 모르네. 그 말에 사공이 피식 웃으며 선비에게 큰 소리로 말했습니다. 그러면 만약 이 배가 물결에 뒤집힌다면 선비님은 정신만 살아있고 몸은 죽은 것이나 다름없습니다. 다행히도 배는 무사히 강 건너편에 도착했습니다. 이 세상에 완벽한 사람은 없습니다. 누구보다도 뛰어난 지식과 많은 재산과 잘 단련된 몸과 올바른 정신을 가지고 있다고 해도, 사람으로 태어난 이상 반드시 어딘가 부족한 부분이 있기 마련입니다. 교만함은 부족한 부분을 항상 눈에서 가리지만, 겸손은 그 부족한 부분을 새로 채우려고 노력하기 때문에 우리를 더 나은 경지의 사람으로 만들어 줍니다. 사람마다 타고난 기품과 성질이 다릅니다. 타인의 마음과 입장을 먼저 헤아리는 사람이 있고, 자신의 마음과 입장만을 중심에 두는 사람도 있습니다. 겸손한 사람은 자신의 뜻을 관철시키기 위해 타인을 조종하거나 농락하지 않습니다.

반면에 교만한 사람은 있는 그대로의 자신을 받아들이지 못하고 타인과의 비교를 통해 자신의 우월감을 확인하고 유지하려고 합니다. 그러나 겸손한 사람은 타인의 인정과 대접을 갈망하지 않고 자신의 존재 자체로 자족하며 행복할 줄 압니다. 이들은 자신보다 잘난 상대방에게 열등감이나 박탈감을 느끼지 않기 때문에 상대방을 깎아 내려가며 자신의 우월성을 드러내는데 에너지를 허비하지 않습니다. 그러나 교만한 사람은 있는 그대로의 자신을 받아들이지 못하고 타인과의 비교를 통해 자신의 우월감을 확인하고 유지하려 합니다.

이 모든 것을 배 위에서 크게 깨달은 선비는 학문보다 고매한 인격을 더 쌓은 후, 교만을 버리고 더욱 겸손함을 키운 후 과거를 봐야겠다며 다시 배를 타고 고향으로 돌아갔다 합니다.

#75

　　장마가 끝나고 폭염을 동반한 무더위가 이어지는
가운데 코로나가 재확산 되면서 시민들의 불쾌지수가 치솟고 있습니
다. 후덥지근한 날씨에 마스크를 착용할 경우 불편이 이만저만이 아
니기 때문입니다. 코로나 재확산은 새로운 변이의 출현, 백신 접종
면역 약화 등에 따른 것이기에 전세계적인 추세입니다. 다만 외국에
서는 정부가 나서 마스크 착용을 권고하는 것과 달리 우리나라는 이
달 중 감염병 등급을 낮추고 병원에서의 실내 마스크 착용 의무도 전
면 해제되는 등 방역을 완화하고 있어 확산이 우려되고 있는 실정입
니다. 눈에도 보이지 않는 초미세 바이러스 한 점 때문에 만물의 영
장이라고 자부하는 70억 인류가 벌벌 떨고 있으니 코메디도 이런 코
메디는 없을 것입니다. 그것도 바이러스를 바로 잡을 최고의 백신을
집안에 지천으로 쌓아 놓고도 먹지 않고서 많은 사람들이 불안에 떨
고 있으니 참으로 어처구니 없는 일이지요.

　　지구상 모든 바이러스는 외막은 지방으로 덮여 있고 내막은 단백
질로 구성되어 있기 때문에 0.9%의 소금물에 닿는 순간 삼투압 작용
에 의해서 터져 죽는다는 것은 이미 밝혀진 사실입니다. 실례로 지렁
이 같은 유선충은 외피는 근육세포로 되어 있고 내부는 지방과 단백
질로 되어 있기 때문에 소금물에 담가 놓으면 바짝 쪼그라듭니다. 그
것은 소금물이 삼투압 작용으로 지렁이 몸속에 들어 있는 지방과 단

백질을 중화시켜서 싹 뽑아냈기 때문입니다. 즉 배추를 소금으로 절이면 수분이 빠지면서 숨이 죽는 것과 똑 같은 원리입니다. 그와 같이 바이러스와 세균은 외피와 내막까지 지방과 단백질로만 되어 있으므로 눈물, 콧물, 침의 염도를 0.9%만 유지시켜 주면 들어오는 즉시 녹아버린다는 것을 인체 공학을 연구하는 학자들은 다 알고 있는 사실입니다. 그런데 지금과 같이 수많은 사람들이 코로나 바이러스에 희생되고 있는 데도 그것을 잘 알고 있는 수많은 전문가들은 왜 말이 없을까요? 소금물로 가글하고 소금으로 양치질하고 사용한 치솔을 소금물에 담가 놓았다가 다시 사용하라는 것도 바이러스나 세균을 살균시키기 위함이라는 것은 삼척동자도 다 아는 사실이죠. 소금은 어둡고 습한 곳에 수억 년을 놓아 두어도 곰팡이가 생기지 않습니다. 그만큼 바이러스와 세균에는 영원한 천적인 것입니다. 그러므로 지금과 같이 무서운 바이러스가 창궐할 때는 무조건 소금을 많이 먹고 체내 염도를 0.9%만 유지시켜 주면 지구상에 어떠한 바이러스도 체내에 범접을 못한다는 것을 꼭 유념하시기 바랍니다. 우리 몸의 염분 부족은 만병의 근원입니다.

#76

케냐 나이로비에 존 다우라는 소년이 있었습니다. 어머니가 죽고나서 의붓 아버지의 심한 학대와 매질로 집을 뛰쳐나와 거지가 되었습니다. 소년은 다른 거지 아이들처럼 길거리에서 구걸을 했는데, 매일 주린 배를 채우기 위해 지나가는 차가 신호를 받고 있거나 잠시 정차하는 차에 손을 내밀어 도와달라 애걸하는 중이었습니다.

어느 날 존 다우는 예전처럼 갓길에 주차되어 있는 차로 다가갔습니다. 사실 이러한 거지 소년들은 사람들이 골칫거리로 여기고 있었습니다. 그것은 대부분이 아이들을 좀도둑으로 보고 있었기 때문입니다. 그렇지만 한 조각의 빵을 사기 위해 존 다우는 그날도 차안으로 손을 쑥 내밀었습니다. 그 차 뒷좌석에는 어떤 여성이 타고 있었습니다. 그녀는 휴대용 산소호흡기에 의지해 힘겹게 숨을 쉬고 있었습니다. 소년은 그녀의 모습에 멈칫하며 놀랐습니다. 그리고 물었습니다. 왜 이런 걸 끼고 있어요? 그러자 그녀는 이렇게 말했습니다. 나는 이게 없으면 숨을 쉴 수 없어 살아갈 수 없단다. 사실 수술을 받아야 하지만 나에게는 그럴 만한 돈이 없단다. 그러자 소년의 눈에서 눈물이 흘러 내렸습니다. 이 여자는 글래디스 카만데라는 여성인데 남편의 심한 구타로 폐를 다쳤습니다. 소년은 거리에서 구걸하며 살아가는 자신보다 더 어려운 사람이 세상에 있다는 사실을 깨닫고, 이 여자에게 제가 잠깐 기도를 해 드려도 될까요? 하며 제의를 했습니다. 그리곤 여자의 손을 잡고 가슴 깊이 뜨거운 기도를 시작했습니다. 하느님 제발 이분의 병을 낫게 해 주세요.

기도하는 동안 소년의 눈에서는 눈물이 계속 흘러내렸습니다. 그리곤 그간 구걸해 주머니 속 깊이 넣어 둔 얼마 되지 않은 자신의 전 재산인 돈을 그 여자의 손에 쥐어 주었습니다. 아주 적은 돈이지만 수술비에 보태 쓰세요. 이 광경을 처음부터 계속 지켜보던 한 시민에 의해 사진과 사연이 SNS상에 공개 되었습니다. 이 이야기는 삽시간에 전 세계로 퍼져 나갔고 이 여자의 수술비가 무려 8천만 불이 훨씬 넘게 모아졌습니다. 소년의 간절한 기도에 대한 하느님의 응답은 실로 대단한 결과를 가져다 주었고 이 여자는 인도에서 무사히 수술을 잘 받아 건강을 되찾을 수 있었습니다. 수술 후, 이 여자는 곧 바로 그 소년을 찾았습니다. 하지만 소년은 그간 인터넷을 통하여 너무 많이 알려지게 되어, 니시라는 아주 마음 좋은 어느 부유한 여자분이 이 소년을 아들로 입양했다 했습니다.

세상 사람들은 마음을 비우면 비로소 넓게 보이고, 비우고 나면 다시 무언가 채워진다 하였습니다. 재물이 부자인 사람은 근심이 한짐이요, 마음이 부자인 사람은 행복이 한짐이다. 천국과 지옥은 마음먹기에 달렸다.

#77

　　내가 살아보니까 사람들은 남의 삶에 그다지 관심이 많지 않다. 그래서 남을 쳐다볼 때는 부러워서든 불쌍해서든 그저 호기심이나 구경의 차원을 넘지 않더라. 내가 살아보니까 정말이지 명품 핸드백을 들고 다니든 비닐봉지를 들고 다니든 중요한 것은 그 내용물이더라.

　　내가 살아보니까 남들의 가치 기준에 따라 내 목표를 세우는 것이 얼마나 어리석고, 나를 남과 비교하는 것이 얼마나 시간 낭비이며, 그렇게 함으로써 내 가치를 깎아 내리는 것이 바보 같은 짓인 줄을 알겠더라. 내가 살아보니까 내가 주는 친절과 사랑은 밑지는 적이 없더라. 소중한 사람을 만나는 것은 한 시간이 걸리고, 사랑하게 되는 것은 하루가 걸리지만, 그를 잊어버리는 것은 평생이 걸린다는 말이 있더라.

　　내가 살아보니까 남의 마음속에 좋은 추억으로 남는 것 만큼 보장된 투자는 없더라. 내가 살아보니까 결국 중요한 것은 껍데기가 아니고 알맹이더라. 겉모습이 아니라 마음이더라. 우리 나이면 꽤 많이 살아본거지. 이제 우리 나이면 무엇이 소중하고 무엇이 허망한 것인지 구분할 줄 아는 나이더라. 예쁘고 잘 생긴 사람은 TV에서 보거나 거리에서 구경하면 되고 내 실속 차리는 것이 더 중요하더라. 재미있게 공부해서 실력 쌓고, 진지하게 놀아서 경험을 쌓고, 진정으로 남을 위해 덕을 쌓는 것이 결국 내 실속이더라.

　몸을 안으면 포옹이지만, 마음까지 안으면 포용이다. 운명이란 말을 쓰지 마라. 그 순간 당신 삶의 주인은 운명이 된다. 행복은 찾아오는 것이 아니라 찾아가는 것이다. 행복은 스스로 움직이지 않기 때문이다. 젊음을 이기는 화장품도 없고 세월을 이기는 약도 없다. 내 마음을 열 수 있는 건 당신 뿐이다. 당신 마음의 비밀번호는 오직 당신만이 알 수 있기 때문이다. 하느님은 다시 일어서는 법을 가르치기 위해 넘어 뜨린다고 나는 믿는다.

78

사람이 머물다 떠난 자리는 어떤 흔적이든 흔적이 남기 마련입니다. 반드시 존재는 흔적을 남깁니다. 우리가 머물다 떠나는 장소에, 만남과 헤어짐의 끝에, 그리고 삶의 자국에 그렇다는 걸 누구나 다 압니다. 하루하루를 살아가는데 급급한 우리는 늘 어떻게 든 자취를남기지만 그 자취의 질과 양에 대해서는 생각하지 않고 있는 것입니다. 결혼식이 끝난 후에는 꽃잎과 꽃가루가 남습니다. 군인들이 야영하다 떠난 자리에는 텐트 친 자리와 트럭의 흔적이 있고, 야영객이 놀다 떠난 산 계곡에는 쓰레기와 음식물 찌꺼기가 남아 있습니다.

　　우리 속담에 호랑이는 죽어서 가죽을 남기고, 사람은 죽어서 이름을 남긴다는 말이 있습니다. 결국 사람이 산다는 것은 저마다의 삶의 흔적을 남기는 것에 다름 아닙니다. 누구나 자신의 이력서와 자기 소개서를 써보면 명료하게 삶의 모든 흔적이 나타납니다. 모든 사람은 돈으로, 권력으로, 미모로, 지식으로, 재주로 저마다 자신의 흔적을 남기며 살아가는 것이랍니다.

　　사람이 이 땅에 머물다 떠나면 크게 두 가지로 흔적이 남게 됩니다. 첫째는, 사람이 세상에 살면서 행한 행실이 흔적으로 남습니다. 어떤 이는 악하고 추한 행실의 흔적이 남고 또 다른 이는 자랑스럽고 고귀한 흔적이 남습니다. 구 한말의 매국노 이완용은 지금까지 비참하고 더러운 이름으로 남아 있지만, 조국을 위해 제 한 몸 초개같이 불살랐던 안중근 의사나, 울면서 달라 붙은 아들에게 아들아, 나는 너만의 아버지가 아니다. 너도 나만의 아들이 아니란다 라는 말을 남기고 상해로 떠났던 윤봉길 의사는 만고에 찬란하고 자랑스러운 이름으로 남아 있습니다.

둘째로, 사람은 자손을 흔적으로 남깁니다. 시인은 시로 말하고 음악가는 오선지로 말을 합니다. 화가는 그림으로 말하듯 각자 남기는 흔적이 있습니다. 오늘 내가 남기는 흔적이 곧 나의 역사이며 동시에 나의 미래입니다. 우리도 언젠가는 떠날 텐데 어떤 흔적을 남기고 가야 할까요? 누군가를 울린 감동의 흔적을 문신처럼 새겨진 것은 아닐지라도 누군가의 가슴에 남고, 영혼에 아로 새겨집니다. 그러다가 어느 날 문득 바람에 실려, 빗줄기를 타고, 햇살을 따라 떠오르다 사라질지 모르겠지만 사람의 삶의 흔적 그것은 쉽게 지워지지 않는 법입니다.

아브라함 링컨 대통령은 평소 한 가지 소원이 있었습니다. 마지막 날 그를 땅에 묻고 돌아가는 사람들에게서 이런 말을 듣고 싶었답니다. 아브라함 링컨! 그는 잡초를 뽑고 꽃을 심다 떠난 사람이다. 우리 모두도 잡초를 뽑고 꽃을 심다 떠나는 바람직한 인생을 살아가면 좋겠습니다.

#79

우주의 모든 존재들은 각각 자기 몫이 있고, 모든 존재가 자기 몫의 역할을 담당 수행함으로 우주는 존재합니다. 우리 인간은 더더욱 그러합니다. 왜냐 하면 다른 존재들은 숙명적 피동적으로 자기 몫을 부여 받지만, 인간만이 스스로 능동적으로 자기 몫을 정할 수 있기 때문입니다. 그 몫에는 누릴 권리의 몫, 담당해야 할 책임이나 의무의 몫도 있고, 누가 그 몫을 정해주지 않았지만 국가나 세계를 위해야 한다는 책임감의 몫을 스스로 마음에 새기고 일생을 바쳐 매진하는 사람도 있습니다. 보통은 받아야 할 몫에 마음이 메이지만, 더러는 주어야 할 몫에 더 주목하는 사람도 있습니다. 한 가정에서 아버지, 어머니, 아들 딸 모든 구성원들이 각자가 담당해야 할 자기 몫을 다 할 때 가정에 화평이 오고, 그들이 누릴 행복의 몫도 커집니다. 그대는 어느 편입니까?

미국 대통령 케네디가 취임 연설에서 국가가 당신에게 무엇을 할 수 있을지 묻지 말고, 여러분이 국가를 위하여 무엇을 할 수 있을지 물으십시요 라고 한 말은 우리가 새겨야 할 명언 중의 명언입니다. 책임, 의무, 행복, 기쁨들은 그것을 담을 그릇이 문제입니다. 우주와 자연에는 모든 사람의 어떤 그릇도 넘치게 할 한없는 아름다움, 기쁨과 행복이 있습니다. 이런 아름다움도 자기 몫으로 정하여 가슴의 큰 그릇에 가득 담는 자의 것이며 궁극적으로 내 몫이 하는 것입니다.

정글에서 동물들이 먹이의 몫을 놓고 다투는 모습이 아니라, 타인에게 베풀려는 나누는 삶을 찾는 은혜가 그대와 저 그리고 우리나라에 들꽃처럼 퍼져 나가기를 기원합니다.

#80

복福이란? 새해 복 많이 받으세요. 한 해의 시작점에서 가장 많이 들리는 인사말이다. 우리는 복을 좋아하는 민족이다. 그래서 설날에 복조리도 돌리고, 옛 어른들께서 베고 주무시던 베개에도 복福이란 글자를 써 놓았다. 복이란 한자를 파자 해보면 원래 볼 시示와 복복畐의 회의문자會意文字이다. 시는 하늘(天)이 사람에게 내려주는 신의神意의 상형문자이고, 복은 복부, 배가 불러 오른 단지의 상형문자로 즉 하늘의 시혜이다.

우리 민족의 복 개념은 물질적이고 저급한 것만은 아니었다. 오복五福의 경우 수壽, 부富, 강녕康寧, 수호덕修好德 고종명考終命이었는데, 즉 오래 살고, 부유하고, 몸과 마음이 건강하고, 덕을 쌓고, 삶의 유종의 미를 거두는 것을 뜻하였다. 오래 사는 것 뿐 아니라 잘 죽는 것, 물질이 풍성한 것 뿐 아니라 덕을 쌓는 것이 복이라고 생각했다. 몸과 마음의 평안을 함께 추구하는 균형있는 지혜가 우리 조상들에게는 있었다. 세상에 복을 싫어하는 사람은 없다. 그러나 복의 추구 자체가 반드시 행복한 결과를 가져오는 것은 아니다. 옛 시대 복의 개념은 철저하게 가족 공동체 안에 귀속되어 있느냐, 아니냐에 따라서 결정되었다. 가족 공동체 안에만 있으면 의식주 뿐만 아니라 교육, 성장, 결혼에 이르기까지 모든 문제가 보호안에서 해결 되었기 때문이다. 그러나 가족 공동체를 벗어나가나 부족 단위에서 이탈된 무리들은, 의식주 뿐만 아니라 생명까지도 보호 받지를 못했다. 그렇게 가족 공동체 안에 소속되어 있는 그 자체가 복을 누리는 삶이었다.

세상에는 여러 형태의 사랑이 있지만 가족 간의 사랑처럼 순수하고 희생적인 사랑이 또 있을까? 그런 사랑의 공동체 안에 머무르는 삶이 진정으로 복된 삶이었다. 그런데 이 복을 가난한 사람에게 물으면 돈 많은 것이 복이라 하고, 돈 많은 사람에게 물으면 건강한 것이 복이라 하고, 건강한 사람에게 물으면 화목한 것이 복이라 하고, 화목한 사람에게 물으면 자식 있는 것이 복이라 하고, 자식 있는 사람에게 물으면 무자식이 상 팔자며 복이라 합니다.

결국 복이란? 남에게는 있는데 나에게는 없는 것을 얻게 되는 것이 복이라 생각하는 것 같습니다. 그런데 역으로 생각하면 남에게는 없는데 나에게는 있는 것 그것이 진정한 복이 아닐까요? 그렇게 생각 하나 바꿔 자기 만족을 통해 최선의 노력을 다하면 복이 다가 온다는 것입니다.

#81

　초등학교 2학년 담임 선생님이 아이들에게 숙제를 내주었습니다. 부모님께서 가장 소중하게 생각하시는 물건을 그려 오는 거다. 엄마나 아빠가 가장 소중하게 생각하시는 물건을 한 가지씩 만 예쁘게 잘 그려 오는거야. 알았지? 선생님의 말씀에 아이들은 저마다 많은 생각에 잠깁니다. 엄마나 아빠가 가장 소중하게 생각하고 계신 것이 무엇일까? 학생들 각자는 머리속에 그 물건이 무엇인가를 상상하며 그려 봅니다.

　다음 날 발표시간이 되었습니다. 첫번 째 아이가 나와서 지신이 그린 그림을 친구들에게 보여 주면서 설명을 합니다. 이건 우리 아빠가 부는 나팔인데요, 우리 아빠가 이것을 불면 엄마는 노래를 하십니다. 두 분이 다 아주 소중하게 여기시는 악기입니다. 노란 금으로 도금이 되어 비싼 악기라고 하였습니다. 또 다른 아이가 나왔습니다. 저희 할아버지가 다른 사람에게는 손도 못 대게 하는 아주 비싼 도자기입니다. 우리 집안의 가보라고 합니다. 값이 얼마인지도 모르는 아주 비싸고 귀중한 도자기라고 하셨습니다.

　이렇게 여러 아이들의 그림을 보면, 카메라를 그려온 아이, 승용차를 그려온 아이, 엄마의 보석 반지를 그려온 아이, 아이들의 그림 속에는 정말 비싸고 귀해 보이는 물건들이 가득히 있었습니다. 선생님도 그 아이들의 가보 자랑에 놀라지 않을 수가 없었습니다. 그런데 마지막으로 발표를 한 영준이가 자신의 도화지를 펼쳐 보이자 아이들이 깔깔대며 손가락질을 하였습니다. 영준이가 들고 있는 도화지에는 쭈글쭈글한 베개 하나가 덜렁 그려져 있었습니다. 하지만 영준이는 친구들의 웃음소리에 아랑곳 하지 않고 발표를 계속 하였습니다. 이건 우리 엄마가 베고 주무시던 베개인데요. 그런데 우리 엄마는 작년에 돌아 가서 이 세상에는 안 계십니다. 엄마는 더 이상 이 베개를 베실 수가 없습니다. 그런데 우리 아빠는 이 베개만은 절대로 버리지 않으셨어요. 그리고 이 베개를 엄마가 살아 계셨을 때와 똑같이 침상에 나란히 올려 놓고 주무십니다. 우리 아빠에게는 이 베개가 가장 소중한 물건입니다. 난 우리 아빠의 침상에 가서 엄마의 베개를 보면 엄마 생각이 납니다. 엄마의 베개를 가슴에 안고 여러 번 울기도 했습니다. 엄마가 너무너무 보고 싶어요. 너무너무… 우리 엄마가… 영준이는 목이 메어 더 이상 설명을 못 하였습니다.

떠들썩 하던 교실의 분위기가 갑자기 조용해졌습니다. 영준이 짝꿍은 영준이의 엄마를 생각하며 훌쩍거리기 시작하였습니다. 그 옆에 있던 아이가 또 눈물을 닦고 있었습니다. 순간적으로 교실 안이 눈물바다가 되었습니다. 엄마가 없는 영준이, 그리고 엄마가 베던 베개를 침대 위에 고스란히 간직하고 주무시는 영준이 아빠의 외로운 모습이 눈 앞에 그려졌기 때문일 것입니다.

선생님도 콧날이 시큰해 지셨지만 억지로 눈물을 참고 있었습니다. 선생님은 살며시 영준의의 옆으로 다가 가서 떨리는 영준이의 어깨를 꼬옥 감싸 안아 주셨습니다. 엄마가 살아 계셨을 때에 자식을 껴안아 주듯이 그리고 여러 학생들에게 말씀하셨습니다. 정말로 이 베개는 무엇보다도 가장 값지고 소중한 물건이로구나. 눈물을 훔치던 모든 아이들은 다 일어서서 영준이에게 박수를 보냈습니다.

부모는 자식의 거울이란 말이 있습니다. 자녀가 올바른 길을 걸을

수 있도록 물질이나 돈보다 더 소중한 것을 아끼는 모습을 보여주는
것도 자녀교육에 있어 큰 가르침이 될 수 있을 것입니다.

#82

 사람에게 품격品格이 있듯이 꽃에도 화격花格이 있습니다. 눈 속에서 꽃이 핀다 하여 매화가 1품이요. 찬 서리를 맞고 꽃이 핀다 하여 국화가 2품이요. 웅덩이 진흙 속에서 꽃이 핀다 하여 연꽃이 3품입니다. 북향으로 떠난 님을 위해 오롯이 북쪽을 향해서만 꽃이 핀다 하여 목련이 4품이요. 가시가 돋아나 스스로 꽃을 지킨다 하여 장미가 5품입니다.

 사람의 품격을 가르는 스승과 제자의 대화입니다. 스승님! 같은 이름의 물건이라도 그 품질에 상하가 있듯이, 사람의 품격에도 상하가 있지 않겠습니까? 그러하지 하오만, 사람의 품격을 어찌 구별할 수 있겠습니까? 생각이 짧아 언행言行이 경망輕妄스럽고, 욕심慾心에 따라 사는 사람을 하지하下之下라 하며 재물財物과 지위地位에 의존依存하여 사는 사람의 품격은 하下라 할 수 있고, 지식知識과 기술技術에 의지依支하여 사는 사람은 중中이라 하고, 자신의 분복分福에 만족滿足하고, 정직正直하게 사는 사람의 품격을 중상中上이라 할 수 있으며, 덕德과 정情을 지니고 지혜롭게 사는 사람의 품격을 상上이라 하는 것이다. 그 중 살아 있음을 크게 기뻐하지도 않고, 죽음이 목전目前에 닥친다 해도 두려워 하거나 슬퍼하지 않으며, 그것이 천명天命이라 여기고 겸허謙虛하게 받아 들일 수 있는 사람만이 가히可히 상지상上之上의 품격을 지닌 사람이라 할 것이다. 꽃은 아무리 아름다워도 계절이 지나면 시들어 가지만 인연의 향기는 한평생 잊어지지 않습니다. 한평생 살면서 옳은 친구 한 명만 옆에 두어도 성공한 삶을 살았다고 한답니다. 사라져 가는 것은 아름답습니다.

　아무리 화사한 벚꽃이라도 떨어지지 않고 항상 나무에 붙어 있다면 사람들은 벚꽃 구경을 그리 좋아 하지 않을 것입니다. 사라져 가는 것들에 아쉬워 하지 마세요.꽃도, 시간도, 사랑도, 사람도, 결국 사라지고 사라져 가는 것은 또 새로운 것들 을 잉태하기에 아름다운 법입니다. 공자가 말하기를 주식형제천개유酒食兄弟千個有 술 마실 때 형.동생하는 친구는 많아도 급난지붕일개무急難之朋一個無 급하고 어려울 때 도움을 주는 친구는 하나도 없다. 그 누군가가 말했습니다. 내가 죽었을 때 술 한 잔 따라주며 눈물을 흘려줄 그런 친구가 과연 몇 명이나 있을까? 인생에서 가장 큰 선물, 우리 모두 품격을 길러 가슴 따뜻한 친구가 될 수 있도록 노력합시다.

83

우리나라 야구선수 김하성이 뛰고 있는 미국의 샌디에이고 지방은 스패니 시어로 바다의 보석이라는 뜻으로 불리울 정도로 매우 아름다운 지역입니다. 특히 부촌으로 널리 알려져 있으며 UCSD와 세계적인 스크립스 해양연구소, 솔크 연구소 등이 위치 해있으며, 거기에다 경관 좋고 기후가 좋아 주거지역으로 최상의 지역이라서 이곳 외곽에는 어마어마한 호화주택들이 즐비한 곳입니다.

이 샌디에이고 도시에 74년 전 6.25 한국전쟁 당시에 있었던 일입니다. 하루는 한국 전쟁에 나간 아들로부터 어머니에게 전화가 걸려왔는데, 그 아들이 말하기를 어머니 이제 제가 제대를 하고 집에 돌아갈 것입니다. 어머니는 너무 기뻐서 얘야 전화는 무슨 전화야 빨리 오너라. 너를 얼마나 기다렸는데 어서 와. 그런데 어머니 집에 갈 때 친구 한 사람을 데려 가려고 합니다. 그 어머니는 아무 생각 없이 친구를 데려 오라고 말했습니다. 그러나 아들은 그런데 그 친구는 한국 전쟁에서 부상을 당하여 한 눈을 실명하고 팔과 다리 하나 씩이 없는 불구자로 오갈 때가 없어 제가 데리고 살아야 합니다. 아무튼 데려 오너라. 어머니 일주일은 안 됩니다. 한 달 정도는 되겠니? 아닙니다. 평생을 같이 살아야 합니다.

어머니는 아들을 설득합니다. 얘야, 네가 그 친구를 평생 데리고 살려는 것은 정말 기특한 생각이다마는 인정과 현실은 엄연히 다르단다. 그런 불구자와 평생을 같이 지낸다는 것이 얼마나 힘이 드는지 겪어보지 않은 사람은 절대로 모른단다. 처음에는 불쌍하다는 생각이 들겠지만 시간이 지나면서 귀찮아 질 수도 있어서, 처음에 가졌던 좋은 감정까지 망치는 경우가 흔하단다. 그래서 결국 감당할 수 없는 무거운 짐이 되고 만단다.

어머니의 말이 다 끝나기도 전에 전화가 덜꺽 끊어졌습니다. 그리고 다음 날 아침에 경찰서에서 전화가 왔습니다. 당신의 아들이 어젯밤 샌디에이고 호텔 12층에서 투신 자살을 했으니 사체를 찾아가시기 바랍니다. 그 부모는 너무 놀라서 곧 바로 경찰서로 찾아갔습니다. 그리고 죽은 아들을 본 순간 그 부인은 땅을 치고 통곡을 하다 기절하기를 반복했습니다. 바로 한 쪽 눈이 없고 한 팔과 한 다리가 잘려 나간 가련한 그 시신은 자기 아들이었기 때문이었습니다. 그 아들은 몸이 불구가 되어 집에 돌아오면서 이런 아들을 받아 주고 평생 변함없이 사랑해 줄 부모인지를 확인하려 전화로 사전 타전한 것인데 어머니는 일상에 비추워 평생 부양에 반대의사를 표한 것이었기 때문이었습니다.

이 이야기는 사실로 있었던 실화입니다. 긴 병에 효자 없다는 옛말이 있습니다. 부모의 병이라도 오랫동안 병시중을 들게 되면 소홀히 대 할 적이 있게 된다는 말입니다만 요즘은 즉 바로 현대판 고려장인 요양원 행이 십상입니다. 어떤 일이든 오래 끌면 그 일에 대한 성의가 덜하게 되는 것이지요. 너무 장기화되는 사업 계획 때문에 처음에 열의를 갖고 일하던 사람들도 점차 의욕을 잃게 되는 경우를 일컬어 표현하는 말이기도 합니다. 또한 사랑은 내리 사랑이라는 말도 있습니다. 내리사랑의 반대말은 치사랑입니다. 보통 부모의 자식 사랑을 내리사랑이라고 하고 자식의 부모사랑을 치사랑이라고 하지요. 이 속담은 부모의 사랑을 절대로 자식이 이길 수 없다는 의미입니다. 부모를 잃은 아이를 고아라고 하는데, 아이를 잃은 부모에 대한 단어조차 없는 것은 그 고통을 가늠한 말이 없어서 라는 말도 있습니다만 평생을 불구자식의 간병에 바쳐야 한다는 건 부모 로서도 힘이 드는 건 자명한 사실이란 생각이 듭니다.

#84

　　나이 들어 저절로 알게 되는 것. 3,000만 원 짜리 시계를 차거나 30만 원 짜리 시계를 차거나 모두 똑같은 시간을 알려 준다는 것. 400만 원 짜리 위스키를 마시거나 4천원 짜리 소주를 마시거나 취하는 효과는 똑같다는 것. 100평 짜리 집에서 살거나 15평 짜리 집에서 살거나 혼자라면 외로움은 마찬가지라는 것. 진정한 내면의 행복은 세상의 물질적인 것이 아니라는 사실. 1등석을 타건 이코노미석을 타건 비행기가 추락한다면 똑같이 함께 떨어진다는 것. 그런고로 배우자 건, 동료 건, 친구 건, 형제자매 건, 함께 채팅을 하는 사람이건 같이 만나서 웃고, 세상사는 이야기 든, 정치이야기 든, 노래방에서 노래하든 함께하는 친구들이 있다는 것은 행복입니다.

　　부정할 수 없는 사실 5가지.
　　1) 아이들에게 부자가 되라고 가르치지 말고, 행복하라고 가르쳐라. 그러면 그들이 자라서 사물을 보는 눈이 가격으로 보지 않고 가치로 보게 될 것이다. 2) 음식을 약처럼 먹어라. 그렇지 않으면 약을 음식처럼 먹게 된다. 3) 너를 진정으로 사랑하는 사람은 절대로 떠나지 않을지니, 그 이유는 100가지의 포기하게 될 이유가 있더라도 한 가지라도 함께 할 이유를 찾아낼 것이다. 4) 당신은 태어날 때 사랑

을 받고 태어났다. 당신은 생을 마칠 때 역시 사랑을 받고 마쳐야 한다. 그 사이를 잘 관리해야 하는 것은 오로지 당신 몫이다. 5) 빨리 걷고 싶을 땐 혼자 걸어라. 그러나 멀리 걷고 싶을 땐 함께 걸어라.

세상에서 가장 좋은 6명의名醫.

1) 햇볕 2)휴식休息 3) 운동運動 4) 식이요법食餌療法 5) 자신감自信感 6) 친구親舊.

늘 상 옆에 두고 함께 하시기를….

불만은 위를 보고 아래를 보지 못한 탓이요, 오만은 아래만을 보고 위를 보지 못한 탓이니 그건 곧 비우지 못한 욕심과 낮추지 못한 교만으로부터 자아를 다스리는 슬기로움이 부족한 탓이다. 지혜로운 사람은 남보다 내 허물을 먼저 돌아볼 것이며, 어진 사람은 헐뜯기보다 칭찬을 앞세울 것이다.

마음의 평화는 비움이 주는 축복이요, 영혼의 향기는 낮춤이 주는 선물이다. 말(言)이 번듯하다고 해서 곧 행동이 반듯한 것은 아니며, 얼굴이 곱다고 해서 곧 마음씨가 고운 것도 아니다. 학문이 높다고 해서 반드시 인격이 높은 것은 아니며, 부富를 쌓았다고 해서 반드시 덕德을 쌓은 것도 아니다. 진실한 사람은 말로써 말하지 아니하고, 정직한 사람은 매사에 곧음이 드러난다. 있어도 인색한 사람이 있는가 하면 없어도 후한 사람이 있다. 아는 것이 많아도 모르는 것이 더 많다는 겸손은 지식인의 참 미덕美德이다. 어진 사람은 그 도량이 큰 나무와 같아 제 그늘로 쉼터를 제공한다.

또한 선善한 사람은 그 성품이 꽃처럼 아름다워 제 향기로 나비를 부른다. 모름지기 의인이란 어떤 상황에서 취해야 할 것이 무엇이고, 버려야 할 것이 무엇인지를 분별하는 지혜가 우선해야 한다. 자신이 옳다고 믿는 것을 지지하고 옹호할 수 있는 능력과 용기가 필요하다. 거짓됨이 없이 자기가 하는 말에 정성과 성실의 자세로 임해야 한다. 스스로 욕구나 감정 등을 잘 통제하고 다스릴 수 있는 절제가 긴요하다. 그러나 거짓을 일삼는 사람은 세치의 혀舌로 불신을 낳고, 그 조직의 구성원이면서 조직의 안위와는 무관하게 오로지 자신의 출세만을 위해 술수에 능한 사람은 스스로 제 무덤을 파는 사람이다.

85

눈에서 멀어지면 마음에서도 멀어진다.

우리 속담에도 먼 친척보다 가까운 이웃사촌이 낫다는 말이 있습니다. 이는 늘 가까이에서 만날 수 있어야 마음도 변치 않는다는 뜻의 정석으로, 사람은 자주 만나야 정이 들고 돈독해진다고 합니다. 영미권 속담에도 눈에서 멀어지면 마음에서도 멀어진다(Out of sight, out of mind) 와 일맥상통하는 부분입니다.

어느 처녀 총각이 있었습니다. 총각은 처녀를 많이 사랑했습니다. 하지만 이 둘은 직장 관계로 멀리 떨어져 있었기에 자주 만날 수가 없었습니다. 그래서 총각은 처녀에게 사랑의 편지를 자그마치 2년여 동안 400여 통의 편지를 보냈다고 합니다. 대단한 사랑의 증표였지요? 드디어 2년 후에 이 처녀가 결혼을 했답니다. 누구와 했냐구요? 400번 이나 편지를 보낸 총각이 아닌 편지를 배달한 우편배달부와 결혼을 했다고 합니다. 이 이야기는 편지의 힘보다는 만남의 힘이 더 강하다는 반증입니다. 이런 것을 심리학에서는 단순 노출 효과 이론이라고 합니다. 하늘에 구름이 늘 한자리에 머무르지 않듯이 사람의 마음 또한 한사람에게만 머무르지 않는다는 것을 알아야 합니다.

가족도 마찬가지입니다. 부모님, 친인척, 친구들 등등 건강할 때 자주 만나야 합니다. 홀로 지내는 시간은 독毒이랍니다. 만나라, 이야기하라, 웃어라, 차도 술도 마셔라. 사람은 나이가 많을수록 만남이 더욱 중요하다고 했습니다. 즉 혼자서 한 시간 운동하는 것보다는 두세 명 모여서 대화 나누며 깔깔거리며, 커피 한 잔 또는 술 마시는 것이 몸에 훨씬 좋고 수명도 길어진다고 했습니다. 자주 어울려야 덜 늙습니다. 운동을 하면 더욱 좋겠지만, 안 해도 남과 어울려 다닌 사람이 더 튼튼했다는 얘기입니다. 어울리면 돌아 나니게 되고 우울증도 없어지고 활기차 집니다. 일 주일에 한 번 이상 친구나 지인들과 만나 대화를 나누며 교류하세요. 건강의 첩경입니다. 외로이 홀로 등산을 다니거나 운동을 하는 것보다 만나서 수다 떠는 것이 정신 건강에도 더 좋다는 얘기입니다.

86

불교의 근본 원리는 인과 연입니다. 모든 일에는 원인과 결과가 있다는 것입니다. 원인이 되는 것이 인이며, 그것에 외부로부터 연이 찾아와 합해지면 인연이 되고 그것이 세상에 결과로 나타납니다. 씨앗이 땅에 떨어지면 원인이 되고 그 씨앗을 자라게 해주는 흙, 비, 거름 등 모든 것이 연이며 자라서 열린 열매가 결과로 맺어지는 이것이 인과의 법칙입니다. 불교의 핵심 원리는 인과 연입니다. 이처럼 모든 일에는 원인이 있고 그에 따른 좋은 결과, 나쁜 결과가 있습니다. 자신의 행동이 원인이 되어서 씨를 뿌리는 대로 자라나기에 선한 행동은 선한 결과로 나쁜 행동은 나쁜 결과가 나타납니다. 당장은 보이지 않아도 언젠가는 되돌아 옵니다.

사람 사이의 인연도 마찬가지입니다. 인연도 좋은 인연과 나쁜 인연이 있습니다. 그걸 파악할 수 있는 눈을 갖지 못하고 다가오는 모든 인연을 받아 들인다면 조만간 사기를 당하거나 범죄에 가담하거나 피해자가 될 수 있습니다. 선한 행동을 하고 선한 마음을 키우면 자기도 모르는 사이에 선악을 분별할 수 있는 눈이 생깁니다. 악인 주위에 악인이 찾아오기에 교도소 동기에 공범이 많은 까닭이며, 선한 사람 주위에는 선한 사람으로 채워지게 되는 소이연 입니다.

중요한 것은 선악을 분별할 시야를 키우는 것입니다. 그래서 내 마음을 가꾸는 일이 필요합니다. 패션감각을 키우려면 자꾸 이런 저런 옷을 접해보고 패션에 대해서 연구하다 보면 저절로 멋진 스타일로 거듭나게 됩니다.

마음도 마찬가지 입니다. 자꾸 마음을 들여다보고, 가꾸고 마음을 다스리는 수양을 하다 보면 내 자신도 선함에 가까워지고, 내가 좋은 사람이 되면 내 주위에 좋은 사람을 불러 모으게 됩니다. 다가오는 인연을 막지 못하고 떠나는 인연도 막지 못합니다. 하지만 우리가 좋은 인연을 분별할 수 있는 눈을 키운다면 우리 삶은 불행보다는 행복에 한 걸음 더 다가갈 수 있을 것입니다. 살아가면서 어떤 인연을 만나고 맺느냐에 따라서 우리의 행복과 불행은 결정됩니다. 좋은 인연을 만나려면 스스로 먼저 내가 좋은 사람으로 거듭나야 합니다.

#87

어릴 때는 나보다 중요한 사람이 없고, 나이 들면 나보다 대단한 사람이 없고, 늙고 나면 나보다 더 못한 사람이 없습니다. 돈에 맞춰 일하면 직업이고, 돈을 넘어 일하면 소명입니다. 직업으로 일하면 월급을 받고, 소명으로 일하면 선물을 받습니다. 칭찬에 익숙하면 비난에 마음이 흔들리고, 대접에 익숙하면 푸대접에 마음이 상합니다. 문제는 익숙해져서 길들여진 내 마음입니다. 집은 좁아도 같이 살 수 있지만 사람 속이 좁으면 같이 살 수 없습니다. 내 힘으로 할 수 없는 일에 도전하지 않으면 내 힘으로 갈 수 없는 곳에 이를 수 없습니다. 나를 넘어서야 이곳을 떠나고 나를 이겨내야 그곳에 이릅니다. 갈 만큼 갔다고 생각하는 곳에서 얼마나 더 갈 수 있는지 아무도 모르고, 참을 만큼 참았다고 생각하는 곳에서 얼마나 더 참을 수 있는지 누구도 모릅니다.

지옥을 만드는 방법은 간단합니다. 가까이 있는 사람을 미워하면 됩니다. 천국을 만드는 방법도 간단합니다. 가까이 있는 사람을 사랑하면 됩니다. 모든 것이 다 가까이 있는 나로부터 상처를 받을 것인지 말 것인지 내가 결정합니다. 또 상처를 키울 것인지 말 것인지도 내가 결정합니다. 그 사람 행동은 어쩔 수 없지만, 반응은 언제나 내 몫입니다. 산고를 겪어야 새 생명이 태어나고 꽃샘 추위를 겪어야 봄이 오고, 어둠이 지나야 새벽이 옵니다. 거칠게 말할수록 거칠어지고, 음란하게 말할수록 음란해지고, 사납게 말할수록 사나워집니다. 모든 것이 나로부터 시작됩니다. 나를 다스려야 뜻을 이루고, 모든 것은 내 자신에게 달려 있습니다.

나는 우리나라가 세계에서 가장 아름다운 나라가 되기를 원합니다. 가장 부강한 나라가 되기를 원하시 않습니다. 내가 남의 침략에 가슴이 아팠으니 내 나라가 남을 침략하는 것을 원치 않습니다. 우리의 부력富力이 우리의 생활을 풍족히 할 만하고, 우리가 강력히 남의 침략을 막을 만하면 족합니다. 오직 한없이 가지고 싶은 것은 높은 문화의 힘입니다. 문화의 힘은 우리 자신을 행복하게 하고 나아가서 남에게도 행복을 주기 때문입니다.

#88

옛날 어느 마을 저잣거리에 사람들이 모여 수군거리고 있었습니다. 자네 그 소문 들었나? 아니 무슨 소문 말인가? 이런 답답한 사람을 봤나! 아직도 그 소문을 못 들었단 말인가? 아니 대관절 무슨 일인데 그러니 얼른 말해 보게나. 아니 글쎄 지 애비를 돈 천냥에 판다지. 누가 다 늙은 노인을 천냥이나 주고 사 간단 말인가? 난들 알겠는가, 웬 미친 놈의 장난이겠지. 그러자 옆에 있던 젊은 사람이 나서며 말했습니다. 허 거참 세상 야박하구려! 나 같은 사람은 고아로 자라 아버지가 없어 아쉬워 하는 판에 지 애비를 팔아 먹다니! 이런 망할 놈을 봤나.

젊은이가 집에 돌아와서는 그날 저잣거리에서 있었던 일을 아내에게 들려주었습니다. 그러자 아내가 황당하다는 표정을 지으며 말했습니다. 세상 참 별 사람이 다 있네요. 그나저나 그 노인은 불쌍해서 어떡하죠? 그러자 남편이 잠시 고민하더니, 무릎을 탁 치면서 이렇게 말하는 것이었습니다. 여보 내게 좋은 수가 있소. 아니 갑자기 그게 무슨 말씀이세요? 다름이 아니라 우리가 그 아버지를 사서 모시는 게 어떻겠소? 여보 우리 집에 그런 큰 돈이 어디 있어요? 보다시피 우린 10냥도 없는데. 돈이야 어떻게든 마련해보면 되지 않겠소?

그날부터 부부는 이웃 마을을 돌며 돈을 꾸려 다녔습니다. 하지만 천냥이라는 거금을 선뜻 꾸어 주는 사람이 있을리 만무했습니다. 그렇게 몇 날 며칠을 돌아다니다가 힘없이 집으로 돌아오는데 산 밑에 웬 허름한 집 한 채가 보였습니다.

아! 여보 목도 마른데 저기서 목이라도 좀 축이고 갑시다.

네, 서방님.

부부가 집에 들어서자 웬 할머니가 약초를 말리고 있었습니다. 이보쇼 여기까지 웬 일들이오? 지나가는 길손인데 목 좀 축일 수 있을런지요? 뭐 좋을 대로 하쇼! 할머니가 부부의 얼굴을 찬찬히 살펴보더니, 이렇게 물었습니다. 젊은 사람들이 얼굴에 수심이 가득하구려! 무슨 안 좋은 일이라도 있는게요? 남편이 한참을 망설이더니, 이렇게 말했습니다. 사실 돈을 꾸러 건넛 마을까지 갔다가 아무 소득 없이 빈손으로 돌아오는 길이랍니다. 대체 얼마나 꾸려고 그러오? 천냥입니다. 천냥이라? 아니 그리 큰 돈을 뭣에 쓰려고 그러오? 그러자 남편이 그간 있었던 사정을 사실대로 말해주었습니다. 요즘 세상에 흔치 않은 젊은이들이구먼, 참 기특 하구려? 그럼 아버지를 사면 어떻게 모시려우? 저희 내외는 돈이 별로 없으니 크게 호강시켜 드릴 수는 없습니다. 다만 정성을 다하면 마음이야 편하게 못 해 드리겠습니까? 그랬더니, 할머니가 정성이 갸륵하다며 자기 방으로 들어가 금 가락지 한 쌍을 선뜻 내어 주는 것이 아니겠습니까? 금부치라 내다 팔면 값이 꽤 될 것이오. 그들은 받을 수 없다며 거듭 거절했지만, 할머니는 두 손에 꼭 쥐어 주며 말했습니다. 이 늙은 것이 살면 얼마나 더 살겠소. 가져다가 좋은 일에 쓰시구려. 부부는 얼마나 고마운지 연신 절을 하며 나왔습니다.

그 길로 부부는 아버지를 판다는 집을 물어 물어 찾아 갔습니다. 아버지를 팔아먹을 지경이면 틀림없이 찢어지게 가난한 집이려니 했는데, 아니 글쎄 으리으리한 고래등 같은 기와집이 떡하니 서 있는 것이 아니겠습니까? 보아하니 형편도 좋아 보이는데 무엇이 아쉬워서 아버지를 판다고 한담! 남편은 속으로 이렇게 생각하고는 집으로 들어가 주인을 불렀습니다. 이보시오. 주인장 계시오? 뉘신데 그러시오? 집 안에서 마당을 쓸고 있던 사람이 대답했습니다. 아 그게 저잣거리에서 노인을 판다는 방을 보고 찾아 왔습니다. 집을 보아하니 내가 잘못 찾아온 것 같소이다. 아니요. 바로 찾아 오셨소이다. 아니 근데 정말이지! 이리 좋은 부잣집에서 아버지를 판다는 게 정말입니까? 그렇소이다. 그러면서 하인이 집 주인을 부르는 것이었습니다.

나으리 손님이 찾아 오셨습니다요. 그래! 누구더냐? 방 붙힌 것을 보고 찾아온 사람 같습니다요. 안으로 모셔라. 집 안으로 들어온 부부는 으리으리한 살림이나 가구 등에 깜짝 놀랐습니다. 그대들은 아무 쓰잘데기 없는 늙은이를 사서 뭐하려고 그러오? 남편은 속으로 아버지를 팔아먹는 주제에 별것을 다 묻는다 싶었지만 참으며 말했습니다. 우리 내외는 고아로 자라 평생 부모님을 모시고 한 번 살아보는 것이 소원이었습니다. 비록 가진 것은 없지만, 정성을 다하면 마음만은 편하게 모실 수 있을 것 같아 찾아왔습니다. 그러자 주인은 아버지를 내 줄 생각은 하지 않고 이렇게 다시 물었습니다. 그래 돈은 가져 왔소? 천냥은 미쳐 다 마련하지 못했지만, 부족한 돈은 반드시 벌어서 갚겠습니다. 하면서 반지를 팔아 마련한 백 냥을 주인에게 내 놓았습니다. 그랬더니, 주인이 무릎을 탁치며 말했습니다. 이제야 내가 소원을 풀었구나! 드디어 자식을 얻었어! 그러면서 두 부부 손을 잡고 덩실덩실 춤을 추었습니다. 부부가 웬일인가? 하고 눈을 동그랗게 뜨고 있으니 주인이 차근차근 이야기를 해 주었습니다. 아! 내 그간 수차례 방을 붙였지만 그 누구 하나 찾아 오는 사람이 없었다네! 그럼 어르신께서 직접 방을 붙였다는 말씀이시옵니까? 그렇지. 내 가진 건 많지만 자식이 없어 이 많은 유산을 누구에게 물려줄까? 구심하고 있었다네! 자네들 심성 정도면 이 재산을 물려 주어도 괜찮겠구먼! 그러자 두 부부는 자신들이 마련한 백 냥은 사실 산 밑에 사는 할머니 돈이었다며 그 분도 같이 살며는 어떻겠느냐고 물었습니다. 그러자 주인이 말했습니다. 아니! 그렇지 않아도 적적한데 식구가 늘면 나야 더욱 더 좋지!

오늘 이야기의 핵심은 이렇습니다. 종과득과종두득두種瓜得瓜種豆得豆 천망회회소이불루天網恢恢疎而不漏. 오이를 뿌리면 오이를 얻고 콩을 뿌리면 반드시 콩을 얻되 하늘의 그물은 넓어서 눈으로 보기에는 허술해 보이지만, 절대 어느 것 하나 빠뜨리는 법이 없다는 뜻으로 이 이야기가 제시하듯 자업자득 세상은 뿌린대로 거두는 게 이치랍니다.

어떤 문제이든 나로 인해 발생한 것은 내가 원인이고, 일의 시작이듯이 반드시 문제의 중심엔 내가 있고, 내가 주인공이며, 내가 그 결과를 받게 된다는 것입니다.

#89

베이징 대학에 합격한 시골 여학생의 감동 사
연으로 최근 중국 농촌의 한 가난한 여학생이 가오카오(高考, 중국판 수
능)에서 707점의 고득점으로 중국 최고 명문대인 베이징 대학의 입학
통지서를 받았다. 하지만 세간의 이목을 끈 점은 그녀의 고득점이 아
닌 그녀가 써 내려간 '가난아 고마워' 라는 한 편의 문장이었다.

그녀의 글은 중국 언론, 방송 및 SNS 등을 통해 급격히 중국 전역
에 퍼지며 큰 감동을 주고 있다. 사연의 주인공 왕신이는 중국 허베
이성 바오딩시의 한 가난한 농가에서 태어나 자랐다. 식구들은 작은
농토를 일궈 생계를 유지했다. 부친이 외지에서 노동 일을 하여 돈을
보내오긴 했지만, 턱없이 부족한 액수였다. 그녀는 어려서 부터 집안
농사일을 도우며 자랐다. 가난해도 밝은 모습을 잃지 않았지만, 8살
때 처음으로 가난이 삶에 가져다 준 아픔을 겪었다. 할머니기 병을
치료할 돈이 없어 세상을 떠나는 모습을 목격했기 때문이다. 새 옷을
사줄 돈이 없던 엄마는 친척들이 버리는 옷을 가져다 입을 만한 것을
빨아서 그녀와 동생들에게 입혔다. 그러면서 항상 옷은 예뻐 보이려
고 입는 게 아니라, 깔끔하고 따뜻하면 되는 거다 라고 가르쳤다. 그
녀는 엄마가 20년 째 같은 옷을 입는 이유를 이해할 수 있었다고 한
다. 이 같은 이유로 그녀와 동생들은 새 옷이나 새 신발을 사달라고
조른 적이 단 한 번도 없다. 학교에서 옷차림이 촌스럽다고 친구에게

놀림을 당한 적도 있지만, 인생은 다른 사람에게 보이기 위해 살아가는 것이 아니다 라고 여기며 그 옷을 중학교 3년 내내 입었다. 고학년이 되면서 마을에서 한참 떨어진 향으로 학교에 다녀야 했다. 교통비가 문제였다. 집에는 자전거가 한 대 뿐이어서 엄마가 끄는 자전거의 앞뒤에 동생과 그녀가 올라 탔다. 남들이 보면 서커스 곡예를 하는 것 같은 모습이었지만, 엄마는 3년 내내 한 번도 늦은 적 없이 아이들을 등, 하교 시켰다. 한 번은 큰 눈이 내려 자전거를 끌고 나갈 수가 없자 엄마는 걸어서 학교까지 아이들을 등, 하교를 시켰다. 그녀는 오가는 길에 엄마 동생과 함께 눈 싸움도 하고, 그 날 학교에서 배운 내용을 이야기 하면서 집까지 걸어서 갔다. 집에 도착했을 때는 이미 어둠이 내려 앉은 늦은 시간이었지만, 그때 그녀는 진정한 행복의 의미를 깨달았다고 전했다. 즉 행복이란 생활이 윤택하기 때문이 아니라, 스스로가 볼 수 있는 빛과 아름다움을 한껏 품에 안는 것이라고 느꼈다.

그녀는 이렇게 말한다. 가난아 고마워. 비록 너로 인해 나의 시야가 좁고, 자존심에 상처를 입기도 했고, 가까운 이를 하늘나라로 보내기도 했지만, 그래도 난 가난이 고마워. 왜냐하면 너는 나로 하여금 진정한 행복과 만족이 무엇인지 깨닫게 해줬으니까. 나의 세계에 바비 인형은 없었지만 향긋한 보리밭에서 물 장난을 칠 수 있었지. 비싼 간식거리는 없었지만, 동생과 함께 나무에 올라 과일도 따 먹었지. 가난아 고마워. 너로 인해 나는 자연의 신비와 아름다움을 접할 수 있었고, 하늘이 주신 은혜와 축복을 맛보았으니. 가난아 고마워. 너로 인해 교육과 지식의 힘을 얻게 되었어. 진리와 지혜의 빛은 내 영혼의 깊은 안개에 침투해 나의 어리석고 무지한 마음을 밝혀 주었지.

다음 달이면 그녀는 베이징 대학에 입학한다. 그녀의 어려운 집안

사정을 파악한 학교 측은 그녀의 등록금을 지원해 주기로 했다. 그녀는 교사가 꿈이다. 자기보다 더 열악한 환경에서 살아가는 아이들에게 열심히 노력하면 더 큰 세상을 만날 수 있다는 사실을 전해주고 싶다는 포부를 전했다고 합니다. 가난은 죄가 아니라 다만 조금 불편할 뿐입니다. 가난은 그저 가난일 뿐입니다. 죄도 아니고 치욕도 아닙니다. 진정 가난한 자는 가진 게 적은 사람이 아니라 마음이 가난한 사람입니다. 역설적으로 내 집이 없으니 세상 어느 곳에도 내 집을 지을 수 있으며, 집착이 없으니 걸림도 없는 것입니다. 가난이 고마울 수 있는 이유 중 하나입니다.

이용석 철학에세이
인생은 선택이다

모두에게 샬롬이라고

인사를 하던 목사님

중국의 한 만두 가게 앞에서 거의 다 헤진 남루한 옷 차림에 헝클어진 머리로 서성이는 남자가 있었습니다. 누가 봐도 노숙인 같아 보였습니다. 남자는 테이블에서 만두를 먹고 있는 손님들을 물끄러미 바라보고만 있었습니다. 그런데 손님 한 명이 주문한 만두를 다 먹지 못하고 절반 가까이 남긴 채 급하게 가게를 떠났습니다. 밖에서 그 상황을 지켜보고 있던 남자는 남은 만두가 있는 테이블로 급하게 들어가서는 의자에 털썩 주저 앉았습니다. 남자는 만두를 남겨두고 떠난 손님이 사용하던 젓가락을 손에 쥐고는 행복한 표정으로 남아 있는 만두를 먹으려고 했습니다. 그런데 만두 가게 주인이 나타나더니 남긴 만두 접시를 바로 치워 버렸습니다. 남자는 화를 내거나 항의할 수도 없었습니다. 자신은 이 가게의 손님이 아니라는 것을 스스로 잘 알고 있었기 때문입니다. 잠시 허탈해 하던 남자가 자리에서 일어나려는 데 만두 가게 주인이 다시 다가왔습니다. 주인의 손에는 김이 모락모락나는 새 만두가 담긴 접시가 들려 있었습니다. 돈은 안 받아도 되니깐 남이 남긴 음식 먹지 말고 이거 드세요.

    우리 주변에는 아무도 보지 않는 곳에서 조용히 나눔을 실천하는 사람들이 많이 있습니다. 사소한 일이지만 만두 한 접시라도 그 안에 사랑과 배려가 담겨 있다면 세상은 더 따뜻한 하루가 될 것입니다. 칼릴 지브란은 가난은 일시적인 결함이지만 나눔은 우리 모두를 건강한 부자가 되게 한다며 이웃과 사회를 향한 나눔은 우리 모두를 건강한 부자가 되게 한다고 말했습니다. 현대 사회에서의 소외가 심화되어 갈수록 우리에게 더욱 필요한 것은 다 함께 사는 사회를 만들고자하는 노력이며 사회의 모든 구성원이 서로를 존중하고 구성원으로서사회적 책임을 다하는 사회를 만들기 위한 실천입니다.

나눔과 봉사는 기본적으로 인간이 가진 능력과 자원을 창조적으로활용하여 사랑의 공동체를 만들어 나가자는 데 있다 할 것입니다. 우리의 도움이 필요한 곳에 도움의 손을 내밀고 도움이 필요한 기쁨의손을 잡는 것입니다.

#91

　남편이 잠 못 들고 뒤척이더니 자리에서 일어나 양복 주머니에서 꼬깃꼬깃한 오만 원짜리 한 장을 꺼냅니다. 무슨 돈이냐며 묻는 아내에게 남편은 자기의 비상금이었는데, 핼쑥한 모습이 안스럽다며 내일 몰래 혼자 고기 뷔페에 가서 소고기 실컷 먹고 오라고 주었습니다. 오만 원짜리 한 장을 펴서 쥐어 주는 남편을 바라보던 아내의 눈가엔 물기가⋯. 여보⋯ 저 하나도 힘들지 않아요. 어젯밤 남편에게서 오만 원을 받은 아내는 뷔페에 가지 못했습니다. 못먹고 산지 하루 이틀도 아닌데⋯. 노인정에 다니시는 시아버지께서도 며칠 째 많이 편찮으신 모양입니다. 아내는 앞치마에서 그 오만 원을 꺼내 노인정에 가는 시아버지 손에 쥐어 드렸습니다. 아버님 오만 원이에요. 제대로 용돈 한 번 못 드려서 죄송합니다. 작지만 이 돈으로 신세진 친구분들하고 약주 나누세요. 시아버지는 너무나 며느리가 고마웠습니다. 시아버지는 어려운 살림을 힘겹게 끌어 나가는 며느리가 보기 안스럽습니다. 시아버지는 그 돈 오만 원을 쓰지 못하고 노인정에 가서 실컷 자랑만 했습니다. 여보게들! 울 며느리가 오늘 용돈을 빵빵하게 줬다네! 그리고 그 돈을 장롱 깊숙한 곳에 두었습니다.

　며칠 후 설날, 할아버지는 손녀의 세배를 받았습니다. 손녀가 기우뚱거리며 절을 합니다. 주먹만한 것이 이제는 훌쩍 자라 내년엔 학교에 간답니다. 할아버지는 손녀가 눈에 넣어도 아프지 않습니다. 오냐 하고 절을 받으신 할아버지는 미리 준비해 놓은 그 오만 원을 손녀에게 세뱃돈으로 줬습니다. 할아버지, 고맙습니다. 내년에 학교에 들어가는 외동딸 지연이는 마냥 꿈에 부풀어 있습니다. 세뱃돈을 받은 지연이는 부엌에서 손님상을 차리는 엄마를 부릅니다. 엄마 책가방 얼마야? 엄마는 딸의 속을 알겠다는 듯 방긋 웃습니다. 왜? 우리 지연이 학교 가고 싶니? 지연이는 엄마에게 할아버지에게 세뱃돈으로 받았던 오만 원을 내밀었습니다. 엄마에게 맡길래. 내년에 나 예쁜 책가방 사줘야 돼!

요즘 남편이 많이 힘이 드는 모양입니다. 내색은 하지 않지만 안 하던 잠꼬대까지. 아침에 싸 주는 도시락 반찬이 매일 신 김치 쪼가리뿐이라 미안합니다. 아내는 조용히 일어나 남편 양복 주머니속에 일전에 딸 지연이가 맡겼었던 오만 원을 넣어둡니다. 여보… 내일 맛있는 거 사 드세요. 사랑해요 하는 쪽지와 함께… 사랑이란 나눌수록 커지는 것이 아닐까. 그 런 생각이 드네요. 이 세상 가장 행복한 사람은 누굴까요? 사랑을 나누는 사람이 아닐까 합니다.

사람이 사람을 헤아릴 수 있는 것은 눈도 아니고, 지성도 아니거니와 오직 마음 뿐이다.

#92

웃음은 몸과 마음을 치유하는 최고의 명약이
다. 최고의 운동은 걷기이고 최고의 양약은 웃음이다. 의학의 아버지
로 불리는 히포크라테스가 약 2,500년 전에 한 말이다. 그는 건강은
육체와 정신의 균형으로 생각했고, 웃음은 그 둘의 균형을 잡아주는
공짜 보약이라고 했다. 건강한 육체에 건강한 정신이 깃들고, 건강한
정신에 건강한 육체가 깃든다. 그러니 몸과 마음은 둘이면서도 하나
다. 웃음은 그 둘을 조화롭게 이어준다. 웃으면 늙지 않고 웃으면 건
강해진다. 서먹서먹한 인간 관계도 웃음 하나로 순간 친구가 된다.

인도에서 평생 소외된 사람들만을 보살피다가 하느님의 품에 안기
신, 마더 테레사 수녀는 함께 일할 사람을 선발하는 기준이 아주 간
단했다. 첫째, 잘 웃고, 둘째, 잘 먹고, 셋째, 잘 자는 사람이었다. 마
더 테레사는 이 3가지가 소외된 사람들을 섬기는 자의 기본 소양이
라 생각을 했던 것이다. 마더 테레사 뿐만이 아니다. 어느 한의원의
원장도 무조건 잘 웃는 직원을 뽑는다고 밝혔다. 그 이유 역시 아주
간단했다. 잘 웃는 직원이 일을 더 잘한다. 업무와 관련된 지식은 한
두 달이면 익히나, 웃는 것은 인격과 관련이 되어 있기 때문에 쉽게
가르쳐서 될 일이 아닌 것이다. 결국 웃음이 품격이며, 기회라는 얘
기다. 누구든지 잘 웃을 수 있다면 많은 기회를 얻을 수 있을거라는…
중국 속담에 웃지 않으려거든 장사를 하지 말라는 말이 있다.

이처럼 웃음은 인생의 종합 비타민이요, 때로는 치료제이다. 사람들은 기분이 좋은 사람에게 물건을 사려고 한다. 고객들은 물건 구입을 통해서 즐거움을 산다는 것이다. 지금 당장 웃어라. 세상에서 투자없이 최고의 성과를 내는 것은 웃음 밖에 없다. 거울을 보고 양쪽 입꼬리가 위로 올라가도록 모양을 만들며 크게 소리내어 웃어보라. 마음의 눌린 구김살까지 펴질 것이다. 스트레스의 원인이 웃는 마음이 없어서 생긴다고 한다. 미국 인디애나주 볼 메모리얼 병원에서는 웃음이 스트레스 호르몬인 코티졸의 양을 줄여 주고, 유익한 호르몬을 많이 분비하여 하루에 15초만 웃어도 이틀을 더 오래 산다고 밝히고 있다. 한 번 웃어라.그래야 두 번 웃을 수 있다. 오늘 웃어라. 그래야 내일도 웃을 수 있다. 내 얼굴에 보물을 가지고 있으면서 불운하다며 세상을 탓하지 말라. 마음이 구겨지면 얼굴이 찌그러든다. 내 얼굴에 있는 찡그림의 흉허물을 펴라. 그래야 세상의 온갖 기회가 내게 다가온다. 그리고 당신의 인격도 고매해 진다. 얼굴을 찡그려 피부가 계속 반복해서 접히다 보면 선주름이 생긴다. 최근 의학이 발달되어 주름을 펴겠다고 억지로 성형을 많이 하는데 어색하기 그지없다. 이를 두고 개성의 파괴, 또는 자연미의 손상이라고 덧붙이고 싶다.

#93

　의사 말 잘 듣고 병원 자주 가는 사람 치고 오래 살고 건강한 분 드물다. 모든 것은 식생활 습관과 생활 습관이 90%다. 1위 일찍 자고 일찍 일어나라. 2위 걷거나 달려라. 30년 건강하게 더 산다. 3위 열정적으로 사랑하라(포옹을 자주하라). 4위 인생은 한 번 뿐이다. 즐겁게 살아라. 5위 재밌게 잘 노는 것도 삶의 한 방편이다. 친구와 함께 해라. 즐거움이 배가 된다. 6위 의자에 오래 앉지 마라. 병원 갈 일만 생긴다. 7위 우리 몸에 생강은 아주 보약이다. 특히 겨울철엔 생강을 가까이 하자. 8위 설탕은 달콤한 독이다. 적게 먹어라. 거의 몸에 좋은 약은 쓰다는 생각을 가져라. 사과는 하루 1~2개는 꼭 챙겨 먹어라. 어느 과일이든 조생종 보다 만생종을 골라라. 9위 바보 상자인 TV 시청을 줄여라. 10위 마늘과 양파 대파를 꾸준하게 먹어라. 11위 다양한 견과류를 먹어. 12위 식초는 내 몸을 낫게 하는 보약이라 생각해라. 13위 찬 물은 no no 따뜻한 물을 마셔라. 14위 웃음은 나의 건강 주치의, 일부러라도 웃자. 15위 아침 저녁은 잘 챙겨 먹어야 하지만 저녁은 6시 전에 아주 간단하게 먹자. 특별한 모임이 아니라면 사과 하나에 견과류 한 주먹이면 저녁 끝, 행복시작 뱃속의 평화. 16위 건강은 건강할 때 지키자. 병들면 말짱 꽝.

　큰 병은 의사가 고치지만, 내 몸의 작은 병과 원인은 본인의 생활 습관이 좌우하며 규칙적으로 실천하시면 이 글 보시는 분들은 건강해 질 수가 있습니다.

　말이란 생명이다. 즐거운 말 한마디가 마음을 밝게 하고 위로의 말 한마디가 무한한 힘이 된다. 은혜로운 말 한마디가 사랑을 심어 주고 때에 맞는 말 한마디가 천금보다 귀하다. 사랑의 말 한마디가 행복을 불러 주느니 말해야 할 때 말하고, 말해서 안 될 때 말하지 말라. 말 한마디는 마음에서 태어나 마음의 씨를 뿌리고 생활에서 열매를 맺습니다. 짧은 말 한마디가 긴 인생을 만들고, 말 한마디에 마음은 웃기도 하고 울기도 하지만, 그러나 긴 인생이 말 한마디의 철조망에 갇혀서는 아니 됩니다. 부주의한 말 한마디가 싸움의 불씨가 되고, 잔인한 말 한마디가 삶을 파괴합니다. 쓰디쓴 말 한마디가 증오의 씨를 뿌리고 무례한 말 한마디가 사랑의 불을 끕니다. 은혜 스러운 말 한마디가 귀를 평탄케 하고, 즐거운 말 한마디가 하루를 빛나게 합니다. 때에 맞는 말 한마디가 긴장을 풀어주고 사랑의 말 한마디가 축복을 줍니다. 우리 모두가 서로에게 따뜻한 말 한마디로 즐거움과 행복 그리고 화평을 나누었으면 합니다.

#94

　식물들이 위기를 느끼면 씨앗 번식에 전력을 다하는 것은 생명에 위기를 느낀 소나무가 솔방울을 많이 만드는 예에서도 볼 수 있는 현상입니다. 우리 몸도 그냥 편히 두면 급속히 쇠퇴하고 질병과 노화에 취약해집니다. 퇴직 후에 경제 활동을 못하고 무위도식하게 되면 쉽게 조로하는 현상과도 같습니다. 적게 먹고 많이 움직이고, 굽혔다 펴기도 하고, 흔들어 주고 문질러 주고 비틀어 주기도 하여야 생기가 살아나고 더욱 발랄해 집니다. 대추나무에도 염소 새끼를 묶어 두면, 대추가 많이 열리게 된다네요. 그 원리가 염소 새끼가 한 시도 가만히 있지 않고 이리저리 움직이기 때문에, 대추나무가 생명의 위기를 느껴 더 많은 대추를 열리게 한다는 것입니다. 노자는 이러한 논리를 귀생貴生과 섭생攝生으로 설명했습니다. 귀생은 자신의 생을 너무 귀하게 여기면 오히려 생이 위태롭게 될 수 있고 섭생은 자신의 생을 적당히 불편하게 억누르면 생이 오히려 더 아름다워 질 수 있다는 가르침입니다. 선섭생자이기무사지善攝生者以基無死地의 뜻은 섭생을 잘하는 사람은 죽음의 땅에 들어가지 않는다는 말입니다. 내 몸을 적당히 고생시키는 섭생이 건강한 생을 산다는 것을 설파한 노자의 지혜가 오늘날 더욱 돋보입니다.

　기분이 우울하면 걸어라! 그래도 여전히 우울하면 다시 걸어라! 히포크라테스의 명언입니다. 건강하다는 건 뭘 까요? 100m 달리기를

236 ◆ 인생은 선택이다

15초 안에 달리면 건강한 건가요? 턱걸이 100개를 하면 건강한가요? 아닙니다. 아프지 않으면 건강한 겁니다. 행복하다는 건 뭘까요? 돈이 100억 있으면 행복할까요? 권력이 있으면 행복할까요? 아닙니다. 괴롭지 않음 행복한 겁니다. 슬프고, 외롭고, 밉고, 원망스럽고, 화나고, 짜증나는 건 행복하지 않은 상태입니다. 우울증憂鬱症은 답답하고 불편하고 더운 느낌이 있는 마음으로, 스트레스의 일종이며 정신 질환입니다. 우울한 기분 및 감정이 주 증상이며 그로인한 수면, 식욕, 흥미의 저하와 불안, 자살생각, 무기력감 등의 증상과 함께 나타납니다. 그 중 여성 우울증 발병률은 10~25%로 남성 5~12%의 두 배나 됩니다. 우리나라는 국민 100 중 2명이 우울증 환자로 추산된다고 합니다. 출산이나 폐경 후 자주 나타나며, 여성 호르몬 에스트루겐 분비가 이 때 특히 많이 나타납니다. 우울증을 치료할 수 있는 방법은 무엇이 있을까요? 운동이 우울증 치료에 대한 해답입니다. 그 중에서도 꾸준히 할 수 있는 걷기 운동이 좋은데 탁구, 테니스, 배드민턴 등을 추천합니다. 이는 걷기를 위주로 한 전신운동이며, 실력의 향상과 더불어, 게임을 통해 경쟁의식을 부추겨 재미를 가미하기 때문에 반복하지만 싫증이 나지 않습니다. 최근의 연구들은 운동을 통해 우울증을 치료하는 것이 그렇지 않은 것보다는 훨씬 효과적이라는 것을 보여주고 있습니다. 궁극 마음이 병들지 않고, 아프지 않은 그 사람이 행복한 사람입니다. 노년에 가장 필요한 것은 허물없이 만날 수 있는 보석 같은 친구들과 건강이 최고의 재산입니다. 황혼의 멋진 삶은 건강입니다. 천하를 잃어도 건강은 잃지 맙시다. 삶의 모든 기쁨은 건강에서 비롯된다.

#95

　　이스라엘은 꼭 한 번 가보고 싶은 나라다. 12시
간 비행기를 타야 하고, 그래도 가보고 싶은 곳이다. 이스라엘과 팔
레스타인 둘의 관계는 생략한다. 가고 싶은 이유는 아무리 미국의 전
폭적인 원조를 받는다고 하지만 인구 8백만 명이 여전히 중동의 핵
심국가이자 뜨거운 감자이고, 돈 많은 사람들은 유대인이라는 등식
과, 세계에서 가장 우수한 종족이라는 평가를 받고 있기 때문이다.
1948년에 영국으로부터 해방되었으니까 우리가 일본에게 해방된 때
보다는 3년 늦다. 8백만 중 6백만 명이 유대인이고 나머지 2백만 명
중 160만 명이 아랍인(팔레스타인)이다.

　　이스라엘 역사 공부하자는 게 아니니까 이쯤 접고, 이스라엘에서
현대와 기아차가 가장 많이 팔리는 차라는 사실을 이제야 알았다. 당
연히 팔리는 모델도 다양하다. 차 좋다는 독일차는 상위 50위 안에
34위 딱 한 개 모델 뿐이라고 한다. 왜 그런 줄은 잘 아실 것이다. 유
대인을 학살한 독일을 아직도 용서하지 않고 있다는 말이다. 그런데
일본은 우리에게 용서를 빈 적도 없는데 우리는 알게 모르게 어마어
마한 양의 일본의 차나 제품들을 사용하고 있는 게 현실이다. 이 글
을 보면 토착 왜구들은 가짜 뉴스라면서 말이 되는 소리를 하라고 씨
부린다. 작년 판매 1위는 기아차, 2위가 현대차로 이스라엘 자동차
4대 중 1대는 현대, 기아차가 맞다. 독일은 유대인에게 사과를 하고,

현재도 자신들이 행한 역사의 과오를 국민들에게 정확히 알리고, 지금도 친나치행위자를 찾아서 처벌을 해도 유대인들은 용서는 하되 잊지 않고 있는 것이다. 그래서 독일차를 안 산다. 그런데 그런데 사과도 안하고 역사를 부정하고 왜곡해도 우리는 병신처럼 일본 것에 미련을 버리지 못하고 있다. SNS 등에 우리 차를 무시하는 것들은 일본의 장학생이라는 말이 맞았다. 현대차가 무조건 좋다고 생각하진 않지만 토착 왜구들의 이간질에 속지는 않아야 한다. 전 세계에서 이스라엘은 유일하게 독도를 한국령으로, 동해를 동해로 표기해 주는 나라다. 이스라엘을 악마라고 부르는 사람들도 있지만, 그 이유는 이스라엘이 하마스와 팔레스타인 아랍인들을 살해하기 때문이며, 팔레스타인 사람들이 평화롭게 살고 있는데 이스라엘인들이 강제로 점령하였다고 믿기 때문으로 보인다.

이스라엘 사람들이 그 땅에 귀환하기 전 까지 그 땅은 황무지 였으며, 그곳에 남아 살고 있던 사람들은 대부분 유대인들이었다. 팔레스타인 왕국이나 도시나, 왕이나 지도자나, 역사나 문화나, 동전이나 언어 등은 존재하지 않았다. 세계에서 가장 우수한 종족이라는 사람들이 우리 차를 인정했다는 것은 무슨 뜻일까요? 일본을 독일과 같은 부류로 생각하고 있는 것 말고, 우리 차가 별로 라면 우리 차를 그토록 타줄까? 이스라엘 국민들은 그동안 우리가 일본차와 제품들을 그처럼 엄청나게 사주었다는 사실을 안다면 그들은 아마 우리를 자존감도 없는 미개한 국민들로 생각할 것이다.

동일본 지진 때 우리는 온갖 성의를 다하여 지원을 했다. 밉지만 이웃 나라이기 때문이다. 아베와 똘마니들이 전쟁 범죄를 미화하고 역사를 왜곡하는 발언을 해도 이웃나라 사람들과 교류는 별개라고 좋아해주고 자주 여행도 가 주었다. 그러나 일본은 우리가 준 정에 대해 정면으로 배신을 했으며, 이젠 아예 대 놓고 자신들이 저지른 전쟁 범죄를 정당화하고 심지어 한국을 매춘국이라고 까지 모욕을 준다. 우리에게 일본은 없다. 배울 것도 없다. 우리도 상상할 수 없는 벌금과 과태료를 물린다면 거리는 티끌 한 점 없이 깨끗해지고, 어디서든 줄 잘 서고, 시민의식과 친절은 세계 최고로 바뀔 것이다. 이번 사태로 우리 국민들의 정신을 차리게 해 준 반도체 소재 규제를 시도한 아베가 고맙기도 했지만, 아직도 일본인의 90% 이상은 우리를 식민지의 저질 국민으로 여기고 있는 게 엄연한 사실이다. 그러니 일본 안 가고, 일본 거 안 사고 일본 거 먹지 않는 극일을 일본이 사라질 때까지 해야 할 일이다. 일본인의 우리 상품 불매는 습관이고 전통으로 굳어져 있으며, 한국 제품의 무덤으로 까지 불리고 있다. 세계 판매 1위인 삼성 스마트 폰은 결국 일본에서 삼성이라는 한국 회사명을 포기하고 갤럭시 브랜드로만 승부하겠다 했지만 아직도 일본에서 갤럭시 시정 점유율은 10위 권을 왔다 갔다 하면서 낮은 수준을 유지하고 있다.

삼성 뿐만 아니다. 전 세계 가전시장 1위 LG도 일본에서는 인지도가 거의 없다. 현대 자동차도 이미 10년 전 일반 승용차 시장을 포기하고 현재는 사업용 자동차 시장에서만 겨우 명맥을 이어가고 있다. 그렇다고 일본에서 해외 제품이 모두 실패하는 건 아니다. 아이폰은 몇 년째 압도적인 시장 점유율 1위이고 BMW, 벤츠는 높은 점유율을 자랑하고 있다. 네이버 라인은 SNS 시장에서 큰 성장을 기록해 일본 모바일 메신저 시장에서 압도적 1위를 기록하고 있다. 이런 행태는 우리를 아직도 자기들의 식민지 쯤으로 생각하고 있기 때문이다. 차제에 우리도 일본 상품 불매에 대하여 반 토막이 아닌 제로를 목표로 하였슴 한다. 이스라엘을 따라 좀 배웠으면 합니다.

96

회장님은 왜 돈을 많이 벌고 명예를 얻을 수 있는 회장의 자리를 버리고 나와, 이렇게 고생을 하며 군고구마 장수를 하시는 건지 참으로 궁금합니다. 회장님은 크게 웃더니, 주위를 한 바퀴 휙 둘러보며 말했다. 자네는 이곳에서 뭘 보고 느끼나? 예 사람들과 포장마차, 그리고 빌딩들 뭐 이런 것들이 보입니다.

　회장님은 포장마차 밖으로 나오더니 포장마차 오른쪽에 붙여 놓은 손으로 쓴 듯 보이는 군고구마 4개 2천원 이라는 종이를 가르키며 말했다. 군고구마 4개 2천원 이걸 보면서 느끼는 게 없나? 나는 예전에 많은 것을 가졌었네. 사업에 성공해서 돈과 명예도 얻었지, 그때는 나도 그게 최고인줄 알았어. 그런데 어느 날 자네가 서 있는 자리에서, 나도 어떤 군고구마 장수에게 고구마를 사기 위해 서 있었고, 결국 그 자리에서 세상을 살아가면서 돈이 다가 아니라는 것을 깨달은 것은 그때였네! 군고구마 장수는 몸이 불편한 사람이었어, 군고구마를 달라고 말하기 미안할 만큼 거동이 불편한 장애인이었지. 중학교에 다니는 아이가 있었나 봐. 한 아이가 그 군고구마 장수에게 다가오더니, 아빠 몸도 불편하신 데, 이만 들어가세요. 제가 대신 장사 마무리하고 들어갈게요 라고 말하는 거야. 나는 그저 참 효심 깊은 아들이구나 하고 생각하고 있던 중에 마침 그때 내가 서점 하나를 인수했던 시점이었기 때문에 그 아이에게 좋은 책을 선물해 주고 싶어서 물었지? 애야, 학교가서 공부하고 여기와서 밤늦도록 아버지를 도와 드리면, 힘들지 않니? 그랬더니, 그 아이가 힘들지 않다고 말하더군, 나는 그렇게 말하는 그 아이의 얼굴이 너무나 착해 보여서 혹시 학교 애서 필요한 책 없니? 이 아저씨가 서점을 하나 운영하는데 네 착한 마음이 아름다워서 좋은 책 하나를 선물하고 싶구나 하고 물었었지. 그런데 그 아이는 아무런 책도 필요하지 않다더군.

회장님의 긴 이야기를 듣고 나는 당연한 듯 말했다. 동정 받기 싫 었던 거겠죠. 회장은 픽 웃으며 대답했다. 동정 나도 처음엔 그런 줄 만 알았지. 그래서 이 아저씨가 책을 주는 게 싫으니? 하고 되물었더 니, 그 아이가 대답하기를 저는 하루에 한 번씩 이 세상에서 가장 감 동 깊은 책을 읽고 있는 걸요 라고 대답하더군! 나는 군고구마 장수 가 가난한 살림에 그래도 좋은 책을 사주며 자식 교육을 잘 시키는구 나 라고 생각하며 물었지. 어떤 책이 가장 감동 깊었나? 그런 뒤 나 는 그 아이의 대답에 더욱 놀라지 않을 수가 없었다네! 나는 궁굼해 져서 물었다. 대체 그 책이 어떤 책이기에 회장님이 그렇게 놀라시기 짜지? 어떤 책이 가장 감동 깊었냐고 묻는 나에게 그 아이는 전 이 세 상에 그 어떤 아름다운 이야기가 담긴 책보다도 몸이 불편하신 아버 지가 손수 수정펜으로 삐뚤삐뚤 써 놓으신 군고구마 4개 2천원이라 는 저 문구가 세상에서 가장 감동 깊어요! 저 글씨 안에는 가족들을 사랑하는 마음과 아무리 자신의 몸이 불편하고 힘들어도 끝까지 포 기하지 않겠다는 의미가 들어 있는 거 잖아요. 저는 아버지의 저 글 씨를 보며 마치 책장을 넘기듯 가족을 사랑하는 아버지의 마음을 넘 어다 볼 수 있어요 라고 대답하더군!

아버지는 자녀에게 새로운 세계로 들어서는 길을 제시해 주는 사 람이다.

97

요양병원에 근무하는 어떤 의사가 쓴 글이다. 요양병원에 갔을 때의 일들을 생각해보니 어쩌면 이 의사의 말이 그렇게 딱 맞는지 놀라울 정도이다. 그래서 전문가라고 하는 것 같다.

요양병원에 면회 와서 서 있는 가족 위치를 보면 촌수가 딱 나온다. 침대 옆에 바짝 붙어 눈물 콧물 짜면서 이것저것 챙기는 여자는 딸이다. 그 옆에 뻘쭘하게 서 있는 남자는 사위다. 문간 쯤에 서서 먼산만 보고 있는 사내는 아들이다. 복도에서 휴대폰 만지작 거리고 있는 여자는 며느리다. 요양병원에 장기 입원하고 있는 부모를 그래도 이따금씩 찾아가서 살뜰히 보살피며 준비해 온 밥이며, 반찬이며, 죽이라도 떠 먹이는 자식은 딸이다. 대개 아들놈들은 침대 모서리에 잠시 걸터 앉아 딸이 사다 놓은 음료수 하나 까먹고 이내 사라진다. 아들이 무슨 신주단지라도 되듯이 아들 아들 원하며 금지옥엽 키워 놓은 벌罰을 늙어서 받는 것이다. 딸 하나가 열 아들 부럽지 않은 세상인 것을 그때는 몰랐다.

오늘도 우리의 미래가 될 수많은 그들이 창살 없는 감옥에서 의미 없는 삶을 연명하며 희망없는 하루하루를 보내고 있다. 그들도 자신의 말로가 그렇게 될 줄은 전혀 몰랐을 것이다. .자신과는 절대 상관이 없는 이야기라고 믿고 싶겠지만 그것은 희망사항 일 뿐 결코 남의 이야기가 아니다. 우리는 나이가 들고 서서히 정신이 빠져 나가면 결국 원하건 원치 않건, 자식이 있건 없건, 마누라나 남편이 있건 없건, 돈이 있건 없건, 잘 살았건 잘못 살았건, 세상 감투를 썼건 못썼건, 잘났건 못났건 대부분 요양원이나 요양병원에서 생의 마지막을 보내게 된다. 산 사람들은 살아야 하니까!, 그래도 어쩌랴! 내 정신 가지고 사는 동안이라도 맛있는 것 먹고, 가고 싶은 곳 가보고, 보고 싶은 것 보고, 하고 싶은 것 하면서 즐겁고 재미있게 살아야지! 기적 같은 세상을 허무하게 보낼 수는 없지 않겠는가?

98

프랑스 휴양도시 니스의 한 까페에 이런 가격
표가 붙어 있다 합니다. coffee; 7 euro, coffee please!; 4.2 euro,
hello coffee please!; 1.4 euro. 우리말로 바꾸어 번역하면 커피라
고 반말하는 손님은 1만원을, 커피주세요라고 주문하는 손님은 6천
원을, 안녕하세요. 커피 한 잔 주세요라고 예의 바르고 상냥하게 주
문한 손님은 2천원을 지불해야 한다는 의미입니다. 기발한 가격표를
만든 까페 주인은 손님들이 종업원에게 함부로 말하는 것을 보고 아
이디어를 냈다고 합니다. 말 한마디의 가격, 다시 말해서 그 까페에
서는 말 한마디를 예쁘게 하는 것으로 똑 같은 커피를 5분의 1 가격
으로 마실 수 있는 셈입니다. 말 한마디의 중요성을 실감할 수 있는
대목입니다.

가장 훌륭한 격려의 말 한마디 그것이 보잘 것 없었던 한 소년을 출
중한 음악가로 만들어낸 예화도 있습니다. 밝은 머리카락을 가진 잔
파데레우스라는 한 폴란드 소년이 있었습니다. 유명한 피아니스트가
되는 게 꿈이었던 이 소년은 음악학교에 입학을 하게 됐는데 담당 선
생은 그의 소질을 지켜보고는 아주 뼈아픈 지적을 했습니다. 네 손가
락은 너무 짧은 데다가 굵기 까지 해서 안 되겠다. 게다가 유연함도
부족하고 말이야. 차라리 다른 악기를 해 보도록 하지. 선생님 말씀
에 소년은 낙담이 되어 마음이 무너졌습니다. 그런 가운데 어느 날

소년은 한 만찬 모임에서 피아노를 칠 기회가 있었습니다. 그런데 식사가 끝날 무렵에 한 신사가 다가와 소년의 등을 두드리며 이렇게 말해 주었습니다. 피아노 치는 걸 보니 너에게 탁월한 재능이 보이는구나! 한 번 열심히 노력을 해보아라. 소년은 이 중년 신사의 칭찬으로 바닥에 내려 앉은 자신감을 다시 찾게 되었습니다. 소년의 꿈을 되살려준 이 노신사는 다름 아닌 피아노의 거장 안톤 루빈스타인이었습니다. 소년은 그 날부터 모든 열정을 다해 하루에 7시간씩 피아노를 연습하기 시작했고, 그 후 이 소년은 피아노의 천재로 불리면서 마침내 세계적인 피아니스트이자 작곡가가 됐습니다. 나중에는 폴란드 총리까지 지내게 된 것입니다. 이처럼 격려의 말 한마디는 한 사람의 인생을 좌우하는 결정적인 영향을 끼친 것입니다.

우리나라에도 비슷한 예화가 있습니다. 옛날 푸줏간 하는 김상길에게 상길아 고기 1근 베어라, 하는 사람과 김서방 여기 1근 주시게라고 곱게 말한 사람의 고기가 2배는 차이가 나게 베어 주었다는 얘기입니다. 상길이를 부른 사람이 고기 양을 보고 항의를 하자 상길이가 자른 고기와 김서방이 자른 고기의 차이입니다 라고 했던 얘기입니다.

99

고려말기에 이당은 경기도 광주 고을 관아의 아전 출신으로 원님의 딸과 결혼했던 신분이 기록에 남아 있어서 광주 이씨의 중시조로 모셔지고 있습니다. 이당은 아들 다섯을 두었는데 5명의 아들이 모두 과거에 급제하는 영광도 누렸습니다.

　이당의 아들 이집에게는 최원도라는 친구가 있었는데 경북 영천 출신으로 과거에 합격하자 개성으로 올라와 이집과 어울리며 살았습니다. 이집과 최원도는 함께 동문 수학한 동료로 벼슬길에 나아가서도 둘 사이의 우정은 아주 돈독하였다고 전해 집니다. 그런데 그 시기는 공민왕이 개혁을 위해서 등용한 요승 신돈이 절대 권력을 휘두르며 점차 타락하여 세상이 어려운 시대였습니다. 최원도는 공민왕 때 대사간을 지냈는데 여러 번 신돈의 전횡을 참소했지만 받아들여지지 않자 그 꼴을 참지 못하고 벼슬을 버리고 영천으로 낙향을 해버렸습니다. 이집도 벼슬을 버리고는 대로의 벽면에 신돈을 비난하는 대자보도 붙였으며 군중들을 모아 놓고 신돈을 신랄하게 성토 하였습니다. 그리고 한양의 변두리 지금의 둔촌동 고향집으로 내려갔습니다. 그러자 일은 크게 벌어졌습니다.

　당시 공민왕으로부터 절대 권력을 위임 받은 신돈의 무리들이 그를 잡아 죽이려고 한양골을 수색하며 돌아다녔습니다. 이집은 자신이 숨어서 은둔하던 둔촌골 마져 드러날 것이 분명해지자 급한 마음에 늙은 아버지(이당)를 등에 업고 피신을 했습니다. 그러나 어디에도 숨어 지낼 곳이 없던 이집은 고민하다가 경상도 영천 땅의 친구 최원도를 찾아 떠났으며 몇 달만에 최원도의 집에 도착했습니다. 마침 그의 생일이라 인근 주민들이 모여 잔치가 한참 벌어지고 있었습니다. 이집은 최원도의 집 문간방에 아버지를 내려 놓고 피곤한 몸을 쉬면서 하인들에게 그가 왔음을 전했습니다. 친구 최원도는 소식을 듣고 순식간에 문간방으로 뛰어 나왔습니다. 이집은 최원도가 반기는 줄 알고 얼른 최원도의 손을 잡으려 하는데 뜻밖에도 친구 최원도는 크게 노한 목소리로 소리를 지르는 것이었습니다. 망하려면 혼자 망할 것이지 어찌하여 우리 집안까지 망치려 드는가? 친구에게 복을 전해주지는 못할망정 화를 입히려 이곳까지 왔단 말인가? 사태가 이렇게 되자 이집은 당황스러웠습니다. 매우 난처해 하며 여보게 몸을 의탁하려 온 것은 아니니 먹을 것이나 좀 주게나. 그러나 최원도의 태도는 더욱 격노하면서 하인들을 시켜서 이집 부자를 동네 밖으로 내몰았습니다. 더구나 최원도는 이집 부자가 잠시 앉았다 떠난 문간 사랑채까지 역적이 앉았던 곳이라 하여 생일잔치에 모였던 사람들이 보는 데서 불태워 버렸습니다.

한편 이집은 최원도에게 쫓겨났지만 곰곰히 생각해 보니 자칫하면 멸문의 화를 입을 수도 있는 것이기 때문에 최원도의 태도가 확연히 이해되면서, 평소에 신의가 확실하던 그의 진심은 그렇지 않을 것이라고 굳게 믿고, 다시 최원도의 집 부근으로 가서 덤불에 몸을 숨기고 밤이 되길 기다리고 있었습니다. 최원도 또한 이집이 자기를 이해해 주었을 것이라 믿고서, 동네 사람들 모르게 이집이 꼭 다시 찾아오리라 생각하면서 날이 어두워지자 혼자서 집 주위를 뒤지면서 조용히 불렀습니다. 친구 어디에 있는가? 나 원도일세. 두 친구는 다시 반갑게 만났습니다. 이렇게 하여 이집선생은 최원도의 집 다라방에서 4년 동안의 세월을 함께 숨어 보내게 되었습니다. 며칠 뒤에 이집을 잡아 죽이려는 신돈의 수하들이 이집의 친구 최원도가 살고 있는 영천 고을에 들이 닥쳤는데, 물 한 그릇도 주지 않고 이집을 내친 것과 역적이 앉았다는 이유로 사랑채까지 불태웠던 장면을 목격한 마을 사람들의 증언 등으로 무사할 수가 있었습니다. 그런데 다락방 생활이 그렇게 쉬운 것이 아니었습니다. 오로지 최원도 혼자만 알고 가족에게도 비밀로 하자니 여간 힘이 들지 않았습니다. 우선 밥을 고봉으로 담고 반찬의 양을 아무리 늘려도 주인 혼자서 다 먹어 치우는 것이 시중드는 몸종과 부인에게는 매우 이상하게 느껴졌습니다. 그렇게 가져온 밥상은 세 사람이 나누어 먹었습니다. 낮이면 다락에 숨어 지내다, 밤이 되면 한 이불을 덮고 세 사람이 함께 잤습니다.

그런데 최원도의 집에 연아라는 19살된 계집종이 있었는데, 어느 날 궁금증을 이기지 못한 그녀는 주인 어른이 그 음식을 혼자서 다 먹는지를 직접 눈으로 확인하려고 문틈으로 엿보다가 깜짝 놀라고 말았습니다. 처음 보는 사람들 둘과 함께 세 명이 식사를 하고 있었기 때문이었습니다. 몸종은 최원도 부인에게 고하였고, 부인은 친구의 부자라고 생각지 못하고 첩이라도 둔 걸로 생각하고 벽장속에 사람이 있으시면 말씀을 하실 것이지 왜 나한테 까지 숨기십니까? 라고 채근하자 최원도는 친구 부자를 숨긴 것을 큰 일이라 생각하여 부인과 몸종에게 사실을 이야기하고, 만약에 이 사실이 밖으로 새어 나가면 두 집 가솔 모두가 멸문의 화를 당할 것이라고 심각한 표정으로 말했습니다.

한편 연아는 본인의 실수로 주인집이 멸문을 당한다는 것이 도저히 할 수 없는 짓이라고 몇 날을 고민하다가 입단속을 위해 스스로 자결을 택하여 비밀을 지켰습니다. 최원도 부부는 몸종 연아의 죽음을 안타까워 하면서 아무도 모르게 연아를 뒷산에 묻어 주었습니다.

다락방에 은거생활이 1년이 채 되기 전에 이집의 아버지(이당)가 별세했습니다. 이집의 아버지를 극진히 봉양하던 최원도는 장례를 준비하고 슬퍼함에 있어서도 친부모와 다름없이 하였습니다. 최원도는 자신이 사용하려 준비해둔 수의를 이당의 시신에 입히고 자신의 선영에 모셨기에 영천시 북안면에는 광주 이씨 시조 이당의 묘가 있게 된 연유입니다.

한편 신돈의 좌절된 개혁은 사실상 고려 왕조 최후의 개혁 시도가 되어버린 후 신돈은 대중들에게 죽임을 당하고, 조정에서는 최원도와 이집을 중용하고자 여러 차례 불렀으나 두 친구는 끝까지 벼슬길에 응하지 않았으며 각자의 길을 택해 조용히 학문을 닦으면서 여생을 마쳤습니다. 이집은 경기도 여주로 내려와 이포 강가에서 살면서 많은 사람들과 교류 하였는데 특히 목은 이색, 포은 정몽주, 도은 이숭인, 김구용 등과 친분이 두터웠습니다. 그 후에 세월은 많이 흘렀지만 양쪽 가문의 우정은 이어졌습니다.

이집 후손들이 산 밑에 보은당이라는 집을 지어 놓고 최원도의 은혜를 길이 추모했다 합니다. 조선 중기에 영의정을 지낸 한음 이덕형은 선조를 도왔던 최원도 선생께 감사하면서 경상도 도 제찰사로 재임시에 제단을 마련하여 두 어르신의 제사를 같은 날 지낼 수 있도록 하였는데 이런 연유로 600년이 지난 지금까지도 음력 10월 10일이 되면 영천의 나현에서는 양 가가 같은 날에 묘제를 지내면서 서로 상대방 조상께도 잔을 올리고 참배한다 합니다. 이당의 묘지 부근에 최원도의 몸종 연아의 묘와 묘비가 세워졌고, 양쪽 집안 조상의 묘제 때는 비밀을 지키기 위해서 자결한 연아총에도 함께 제사를 지내주고 있다 합니다. 참으로 아름다운 우정이죠? 멸문지하의 위험을 무릎 쓰면서 까지 친구를 구한 인간의 도리를 회억하면서 즉금 이해관계에 따라서 이합집산 이뤄지는 현 세대를 응시하고, 인간이 추구하는 참 도리가 무엇인지 돌아보게 만드는 전설 같은 실화였습니다.

차제에 우리도 이런 아름다운 우정의 삶을 살아갈 수 있다면 이 세상 왔다간 보람이 있지 않을까? 하고 생각해 보았습니다.

#100

하버드 대학에서 프랭클린 루즈벨트(Frankin Denno Roosevelt, 미국 32대 대통령 재임)에 관해 전해지는 이야기가 하나 있다. 어느 날 루즈벨트의 집에 도둑이 들어 값나가는 물건들을 많이 잃었다. 이 소식을 들은 한 친구는 루즈벨트에게 마음에 담아 두지 말라는 위로의 말을 담은 편지를 보냈다. 이에 루즈벨트는 이렇게 답장을 썼다. 친애하는 친구에게, 위로 고마워 하지만 나는 개의치 않아 오히려 도둑에 감사하고 있는 걸! 왜냐고? 첫째, 도둑이 내 목숨이 아니라 내 물건을 훔쳐 갔으니까. 둘째, 내 물건 전부가 아니라 일부만 훔쳐 갔으니까. 그리고 셋째, 무엇보다 가장 다행인 건 도둑이 된 게 그 사람이고 내가 아니라는 사실일세! 그 누구라도 도둑맞으면 원망을 늘어 놓을 테지만, 그는 오히려 자신이 감사해야 하는 이유를 찾아냈다. 궁극으로, 감사는 주어진 조건이 아니라 다른 관점으로 해석해서 만들어 가는 것이다.

행복 자체도 소유의 크기가 아니라 감사의 크기이고, 부족하여도 감사를 잉태한 자는 감사를 낳고, 충족하여도 불평을 잉태한 자는 불평을 낳는 것이다. 감사하는 마음은 불행을 막아주는 마법의 열쇠이다. 감사하는 마음은 어떤 상황에 처해 있는 당신에게 행복한 순간을 선사하며 아름다운 순간을 누려 주기도 한다. 이처럼 주변의 모든 사람과 일에 감사하는 마음을 가지면 수많은 불만과 불행을 없애고, 긍정적으로 매순간을 적극적이고 진취적으로 살아 갈 수 있는 활기의 세상이 되는 것입니다.

인생이란 알고 보면 자기와의 싸움입니다. 그래서 진정으로 싸워 이겨야 할 대상은 타인이나 세상이 아니라 바로 내 자신입니다. 1953년 인류 최초로 에베레스트산 등정에 성공한 에드먼드 힐러리는 소감을 묻는 기자에게 내가 정복한 것은 산이 아니라 나 자신입니다. 라는 멋진 명언을 남겼습니다. 내가 나 자신을 이기면 세상도 이길 수 있지만 내가 내 자신과의 싸움에서 지면 세상과의 싸움에서도 지는 것입니다. 우리는 평생동안 자신을 어쩌지 못해 괴로워하고, 자신의 무게를 감당하지 못해 좌절하기도 합니다. 자기 자신이 최고의 자산인 동시에 때로는 최고의 적이 되기도 합니다.

모든 것은 항상 나로부터 시작해서 나로 귀착됩니다. 모든 것이 내 곁을 떠나도 끝에 가서 남는 것은 나입니다. 모든 문제의 원인도 나요, 결과도 내 몫입니다. 불안하고 화나고 슬픈 것도 나 때문이며 세상과의 시비와 다툼도 나 때문에 일어나는 현상입니다. 모든 고통도 나 때문에 일어납니다. 나를 괴롭히는 것도 다름 아닌 나 자신입니다. 내가 괴롭고 힘든 것도 바로 나 때문입니다. 우리는 튀어 나온 돌부리 때문이 아니라 나 때문에 넘어집니다. 나를 제대로 알면 나를 이길 수 있습니다. 내가 누군지를 깨닫게 되면 나를 넘을 수 있습니다.

101

만나는 사람 모두에게 샬롬shalom이라고 인사
를 하던 목사님이 있었다. 잘 알려진 바와같이 히브리어 샬롬은
평화, 평강, 평안을 뜻하는 인사말이다. 어느 날은 얼굴이 시꺼멓고
뼈만 앙상하게 남은 남자가 지나가기에 평상시처럼 샬롬 하며 큰 소
리로 인사했다. 그런데 이 사람이 그 다음부터 교회에 나와서 주일
예배만 드리고는 바로 빠져 나가는 것이었다.

  3개월이 지난 어느 날 이 사람이 찾아와 목사님께 식사를 대접 하
겠다는 제안을 했다. 그리고는 식사를 시작하려는 순간 이 사람이 이
런 말을 했다. 자신은 그동안 벌여 놓은 사업이 잘 되어 돈도 많이 벌
었고 명예도 얻었으며 쾌락도 즐겼습니다. 집안도 평안했고 자녀들
도 잘 됐습니다. 그러던 어느 날부터 몸이 자꾸 나른 해지고 부어 오
르며 기력이 떨어지더니 얼굴이 시꺼멓게 변해 가기 시작 하더랍니
다. 종합병원에 가서 진료를 받아 보았더니, 천만 뜻밖에도 간암이라
는 진단이 나왔는데 손을 쓸 수 없는 간암 말기 상태였다고 합니다.
의사는 잘해야 3개월 밖에 못 삽니다 라고 선고했다고 합니다. 청천
벽력이었다. 이 소식을 듣고 아내, 자녀들, 친구들이 3개월 사형선고
에 안절부절 못하였다. 그때부터 자기 자신도 이제는 죽을 놈이라는
생각에 고통스러웠다. 그런데 목사님께서 자기를 만나자마자 살 놈
이라고 했다.

모두 다 죽을 놈, 죽을 놈 하는데 목사님이 길에서 만나자마자 살 놈 하실 때 정신이 번쩍 들었단다. 그래 나는 죽을 놈이 아니고 살 놈이다. 그때부터 살아야 겠다고 생각하면서 교회에 나오게 됐다고 하였다. 의사는 3개월 밖에 못 산다고 하는데, 살 놈이라 생각하니 자신감이 생겼다. 예배에 참석하고 돌아오는 길로 약을 먹고 몸을 추스렀다. 나는 살 놈이야, 목사님이 살 놈이라고 말씀하셨어. 살 놈이라고 생각하니 몸이 가벼워지는 것 같았고, 살기 위해 운동을 조금씩 하며 잘 먹고 잘 쉬었다. 결국, 말기 간암을 이겨내고 건강을 회복했다. 살 놈이 된 것입니다. 여러분 모두가 살 놈이 됩니다.

102

당나라 고승 감진의 이야기입니다. 그가 몸 담은 사찰의 주지승은 날이 궂건 개건 감진에게 집집마다 다니며 동냥하게 했습니다. 비바람을 뚫고 돌아온 다음 날, 감진은 해가 중천에 걸리도록 일어나지 못했습니다. 이상히 여긴 주지승이 방으로 들어 왔다가 이불 옆에 벗어 놓은 수십 컬레의 신발을 보았습니다. 동냥하러 가지도 않으면서 낡은 신발은 왜 쌓아 둔게냐? 다른 사람은 일년이 지나도 신발 하나 닳지 않는데 저는 일년 만에 이렇게 많은 신발이 헤졌습니다. 주지승은 감진의 불만을 눈치채고 말했습니다. 어젯밤에 비가 한바탕 내렸더구나. 절 앞에 나가 보자 절 앞길은 진흙탕으로 변해 질퍽거렸습니다. 그걸 본 주지승은 감진의 어깨를 두드리며 물었습니다. 어제 이 길을 지나왔겠지. 여기서 너의 발자국을 찾을 수 있겠느냐? 감진은 어이 없다는 표정으로 말했습니다. 어제는 비가 오지 않는데 발자국이 남았을리가요? 그러자 주지승은 진흙탕에서 몇 걸음 걸은 뒤 말했습니다. 그럼 내 발자국은 찾을 수 있겠느냐? 당연하지요. 주지승은 웃으며 말했습니다. 진흙 길이어야 발자국이 남는다. 한평생 아무런 고생도 하지 않은 사람은 마른 땅을 밟은 것처럼 어떤 흔적도 남기지 못하는 법이다.

또 감진은 낡은 신발을 신은 뒤 다시 동냥길에 묵묵히 나섰습니다. 큰 업적을 남긴 사람에게 우리는 그를 가리켜 큰 족적을 남기고 갔다고 합니다. 그가 남긴 족적은 진흙탕처럼 남들이 밟기 싫어하고, 걸어가기 힘든 길을 견뎌내며 인내로서 밟아 왔던 결과이기 때문입니다. 우리는 어떤 발자국을 남기며 매일 걸어가고 있을까요? 눈길을 걸어가는 사람은 조심스럽게 길을 가야 합니다. 눈길을 걸을 때 내가 남긴 발자국이 뒤따르는 사람의 또한 길이 되기 때문입니다.

#103

　　이기적 유전자 라는 책을 써서 세계적인 스터디 셀러의 작가로 유명해진 리차드 도킨스는 다음과 같이 말했습니다.

　남을 먼저 배려하고 보호하면 그 남이 결국 내가 된다. 서로를 지켜주고 함께 협력하는 것은 내 몸속의 유전자를 지키는 가장 좋은 방법이다. 약육강식에서 이긴 유전자만이 살아남는 것이 아니라 상부상조 또는 상호부조한 종이 더 우수한 형태의 유전자로 살아 남는다는 것이 도킨스의 주장입니다. 이기심보다는 이타심 즉 내가 잘 살기 위해서는 남을 도와야 하며 서로 돕는 것이 모두가 잘 살 수 있는 유일한 길이라는 논리입니다. 이 때 사람은 꽃보다 더 아름다울 수 있습니다.

　녹명. 사슴록鹿에 울명鳴 즉 먹이를 발견한 사슴이 다른 배고픈 동료 사슴들을 부르기 위해 내는 울음소리입니다. 이 소리는 세상에서 가장 아름다운 동물의 울음소리로 들립니다. 수많은 동물 중에서 사슴만이 먹이를 발견하면 함께 먹자고 동료를 부르기 위해 아름다운 소리를 내어 부른다고 합니다. 세상에서 가장 아름다운 이 울음소리를 들어 본 적이 있으신지요? 여느 짐승들은 먹이를 발견하면 혼자먹고 남는 것을 숨기기 급급한데 사슴은 울음소리를 높여 동료를 불러 모아서 함께 나눕니다. 녹명鹿鳴은 시경詩經에도 등장합니다. 시경에서는 사슴 무리가 평화롭게 울며 풀을 뜯는 풍경을 어진 신하들과 임금이 함께 어울리는 것에 비유합니다. 녹명鹿鳴은 홀로 사는 것이 아니라, 함께 살고자 하는 따뜻한 마음이 담겨져 있는 아름다운 단어입니다. 꽃보다 아름다운 사람이 되고자 한다면 남을 배려하고 소중히 여기며 가진 것을 나누면 됩니다.

　최근 라면, 과자 등 국민 먹거리 가격이 다소 인하됐다고 합니다. 반가운 소식이 아닐 수 없습니다. 서민들의 부담을 다소나마 줄일 수 있기 때문입니다. 어려운 때일수록 손잡고 함께 가야 하는 법입니다. 사슴처럼 서로 나누며 살아야 합니다. 사슴이 가르쳐 주는 상생의 지혜를 발휘해 고물가. 저성장시대를 함께 헤쳐 나가야 하겠습니다. 당신의 녹명鹿鳴을 응원합니다.

#104

  카프만 부인이 자신의 책 광야의 샘에서 이런
경험을 털어 놓았습니다. 어느 날 그녀는 누에고치에서 번데기가 나
방으로 탈바꿈하는 과정을 지켜보고 있었습니다. 바늘 구멍만한 틈
새로 나방 몸 전체가 비집고 나오려고 한나절을 버둥대고 있었습니
다. 안쓰러운 생각에 가위로 구멍을 넓혀 주었더니, 커진 구멍으로
쉽게 빠져나온 나방은 공중으로 솟아 오르려고 몇 번을 시도하더니
결국 날지 못하고 땅바닥을 맴돌다 그만 죽고 말았습니다.

  그녀는 나방이 작은 틈새로 나오려고 애쓰는 시련을 거치면서 날
개의 힘이 길러지고 체내 수분이 알맞게 말라져야 날 수 있게 된다는
사실을 뒤늦게서야 깨달았습니다. 사람은 누구나 편안한 삶을 살기
를 원합니다. 고통을 싫어하고 기쁨이 가득하기를 원합니다. 그러나
고통은 없고 기쁨만 있다면 인간의 내면은 절대 여물 수 없습니다. 나
방처럼 난관을 뚫고 나가는 과정에서 생존의 힘을 기를 수 있는 것입
니다. 진주 조개는 상처를 입으면 진액을 분비해 상처를 감싸고 그
상처가 치유되면서 아름답고 영롱한 진주가 탄생됩니다. 만성 간염
에 매우 효과적인 우황도 아픈 소의 담낭 주머니에서 생긴 결석에 불
과합니다.

  사람도 이처럼 상처와 고통을 받고 이를 치유하면서 더 낳은 나가
됩니다. 흔히 실패는 성공의 어머니라고 합니다. 고생 끝에 낙이 온

다. 등 실패와 관련된 많은 격언들도 있습니다. 대부분 포기하지 않고 노력하면 언젠가 빛을 본다는 교훈을 담은 말입니다. 실패로 좌절해 힘들어 하는 사람에겐 힘이 되기도 합니다. 젊어서 고생은 돈을 주고도 산다는 말과 재수를 안 해본 사람과는 인생을 논하지 말라는 말은 고통을 겪으면 그 만큼 더 성숙해진다는 뜻입니다. 사람은 분명 아픈 만큼 이해와 배려의 폭이 넓어져 세상을 바람직하게 살아가게 되는 것 같습니다.

105

영국이 한창 남아메리카를 개척하고 있을 당시, 한 영국인 선교사가 아마존 강 하류에 도착했는데 주민들의 온 몸이 털로 덮여 있어 원숭이와 구별할 수가 없었습니다. 그래서 본국에 전보를 쳤습니다. 어떤 놈이 원숭이고, 어떤 놈이 인간인지 구별할 수가 없으니 구별법을 알려 달라. 얼마 후 전보가 왔는데 내용은 이랬습니다. 웃는 놈이 인간이고, 웃지 않는 놈이 원숭이다. 인간을 가장 인간이게 하는 힘, 그것은 웃음입니다. 웃음이 인간의 격을 가장 높이기 때문입니다. 여러분은 어떠세요? 거리를 거닐 때마다 놀라는 일 중의 하나는 지금 도시에 사는 사람들의 얼굴에서 별로히 웃음을 찾아볼 수 없다는 것입니다. 아무리 살기가 힘든 세상이라고 하지만 이 세상에서 인간 외에 웃을 수 있는 동물은 아무도 없습니다.

사실 아무리 어렵고 괴롭던 일들도 수 년이 지난 후에 돌이켜 보면 별로히 하찮게 느껴지는 거 아니 던가요? 세상의 모든 것은 다 지나갑니다. 고통도, 환난도, 좌절도, 실패도, 적대감도, 분노도, 노여움도, 불만도, 가난도… 웃으면서 세상을 보면 다 우습게 보입니다. 그래서 웃고 사는 한 결코 빈하지 않습니다. 백 번의 신음소리 보다는 한 번의 웃음소리가 갖는 비밀을 빨리 터득한 사람만이 자기 인생을 복되게 만듭니다. 더 잘 웃는 것이 더 잘 사는 길입니다. 더 잘 웃는 것이 더 잘 믿는 것입니다. 더 잘 웃는 것이 더 큰 복을 받는 비결입니다. 웃을 일이 없어도 그냥 억지로 웃으면 똑같은 효과가 있답니다. 많이 웃는 사람은 행복하고, 많이 우는 사람은 불행합니다. 모든 날 중 가장 완전히 잃어버린 날은 웃지 않는 날입니다. 무엇이든 이상한 일과 부딪치면 웃는 것이 가장 현명하고, 신속한 응답이며 어떤 처지에 부딪쳐도 비장한 위안이 됩니다.

유머 감각이 없는 사람은 스프링이 없는 마차와 같다. 길 위의 모든 조약돌마다 삐걱거린다.

#106

알래스카를 여행하다 보면 눈과 귀에 가장 많이 다가
오는 언어가 수어드 일 것입니다. 수어드라는 항구가 있고, 수어드
하이웨이라는 고속도로도 있습니다. 마치 한국에서 세종이라는 이
름이 여기저기 쓰이는 것과 같습니다. 잘 알려진 대로 알래스카는
1867년 미 정부가 재정 러시아에서 단돈 700만 달러를 들여 사들
인 땅입니다. 720만 달러 중 700만 달러는 러시아 정부가 진 부채
를 탕감해준 것이었고 실제로 현금으로 전해진 것은 20만 달러에 불
과했습니다. 요새 한국 돈으로 단순 환산하면 80억 원 정도이니, 강
남의 큰 평수 아파트 한 채 정도의 가격입니다. 그러나 150년 전의
달러 가치로 대비해 보면 미국 정부가 부담하기에도 상당한 거액이
었다고 합니다.

알래스카 매입을 주도한 인물은 윌리엄 수워드 당시 국무장관이었
습니다. 아직 광대한 서부지역 개발도 제대로 못하고 있는 상태에서
그런 거금을 들여 얼음 덩어리에 지나지 않는 알래스카를 사들이겠
다는 수워드의 결정에 의회와 언론은 매우 부정적이었다고 합니다.
당시 의회와 언론은 알래스카를 수워드의 아이스 박스라며 조롱했
고, 그 거래를 수워드의 바보 짓거리라고 비난했다 합니다. 하지만
사람들의 얕은 생각이나 말에 개의치 않고 미국의 미래를 내다보고,
알래스카의 전략적 가치를 평가했던 수워드 장관은 사면초가의 상황

을 극복하고 끝내 이 땅을 매입하는데 올인했습니다. 그런 뒤, 한 세기가 지난 후에 사람들은 비로소 그 숨은 뜻을 알게 되었습니다.

알래스카의 면적은 172만 3, 337㎢로 한국과 비교해 보면 대략 남한 영토의 17배, 한반도 전체의 8배 가량이나 되는 엄청난 땅의 규모입니다. 알래스카를 매입한 덕분에 미국은 알래스카 땅 면적과 비교할 수 없는 거대한 태평양을 내해처럼 사용하며 아메리카의 세계 전략을 펼칠 수 있게 되었다는 사실을 말입니다. 알래스카는 석탄이나 금, 아연, 구리, 천연가스 등 풍부한 지하자원이 매장되어 있어 미국에서 가장 번영하는 주 중 하나로 평가 받고 있고, 미국이 전 세계에서 석유 매장량 3위를 차지하고 있는 것도 알래스카에 엄청난 양의 석유가 매장되어 있기 때문입니다.

만일 수워드 장관의 예지력이 없었다면 알래스카는 여전히 러시아의 땅으로 남아 지금쯤은 수천개의 핵미사일이 미국을 향해 배치되어 있었을 것이라고 전문가들은 말합니다. 물론 당시 수워드 장관은 알래스카 사람들에겐 그 땅의 조지 워싱턴과 같은 존재라고 해도 전혀 틀린 말이 아닐 것입니다. 수워드와 링컨은 공화당 대통령 후보 지명전에서 한 때 치열하게 싸웠던 경쟁자였습니다.

수워드는 당시 링컨보다 훨씬 화려한 경력을 가진 정치인이었습니다. 20대 약관의 나이에 뉴욕 주지사와 연방 자문위원에 각각 두 번씩이나 당선되었으며 젊은 변호사 시절부터 흑인 인권보호에 적극적으로 나설 정도로 앞을 내다보는 사람이었다고 합니다. 어느 모로 보나 지명도에서 앞섰던 수워드에게 중서부 변방 출신의 링컨이 도전했는데 의외의 결과가 나왔습니다. 공화당 후보 지명전에서 예상을 뒤엎고 링컨이 승리한 것입니다. 우리나라에 비유하자면 화려한 이력의 서울시장이 지방 출신 국회의원에게 당한 꼴입니다. 하지만 패배한 수워드는 미 전역을 돌며 얼마 전까지 경쟁 상대였던 링컨을 대통령으로 지원하는 유세에 열성적으로 나섰습니다. 이를 고맙게 여긴 링컨은 대통령에 당선되자마자 그에게 국무장관 자리를 제안했던 것입니다. 무엇보다도 수워드와 링컨의 관계가 그토록 부럽게 느껴지는 것은 자신보다 화려한 경력을 지닌 경쟁자를 국무장관으로 발탁한 링컨의 배포와 도량, 그리고 한 때 동등한 위치에서 경쟁을 벌였던 링컨의 제안을 받아들여 그 수하에서 국무장관으로 조국의 안녕과 번영을 위해 봉사했던 수워드의 자세입니다.

링컨이 미국인에게 위대한 것은 두 동강으로 나뉘어져 남북 전쟁을 벌였던 나라를 하나로 통일했기 때문이며, 수워드가 훌륭한 것은 이 혼란의 시기에 미국의 장래를 내다보며 국가의 외연을 넓혔기 때문입니다. 역사에서 만약이라는 가정은 쓸데없는 일이지만 링컨과 수워드가 없었다고 가정해 본다면 오늘날 미국의 모습은 지금과 전혀 달라졌을 수도 있을 것입니다. 국민들이 눈여겨 보아 뽑아준 정치인, 개개인의 정치철학과 비전은 배지를 달자마자 어디론가 사라지고, 지독한 근시가 돼서 한치 앞을 보지 못한 채 정파의 진영 논리에만 함몰되어, 소모적인 진흙탕 싸움만을 반복하여 누란의 위기에 처한 대한민국의 정치판을 바라보면서 우리 시대에 링컨 같은 통 큰 대인, 수워드 같은 선견지명을 갖는 위정자는 과연 어디 있습니까? 하고 하늘을 향해 외쳐봅니다.

#107

모든 것은 때가 있다. 나이 많은 분 들에게는 지금이 가장 좋은 때입니다. 때를 놓치지 마세요. 병원에 가야 하는 것을 미루다가 치료할 수 있는 적기를 놓쳐서 사망을 하는 사람도 있습니다.

미국 루이지애나에서는 제방을 강화할 예산이 마련되어 있었지만 환경주의자들의 법적 시비 때문에 제방의 강화 수리가 늦어져서 5등급 허리케인이 엄습, 제방이 무너져 2,000명 이상의 시민이 사망을 했고 도시의 반 이상이 물에 잠겨 침수된 사례가 있었습니다. 제방 강화 공사의 시기를 놓친 어처구니 없는 예가 된 것입니다.

아끼지 마세요. 좋은 음식 다음에 먹겠다고 냉동실에 고이 모셔 두지 마세요. 어차피 냉동식품 되면 싱싱함도 사라지고 맛도 변합니다. 맛있는 것부터 드세요. 삶도 매일매일을 이 세상 첫 날처럼 하루를 맞이하고, 날마다 이 세상 마지막 날처럼 하루를 정리하면서 살아가세요. 좋은 것부터 사용하세요. 비싸고 귀한 거 아껴뒀다 나중에 쓰겠다고 애지중지하지 마세요. 유행도 지나고 취향도 바뀌어 몇 번 못 쓰고 버리는 폐품이 됩니다.

특별한 날 기다리지 마세요. 그런 날은 고작 일년에 몇 번입니다. 하루하루를 특별하게 만드세요. 모든 것은 내 맘에 달렸습니다. 오늘이 가장 소중한 날입니다. 때가 되면 어떻게 하겠다는 생각을 버리세요. 흰머리 가득해지고 건강 잃고 아프면 나만 서럽습니다. 할 수 있으면 마음 먹었을 때 바로바로 실행하세요. 이룬 것만이 나의 보람입니다. 너무 멀리 보다 가는 소중한 것을 다 잃을 수 있습니다.

#108

　　어린 왕자라는 아름다운 책을 쓴 인톤드 생떽
쥐베리(1900~1944)는 나치 독일에 대항해서 전투기 조종사로 제
2차 세계 대전 전투에 참가했었다. 그는 전투기 조종사 체험을 바탕
으로 하여 미소le sourire라는 단편소설을 썼다. 그 소설에 다음과 같은
아름답고 감동적인 이야기가 있어 내용을 소개하고자 한다.

　나는 전투 중에 적에게 포로가 되어서 감방에 갇혔다. 간수들의 경
멸적인 시선과 거친 태도로 보아 다음 날 처형될 것이 분명하였다. 나
는 극도로 신경이 날카롭게 곤두섰으며 그 고통을 참기가 너무나 어
려웠다. 나는 담배를 찾아 주머니를 뒤졌다. 다행히 한 개피를 발견
할 수 있었다. 손이 떨려서 그것을 겨우 입으로 가져갔다. 하지만 성
냥이 없었다. 그들에게 모두 빼앗겨 아무것도 없었기 때문이다. 나는
창살 사이로 간수를 바라보았으나 그는 나에게 곁눈질도 주지 않았
다. 이미 죽은거나 다름없는 나와 눈을 마주치려고 할 간수가 어디
있겠는가? 나는 간수를 조심스럽게 불렀다. 그리고 혹시 불이 있으
면 좀 빌려 주시겠습니까? 하고 말을 걸었다. 간수는 의외라는 듯 나
를 쳐다보고 어깨를 으쓱하고는 가까이 다가와 담뱃불을 붙여주려
하였다. 그가 성냥을 켜는 사이 나와 그의 시선이 마주쳤다. 왜 그랬
는지 모르지만 나는 무심코 그에게 미소를 지어 보였다. 내가 미소를
짓는 그 순간, 우리 두 사람의 가슴 속에 불꽃이 점화되었다. 나의 미

소가 창살을 넘어가 간수를 변화 시켰고, 그의 입술에도 미소를 머금게 만들었다. 그는 담배에 불을 붙여준 후에도 자리를 떠나지 않았다. 내 눈을 바라보면서 계속 미소를 짓고 있었다. 나 또한 그에게 미소를 지으면서 그가 단순히 간수가 아니라 하나의 살아 있는 인간임을 느낄 수 있었다. 나는 나를 바라보는 그의 시선 속에도 그러한 의미가 깃들어 있다는 것을 감지할 수 있었다. 그가 나에게 물었다. 당신에게도 자식이 있소? 그럼요 있고 말구요. 나는 대답하면서 얼른 지갑을 꺼내 나의 가족 사진을 보여주었다. 그 사람 역시 자기 아이들의 사진을 꺼내 보여주면서 자신의 향후 계획과 자식들에 대한 희망 등을 얘기했다. 나는 눈물을 머금으며 다시는 가족을 만나지 못하게 될 것과 내 자식들이 성장해가는 모습을 지켜보지 못하게 될 것이 너무 두렵다고 말했다. 그의 눈에 눈물이 어른거리기 시작했다. 그는 갑자기 아무런 말도 없이 일어나 감옥 문을 열었다. 그리고는 조용히 나를 감옥문 밖으로 끌어냈다. 나는 느닷없이 감옥문을 빠져 나오게 되었고, 그는 감옥 뒷길로 해서 나를 마을 밖에 까지 안내해 주었다. 그런 후 그는 한 마디 말도 남기지 않은 채 뒤돌아서 감옥이 있는 근무지로 급히 돌아갔다. 단 한 번의 미소가 나의 목숨을 구해준 것이었다. 웃으며 쳐다보는 하늘은 언제나 찬란하고 들풀마저 싱그러움을 더해준다. 미소로 가득한 얼굴의 사람을 만나면 즐거움이 더해지고 그 순간 사는 맛을 느끼게 한다. 사람이 살아가는 맛을 증폭시키는 양념이 미소입니다. 인생은 메마른 삶이지만 짜증날 때마다 세상을 향해 미소 지으며 세상 사람들의 반응을 확인하시기 바랍니다. 많이 웃는 자가 가장 잘 웃는 자입니다. 모든 날 중 가장 완전히 잃어버린 날은 웃지 않는 날입니다. 내가 미소를 보내면 대개 상대방이 미소가 메아리로 되돌아 올 것입니다. 그리고 이 세상은 순간, 당신의 미소로 인해 곱고 아름답게 변화될 것입니다.

109

세계적인 성악가인 테너 안드레이 보첼리An-
drea Bocelli의 인간 승리를 자술自述한 생애사의 일부를 소개합니다.
제 이름은 Andrea Bocelli, 1958년 이탈리아에서 태어났죠. 1994년
산레모 가요제의 신인상을 받은 이래, 보첼리는 팝과 클래식, 8개의
오페라 음악을 포함한 13개의 솔로 스튜디오 앨범을 녹음하여 세계
적으로 7천만 장 이상의 음반을 팔았습니다. 1998년 잡지 피플에 가
장 아름다운 사람들 50명 중의 하나로 꼽혔습니다. 부모님도 포도와
올리브 농사를 지으셨지만 음악에 관심이 많으셨어요.

저는 여섯 살부터 피아노 레슨을 받고 플루트와 색소폰도 배웠죠.
전 노래 부르기를 가장 좋아했구요. 축구도 아주 좋아했어요. 열두
살 때 일이에요. 친구들과 축구를 하다가, 그만 공에 눈을 강하게 맞
고 말았어요. 좀 아프고 말 줄 알았는데, 며칠 뒤 눈이 완전히 안 보
이게 되고 말았습니다. 가족들과 친구들 모두 슬퍼했어요. 그때 전
어렸지만 이런 생각이 들더군요. 딱 한 시간만 울자 그리고 이 어두
운 세계에 빨리 적응하자구요. 부모님은 말씀하셨어요. 눈이 보이지
않으니, 힘을 길러야 한다구요. 법학도가 되는 것이 어떻겠냐고 하셨
죠. 전 열심히 공부해서 피사 대학에 진학해 법학 박사 학위를 취득
했어요. 변호사로 일하게 됐을 때 부모님은 기쁨의 눈물을 흘리며 기
뻐해 주셨어요. 모두들 저를 가리켜 인간승리라며 추켜 세워 주더군

요. 하지만 전 즐겁지만은 않았어요. 제 마음 깊은 곳에서 정말 하고 싶었던 게 있었거든요. 바로 성악이었습니다. 제가 다시 음악을 하겠다고 하자, 모두 저를 만류했습니다. 시각 장애인으로 대중 음악가라면 모를까, 클래식 음악을, 그것도 오페라를 한다는 건 불가능할 거라고 말이죠. 그러나 전 제 꿈을 이루기 위해 뜻을 굽히지 않았어요. 정통 성악 수업을 받았고, 전설의 테너라 불리던 프랑코 코넬리 선생에게 음악 지도를 받았습니다. 물론 클래식 음악가에게 있어 악보를 볼 수 없다는 거, 그게 치명적인 결점이었지만 악보를 머릿속에 모두 집어 넣으려 애썼습니다. 얼마 뒤 제 평생 꿈이었던 오페라 무대에서는 기회도 얻게 됐습니다. 오페라 라보엠이었어요. 어떤 비평가들은 오페라가 무슨 장난인 줄 아냐며, 저를 비롯한 무대를 준비한 모든 스텝들까지 싸잡아 비난하기도 했어요. 하지만 개의치 않았어요. 몇 번째 계단에서 어느 방향으로, 다시 몇 걸음을 더 걸어야 하는지 언제 여자 주인공을 쳐다보고 언제 손을 내밀어야 할지를 철저히 기억해서 움직였습니다. 공연이 끝나자 관객들은 기립박수를 쳤습니다. 저는 시각장애를 가진 성악가가 아닌 라보엠의 주인공 호돌포로 공연에 몰입하려고 노력한 덕에, 저를 비난하던 비평가들도 완벽한 공연이었다며 칭찬을 아끼지 않았습니다.

　제가 시력을 완전히 잃었을 때, 두려움과 절망의 눈물을 흘리는 데 필요한 시간은 꼭 한 시간이었어요. 그리고 새로운 상황에 적응하는 덴 일주일이면 충분했구요. 자기 연민에 빠지는 시간이 길면 길수록 더 힘들답니다. 슬픔을 빨리 극복할수록 새로운 도전을 받아들이는 힘이 강해진다는 거, 잊지 않으면 좋겠어요.

#110

건강을 위해서는 먹는 것도 운동도 중요하지만 무엇보다도 마음을 잘 관리해야 합니다. 굳이 비중을 둔다면, 음식과 운동은 20%에 달한다면 마음을 잘 관리하는 것이 80%가 되기 때문입니다. 행복하고 긍정적인 생활을 할 때, 면역세포의 일종인 T 램프구(T세포)가 활발하게 제 기능을 발휘하지만 시기, 질투, 분노, 미움, 원망과 두려움, 불평, 낙심, 절망, 염려, 용서못함, 불안과 같은 부정적인 생각이나 감정을 계속 가지게 되면 몸속에 T림프구는 변이를 일으켜, 암세포나 병균을 죽이는 대신 거꾸로 자기 몸을 공격하여 몸에 염증이 생기게 하거나 질병을 일으키는데 이를 자가면역질환

미국 프린스턴 공대 로버트 잔 교수는 마음은 아주 미세한 입자로 되어 있으며, 이것은 물리적 입자와 동일해서 입자로 존재할 때는 일정한 공간이 한정되어 있지만, 파동으로 그 성질이 변하게 되면 시공간을 초월하여 이동할 수 있다는 연구 결과를 발표하였습니다. 사람의 마음은 에너지의 성질을 가지고 있어서 다른 물질이나 생물체에 영향을 미치는데, 배양중인 암세포를 대상으로 원래의 정상적인 세포로 돌아가라고 스스로에게 mind control 하게 되면 암세포 성장이 40%나 억제 된다는 것입니다.

게이츠 교수는 여러가지 실험을 통해 다음과 같은 결론을 내렸는데 화, 슬픔, 불안, 공포, 증오, 미움 등과 같이 마음이 부정적인 감

정에 쌓였을 때, 인체에는 독사의 독액을 능가하는 매우 강력한 독성 물질이 생성되었기 때문입니다. 독사의 경우에는, 자신의 독을 축적해 두는 독주머니가 있어 그 독을 안전하게 밖으로 내 뿜을 수 있어 자신에게 해를 끼치지 않지만 인간은 그 같은 신체 구조를 갖고 있지 않기 때문에 자신이 만든 독은 그대로 몸속에 축적하게 되는데 그 독성 물질이 몸속 모든 곳을 돌아다니다가 약한 부위에 첨착하게 되면 각종 변이를 일으켜 다양한 질병을 양성하게 된다는 것입니다.

실 예로 샘 슈먼 이라는 사람은 간암 진단과 함께 앞으로 몇 달 밖에 살지 못할거라는 선고를 받았는데 그것은 오진이었습니다. 그럼에도 그는 죽었고 죽은 후 사체를 부검해보니 그는 간암으로 죽은 게 아니라 자신이 암으로 인해 얼마 살지 못할 것이라는 부정적인 생각의 지배를 받아 마음의 갈등과 세상에 대한 원망, 자기분노 등으로 건강이 급속도로 악화된 나머지 급사急死했던 것입니다. 오래 전 16세기에 마음이 산란하면 병이 생기고, 마음이 안정되면 있던 병도 저절로 좋아진다라고 저술한 동의보감의 허준 선생의 말씀에 절로 고개가 끄덕여집니다. 조선시대 세조 때 간행된 8의론八醫論에서는 의사를 8등급으로 나누고 있는데, 마음을 잘 다스려 병을 치유하는 심의心醫를 1등급 의사로 여겼습니다. 통계청에서 밝힌 직업 중 평균 수명이 가장 높은 그룹은 목사, 신부 등 이른바 성직자들 이었는데 어느 정도 스스로 마음을 콘트롤 할 줄 아는 사람이었습니다.

평균 수명이 30세도 안 되었던 2, 300~2,500년 전 당시에도, 삶의 지혜와 사리에 밝고 비교적 마음을 잘 다스렸던 중국의 고대 사상가들 이었던 순자(60세), 공자(73세), 묵자(79세), 장자(80세), 맹자(83세), 노자(100세) 등 모두 장수했던 인물로 꼽힙니다. 그들이 장수한 것은 , 잘 먹고 운동을 많이 해서가 아니라 스스로 마음을 잘 관리했기 때문이었습니다. 신경 심장 학계의 연구 결과에서도, 우리의 몸을 최상의 상태로 계속 유지 시킬 수 있는 최선의 방법은 살면서 늘 감사하는 마음을 갖는 것이라고 합니다. 한 통계에 의하면 내과를 찾는 환자 2명 중 1명은 정신 질환에 해당되고, 이들 환자의 80%는 병의 원인을 가정 불화로 보고 있습니다. 결론적으로 , 마인드 콘트롤이 건강 관리에 그토록 중요하게 된데는 우리 몸의 유전자의 상태와는 상관없이 사람의 마음 상태에 따라서 영향을 받도록 만들어져 있어 마음의 변화는 곧 그대로 몸의 변화로 이어진다는 것입니다. 그래서 현대 의학계에서도 몸의 치료는 먼저 마음의 치료가 선행되어야 한다는 점을 정설로 받아 들입니다.

#111

　　신사는 우산雨傘**과 유머**humor**를 가지고 다녀야 한다**는 영국 속담이 있습니다. 우산은 영국에 비가 하도 자주 와서 꼭 가지고 다니라는 말이고, 유머는 인간 관계를 부드럽게 하는 기름과도 같은 역할을 한다는 말입니다. 실제로 유머 한 마디가 상황을 바꾸어 놓은 경우가 많이 있습니다.

　그중 정치인들의 유머도 유명합니다. 링컨(미국 16대 대통령)이 상원의원 선거에 입후보 했을 때 경쟁자였던 더글러스 후보가 합동연설회장에서 목소리를 높였습니다. 링컨은 자신이 경영하던 상점에서 팔아서는 안 될 술을 팔았습니다. 이것은 분명한 위법이며 이렇게 법을 어긴 사람이 상원의원이 된다면 이 나라의 법 질서가 어떻게 되겠습니까? 더글러스는 의기양양했고 청중들은 술렁거렸습니다. 그때 링컨이 연단에 올라가 태연하게 말했습니다. 존경하는 유권자 여러분, 방금 전 더글러스 후보가 말한 것은 사실입니다. 그리고 그때 우리 가게에서 술을 가장 많이 사서 마신 최고 우량 고객이 더글러스 후보라는 것 역시 사실입니다. 상대편의 음해에 대해 링컨이 위트로 응수하자 좌중은 웃음바다가 됐습니다. 어느 일요일 아침, 링컨은 백악관에서 자기의 구두를 닦고 있었습니다. 마침 방문한 친구가 깜짝 놀라며 물었습니다. 아니, 미합중국의 대통령이 손수 구두를 닦다니 이래도 되는 건가? 그러자 링컨도 깜짝 놀라면서 대답했습니다. 아니, 그러면 미합중국의 대통령이 거리에 나가 남의 구두를 닦아야 한단 말인가? 링컨은 그렇게 호감이 가는잘 생긴 얼굴은 아니었다. 의회에서 어느 야당 의원이 링컨 대통령에게 악의적인 비난을 퍼부었다. 링컨은 두 얼굴을 가진 이중인격자다. 이 말을 들은 링컨의 대꾸가 걸작이었으니 만일 나에게 두 얼굴이 있었다면 이런 중요한 자리에 하필 왜 이 못난 얼굴을 가지고 나왔겠습니까? 잘난 얼굴을 가지고 나오지.젊은 시절 그가 하원의원에 출마했을 때였다. 합동 정견 발표회에서 그의 라이벌 후보가 그를 가리켜 신앙심이 별로 없는 사람이라고 비난했다. 그 후보는 청중들에게 여러분 천당 가고 싶은 분들은 손을 들어 보세요 라고 소리쳤다. 모두들 높이 손을 들었는데 오직 링컨만 손을 들지 않았다. 그 후보가 링컨을 향해 당신은 손을 들지 않았는데 그럼 지옥에 가고 싶다는 말이오 라고 물었다. 그러자 링컨이 빙긋이 웃으면서 천만에요. 나는 지금 천당도 지옥도 가고 싶지 않소.다만 의사당으로 가고 싶을 뿐이오.청중들 사이에서 폭소가 터졌다. 그리고 나서 마침내 링컨이 연설할 차례가 됐다. 상대방 후보는 피뢰침까지 달린 호화저택에 살고 있습니다. 그러나 나는 벼락을 무서워 할 정도로 죄를 많이 짓지는 않았다고 생각합니다. 청중들은 폭소를 터트렸고 링컨은 마침내 당선 되었다.

레이건(미국 40대 대통령)의 유머도 유명합니다. 1981년 3월, 레이건이 저격을 받아 중상을 입었을 때의 일입니다. 간호사들이 지혈을 하기 위해 레이건의 몸을 만졌습니다. 레이건은 아픈 와중에도 간호사들에게 이렇게 농담했습니다. 우리 낸시(마누라)에게 허락을 받았나? 또 응급실에 모인 보좌관들과 경호원들이 침통한 표정을 짓고 있는 것을 보고, 레이건은 다음과 같이 말을 해서 응급실을 뒤집어 놓았습니다. 헐리우드 배우시절 때 내 인기가 이렇게 폭발적이었다면 배우 직업을 때려치지 않았을 탠데.얼마 후 부인 낸시 여사가 응급실에 나타나자 이렇게 말했습니다. 여보, 미안하오. 총알이 날아왔을 때 영화에서처럼 납작 엎드리라는 걸 깜빡 잊었어. 이런 응급실 유머가 알려진 이후 레이건 대통령의 지지율은 83%까지 치솟았습니다. 부시(미국 43대 대통령)의 유머, 수 년 전, 조지 부시 대통령이 자신의 모교인 예일대 졸업식에서 다음과 같은 연설로 식장을 뒤집어 놓았다고 합니다. 우등상과 최고상을 비롯하여 우수한 성적을 거둔 졸업생 여러분, 진심으로 축하 드립니다. 그리고 C학점을 받은 학생 여러분들은 이제 내 기준에 맞춰 미합중국의 대통령이 될 수 있는 자격을 갖추었음을 알려 드립니다. 이쯤되면 유머가 얼마나 큰 위력을 발휘하는지 충분히 알만 할 것입니다.

112

친구와 점심을 먹으려고 생선구이집 식당으로 갔다. 친구가 갑자기 생선 구이를 먹던 중 가시가 목에 걸려 고통스러워 하길래 무심결에 양팔을 머리 위로 들어보라고 제안했었다. 목에 걸렸던 생선가시는 거짓말처럼 친구의 목에서 빠져나왔습니다.

　옛날 어른들은 목에 가시가 걸렸을 땐 맨밥을 삼키라고 하셨습니다. 하지만 이는 대단히 비과학적이며 부적절한 방법입니다. 자칫하면 음식물 덩어리가 가시를 밀어내면서 식도를 긁어 구멍이 생길 수도 있습니다. 식도 벽에 구멍이 생기면 폐를 둘러싼 막 사이의 공간에 염증이 발생하는 질환의 위험도 있을 뿐더러 이때 세균이 심장이나 대동맥까지 퍼질 수도 있습니다. 따라서 맨밥을 삼켜 가시를 빼내려는 시도는 삼가는 것이 좋습니다. 젤리나 찹쌀떡을 먹을 때 목구멍에 걸려 숨을 쉴 수 없을 정도로 다급해졌을 경우에도 손가락을 목에 넣어 뺄어 보려고 해도 아무 소용이 없지만, 양 팔을 머리로 번쩍 치켜들면 목에 걸린 젤리나 찹쌀떡 조각이 놀랍게도 목에서 쑥 빠져 나옵니다. 왼발에 쥐가 나면 오른팔을 번쩍 들고, 오른발에 쥐가 나면 왼팔을 번쩍 들면 됩니다. 팔 올림으로 한번에 쥐가 안 풀린다면 여러 번 반복해서 하면 되는 것입니다. 응급 상황시에 자신의 양 팔을 머리 위로 번쩍 올리는 행위는 자신의 생명을 살리는 최선의 수단입니다. 심근경색에 더 유용하다고 하는데, 비슷한 협심증에도 머리 위로 양 팔을 들어 올리는 행위는 기억해 두고 응급 시기를 대비하여 복습 해두는 것도 바람직한 일입니다.

길을 걷다가 또는 운전을 하다가 갑자기 숨을 쉴 수 없을 정도로 가슴이 조여 오고 아파 올 때, 아 이러다 나 죽을 것 같다는 생각이 들 때도 빨리 양 팔을 머리 위로 높이 들어보세요. 순간적으로 풋 하고 숨을 내어 쉴 수가 있게 됩니다. 그런 다음에 후속 조치를 위해 병원을 찾거나 119에 전화를 걸어 출동을 요청합니다. 일단 급한 불은 끈 상황이기에 안심하고 후속조치를 취하면 됩니다. 간단한 생활 상식이지만 기억하고 숙지해 두셨다가 응급 상황속에서 자신을 살리고, 이웃을 살리는 부작용도 전혀 없는 효과 만점인 방법 이오니 유용하게 사용해 보시기 바랍니다. 지식과 상식을 통해 건강하게 사는 삶이 또 다른 행복이며 생명 연장에도 큰 도움이 될 것으로 사료됩니다.

113

대학생 2명이 기말 시험 전날 친구 결혼식에 갔다가 술에 취해 늦잠을 자고 말았다. 뒤늦게 학교에 갔지만 이미 시험이 끝나고 강의실은 텅 비어 있어 담당 교수를 찾아가 거짓말을 하며 사정을 했다. 교수님, 저희가 친구 결혼식에 갔다 오는데 자동차 타이어가 빵구나는 바람에 근처 카센터에 가서 빵구를 때우고 오는 바람에 지각을 했습니다. 한 번만 기회를 주십시오. 두 학생의 간청에 교수는 다음 날 재시험을 볼 수 있도록 약속했다. 이튿 날 교수는 이들을 각자 다른 교실에서 시험을 보도록 했다. 문제는 단답식이었는데 그 중 두 문제가 출제되었다.

문제 1) 자동차의 어느 쪽 타이어가 터져 지각했나?(10점)

문제 2) 수리한 카센터 상호와 전화번호는 어찌 되는가?(90점). 거짓말은 작은 것이든 큰 것이든 자신의 본성本性을 가리는 어둠의 크기는 같습니다. 거짓말을 한다는 것은 그 크기에 관계없이 자신의 양심을 속이는 일이기 때문입니다. 거짓말 그 자체는 어쩌면 아무런 힘이 없을지도 모릅니다. 단지 그 거짓을 합리화하기 위해 계획하고 꾸미는 과정에서 이미 자신의 맑은 본성은 어두워져 어리석은 감정의 힘이 스스로를 힘들게 하는 것이기에 거짓말이 나쁜 것이랍니다.

#114

어느 깊은 산속의 산사에서 스승이 제자들에게 물으셨다.

가시나무를 보았는가?

예, 보았습니다.

그럼, 가시나무는 어떤 나무들이 있던가?

탱자나무, 찔레나무, 장미꽃나무, 아카시아나무 등이 있습니다.

그럼, 가시달린 나무로 몸통 둘레가 한 아름되는 나무를 보았는가?

못 보았습니다.

그럴 것이다. 가시가 달린 나무는 한 아름되게 크지는 않는다. 가시가 없어야 한 아름되는 큰 나무가 되어 집도 짓고 대들보로도 사용할 수 있는 것이다. 가시 없는 큰 나무는 다용도로 쓸 수 있지만 가시 있는 나무는 쓸모가 별로 없느니라. 사람도 마찬가지로, 신경질을 많이 내는 사람치고 비대한 사람이 없는 법이다. 가시가 없는 사람이 용도가 많은 훌륭한 지도자이며, 꼭 필요한 사람이며, 정말로 성현이 될 수 있는 그릇이다. 가시는 남을 찔러서 아프게 하고 상처를 내서 피를 보게 한다. 입을 통해 나온 말의 가시, 손발을 통해서 나온 육신의 가시, 욕심을 통해서 나온 마음의 가시, 나무가 가시가 없어야 다용도로 널리 쓰이듯 사람도 가시가 없어야 우주를 살려내고 인류를 살려내는 성현이 되느니라. 고로 가시 있는 나무는 쓸모가 거의 없느니라.

　가끔은 내가 인간 관계에서 가시를 만든 적 없는지? 생각해 보면서 지금도 말이나 글의 가시로 남의 아픔을 후벼 파고 있는 건 아닌지 더듬어 봐야 합니다.

이용석 철학에세이
인생은 선택이다

노인들의 삶은

가지가지

#115

　태국의 이동통신 회사인 True Move H의 베푸는 것이 최고의 소통이라는 3분짜리 TV광고 동영상이 몇 년 전에 전 세계 네티즌을 울리며 화제를 모았었다. 이 감동 영상은 세계 최고 병원인 존스홉킨스 병원의 공동 설립자이자 산부인과 의사인 하워드 켈리 의사의 실화를 바탕으로 제작된 영상이다.

　하워드 켈리의 어릴 적 경험이 그를 의사로서 대가를 바라지 않고 베푸는 삶을 살 수 있었던 계기라고 한다. 내용은 세 장면으로 요약된다. 시장 골목에서 약국 주인 아주머니는 예닐곱 살로 보이는 까까머리 소년의 머리를 쥐어 박으며 호되게 야단을 치고 있다. 이리 나와! 이 도둑놈아! 도대체 뭘 훔친거야? 약국 주인은 소년의 머리를 쥐어 박고, 고개를 푹 숙인 소년은 그렁그렁 눈물어린 목소리로 어머니에게 약을 가져다 드리려고요. 라고 대답했다. 바로 그 순간 근처에서 허름한 식당을 운영하는 주인 아저씨가 끼어든다. 잠깐만요! 얘야, 어머니가 어디 아프시니? 소년은 말없이 고개만 끄덕였다. 소년의 사정을 눈치챈 식당 주인은 아무 말 없이 약국 주인에게 약 값을 대신 치렀다. 그리고 소년과 비슷한 또래인 딸에게 식당에서 야채수프를 가져 오라고 시킨다. 잠시 아저씨와 눈을 맞춘 소년은 부끄러움에 고맙다는 인사도 못하고 약과 수프가 담긴 비닐봉투를 받아 들고 집을 향해 골목길을 도망치듯 뛰어갔다. 어느덧 30년이란 세월이 지나갔다. 그러던 어느 날 식당 주인이 갑자기 의식을 잃고 쓰러진다. 응급 수술을 마치고 중환자실로 옮겨진 식당 주인 아저씨와 그 곁을 지키는 딸의 애타는 모습이 보인다. 퇴원을 우리나라 돈으로 환산할 때 무려 2,700만 원에 이르는 어마어마한 금액이다. 병원비 마련에 전전긍긍하던 딸은 결국 가게를 급매물로 내놓는다. 다시 힘없이 병원으로 돌아온 딸은 아버지 침상 곁을 지키다 잠이 든다. 그때 기적 같은 일이 일어났다. 병상 위에 놓여 있는 병원비 청구서에는 금액이 0원으로 바뀌어 있었다. 청구서 뒤에는 조그만 메모지 한 장이 붙어 있었다. 당신 아버지의 병원비는 이미 30년 전에 지불됐습니다. 세통의 진통제와 맛있는 수프와 함께 (안녕히 계세요) 안부를 전합니다. 그 순간 딸의 뇌리를 스치는 장면 하나, 30년 전 약을 훔치다 붙잡혀 어려움에 처했던 한 소년의 모습이 떠올랐다. 그때 그 소년이 어엿한 의사로 성장해 바로 아버지의 주치의를 맡고 있었던 것. 그 의사는 정성스레 30년 전 자신을 돌봐 주었던 식당 주인 할아버지를 지극 정성으로 보살폈습니다. 베푸는 것이 최고의 소통입니다. 'Giving is the Best Communication' 라는 자막과 함께 이 이야기는 끝을 맺습니다.

비록 광고물이지만 이 동영상은 요즘같이 각박한 세상에서 평범한 사람들의 심금을 울리기에 충분한 것 같습니다. 무엇보다 이 영상에서는 무엇을 말하고 전달하려 했는지가 분명합니다. 그래서인지 3분 가량의 길지 않은 내용은 가슴 따뜻한 느낌이 그대로 전달되는 감동 그 자체입니다. 큰 베풂은 아닐지라도 마음에서 우러나오는 작은 관용이나마 실천해 보는 것이 좋을 듯 싶습니다. 베푸는 것이 최고의 소통입니다. 라는 실화를 바탕으로 한 광고 카피를 다시 한 번 올려 봅니다.

116

주는 것 중에 가장 소중한 것은 알아 주는 것입니다. 누군가가 내 마음을 알아주면 세상은 그런대로 살만 합니다. 알아 달라고 하면 관계가 멀어지지만 알아 주려고 하면 관계가 깊어 집니다. 알아달라고 하면 섭섭함을 느끼지만, 알아 주려고 하면 넉넉함을 느낍니다. 행복은 알아 달라는 삶에는 없고 알아 주는 삶에 있습니다. 우리가 산에 가면 가끔 한적한 곳에 혼자 피어 있는 아름다운 꽃을 봅니다. 그 꽃은 보는 사람 없고, 사람이 없어도 아름답게 향기를 날리며 피어 있습니다. 미모 경쟁도 하지 않고, 향기 경쟁도 하지 않고, 그냥 혼자 아름답게 핍니다.

삶의 목표는 남과 경쟁하는 것이 아니라 그냥 아름답게 사는 것입니다. 지행상방 분복하비志行上方 分福下比, 뜻과 행실은 나보다 나은 사람과 견주고, 분수와 복은 나보다 못한 사람과 비교하라.

조선 조 3대 청백리 중 한 사람이자 임진왜란시 선조와 온 조정이 이순신 장군을 역적으로 처형하려 할 때 혼자 지켜낸, 오리 이원익 선생의 좌우명으로, 그의 문집에 실려 있는 말입니다. 이원익 선생께서 일찍이 교훈을 지어 자손에게 주었는데, 그 내용이 참 좋습니다.

나의 가치관과 삶의 기준은 나보다 뛰어난 사람의 철학과 행실에 비견하고 나의 현실적 지위와 분수는 나보다 어려운 처지에 있는 사람과 비교하면서 긍정적으로 자족하는 삶이 가치 시대를 지혜롭게 사는 삶이다. 그냥 아름답게 사는 것은, 분수에 자족하며 오늘도 만족하도록 몸과 마음을 다스리는 것입니다. 더불어 현대는 정보화情報化 시대입니다. 밤낮을 가리지 않고 모든 정보가 SNS를 통해 송수신되어 오가고 있습니다. 보내준 사람에게 어떤 일단이 자신이 보기 싫다고 해서 앞으로 그런 내용의 글을 보내지 않도록 했으면 좋겠다고 했을 때 그 사람은 다시금 보내지 않을 것입니다. 싫든 좋든 다 읽도록 하는 인내가 필요합니다. 왜냐하면 요즘 세상 모든 세대가 그 안에 녹아서 숨 쉬고 있기 때문입니다 자기가 좋아하는 분야의 글만 읽기 원한다면, 우리는 곧 우물안 개구리 신세가 될 것이 뻔하기 때문입니다. 전체를 아울어 볼 수 있도록 힘써야 합니다. 지혜의 깊이나 넓이는 무궁무진 하기 때문입니다.

#117

카르페 디엠은 영화「죽은 시인의 사회」에서 로빈 윌리암스가 열연한 잔 키팅 선생이 남긴 말로 잘 알려져 있습니다. 영국의 한 보수적인 명문 사립학교에 국어 교사로 부임한 그는 학생들에게 이렇게 말하지요. 의학, 법률, 경제, 기술 따위는 삶을 유지하는 데는 필요한 것들이지, 하지만 우리가 살아가는 진정한 목적은 시와 문학, 낭만, 사랑 이러한 것들을 누리기 위해서 우린 카르페 디엠 곧 오늘을 잡아야 한단다.

사실 이 말을 처음에 한 사람은 고대 로마의 시인 호라타우스 입니다. 시저의 뒤를 이어 로마제국의 황제가 된 옥타비아누스가 이집트 여왕 클레오파트라와의 전쟁을 승리로 이끌며 팍스 로마나(로마의 평화)를 구가하게 되었을 때에 그간 고통을 겪은 로마 시민들이 이제는 마음 편히 오늘을 즐기며 살아가라는 의미로 이 말을 썼다고 합니다.

그런가 하면 이와 짝을 이루는 라틴어 문구가 있습니다. 메멘토 모리입니다. 죽음을 기억하라는 뜻을 지닌 메멘토 모리의 유래는 이렇습니다. 고대 로마에서는 전쟁에서 승리를 거둔 장군이 개선할 때면 4마리의 백마가 이끄는 전차를 타고 화려한 시가행진을 벌입니다. 시민들은 개선 장군을 향해 열렬한 환호를 보냅니다. 이때 장군은 노예 하나를 자신의 바로 옆자리에 태워, 자신의 귓가에 메멘토 모리라고 계속해서 외치게 했습니다. 그것은 비록 오늘은 당신이 전쟁에서 승리한 영웅이지만 언젠가는 당신도 죽는다는 사실을 잊지 마시오. 라는 뜻입니다. 그러니 오만하거나 우쭐대지 말라는 경고의 의미였던 것입니다.

메멘토 모리와 카르페 디엠은 하나는 죽음을 다룬 것이고 또 하나는 현재를 말하지만 그 메시지는 결국 일맥상통으로 동전의 양면입니다. 왜냐하면, 나도 언젠가는 죽는다는 사실을 수시로 기억하는 사람은 매순간을 충실히 살아갈 수 밖에 없기 때문이죠. 우리가 의미 없이 보낸 오늘 하루는 어제 세상을 떠난 분들이 앙가슴으로 마지막 숨을 토하며 붙들려고 했던 내일이라는 소중한 시간입니다. 소중한 오늘을 위한 카르페 디엠을 들으시면서 다시는 돌아올 수 없는 순간순간을 소중히 여기고, 오늘에 충실을 기하며 내일을 준비하는 뜻있는 하루하루가 되시기를 기원합니다.

#118

조선시대 순조 때 김학성이라는 문관이 있었다. 그는 어려서 아버지를 잃고 홀어머니 밑에서 자랐다. 김학성의 집은 매우 가난해서 어머니가 남의 집에서 부엌 일을 해주고 받은 품삯으로 근근이 살아가고 있었다. 어느 날이었다. 어머니가 뒤 뜰에서 방아를 찧고 있었다. 그런데 어디서 쇠붙이 소리가 들렸다. 처마 끝 낙숫물이 떨어지는 곳에서 나는 소리였다. 가까이 가서 자세히 살펴보니, 마당 한쪽 패인 곳에서 쇠 항아리 하나가 드러나 보였다. 땅을 파고 항아리를 꺼내 뚜껑을 열어 보았더니, 이게 웬 일인가? 어머니는 너무 놀라 뒤로 넘어질 뻔 했다. 항아리 안에는 황금이 가득 들어 있었던 것이다. 어머니는 항아리를 끌어안고 기뻐서 어쩔 줄 몰랐다. 그런데 어머니는 갑자기 고개를 저으며 말했다. 아니야 지금 우리 아이들을 위해서는 이게 오히려 독이 되지. 그리고는 어머니는 땅을 더 깊이 파고서 항아리를 다시 묻어 버렸다. 그리고 얼마 후엔 그 집을 팔고 다른 곳으로 이사까지 해버렸다. 어머니는 더욱 열심히 일을 해서 아이들을 공부시켰고, 아이들도 그런 어머니의 노고에 보답이라도 하듯이 열심히 공부했다.

얼마 후, 김학성과 동생 모두 순조 때 과거에 급제하여 헌종 때 형조판서에 까지 올랐다. 어느 해 아버지의 제삿날을 맞아, 어머니는 두 아들을 앉혀 놓고 그 때의 일을 들려 주었다. 그 때의 내 생각이 옳았던 것 같다. 이제 이렇게 훌륭하게 장성한 너희들을 보니, 죽어서 너희 아버지를 뵈어도 할 말이 있게 되었구나. 어머니, 그런 엄청난 돈이 있었으면 어머니께서 그렇게 고생을 안 하셨을 것이고, 저희도 배불리 먹고 많은 책을 사서 볼 수 있었을 터인데 왜 그렇게 하셨습니까? 그러자 어머니가 말했다. 재물은 너희가 충분한 능력을 키우면 저절로 따라오는 법이지만, 요행으로 얻은 재산은 쉽게 사라지는 법이다. 땀 흘려 얻은 능력이야 말로 정말 귀한 재산이지. 이 어미는 너희에게 노력해서 얻은 성공의 기쁨을 느끼게 해주고 싶었단다.

황금만영黃金滿籯이 불여교자일경不如敎子一經이요. 사자천금賜子千金이 불여교자일예不如敎子一藝니라. (광주리에 가득한 황금보다 자식에게 경서 하나를 가르치는 것이 더 낫고, 자식에게 천금을 주는 것보다 한가지 기술[예]을 가르치는 것이 훨씬 낫다.)

나는 과연 자식들을 위해 금 항아리를 묻을 수 있을까요?

119

우리들 인생은 외롭다. 삶은 어차피 외로움 속에서 이루어진다. 대통령도 외롭고 국무총리도 외롭다. 마누라도 외롭고 남편도 외롭다. 사람들은 그렇게 외로움을 삼키며 산다. 고독은 누구나 운명적으로 감당해야 하는 삶의 조건인지도 모른다. 화려하고 잘 생긴 영화배우도 외롭고, 번다煩多한 거리에 서 있는 교통순경도 외롭다. 인간은 살아가면서 고독감과 외로움을 느낀다.

외로움을 피하려고 하면 더욱 외로워지는 게 우리 인생이다. 외로움을 극복하려면 외로움에 익숙해지는 수밖에 딴 도리가 없다. 얼마 전 신문을 읽으니 불란서 파리에는 한 집 건너 독신獨身이라고 한다. 그 사람들은 배우자配偶者 없이 혼자 살면 외롭지만 자유自由가 더 좋아 결혼을 안 한다고 한다. 차라리 고독한 자유를 즐기면서 산다는 것이다.

한국도 이와 비슷한 사회 모습으로 변질되어 가는 걸 보게 된다. 옛날엔 가족이 삼대三代가 한 지붕 밑에서 살면서 가장家長의 권위權威와 체통體統을 지키면서 손녀 손자들의 재롱도 받고 살았으나, 요즘 가족은 핵核 가족화로 분해되어 모두들 뿔뿔이 흩어져 살고 있다. 딸을 둔 부모는 그래도 낫다고 하는데 아들은 결혼과 동시에 자식을 잃어버리지만, 딸은 마음만이라도 부모 곁을 떠나지 않고, 고분하게 부모를 섬겨서 좋다는 것이다. 결혼하고 나면 처妻, 자식에 빠져 있는 아들보다는 붙임성 있는 딸이 낫다고 했다.

18세기에도 지금이나 마찬가지로 사람사는 양태樣態는 별반 다르지 않았는가 보다. 아들 딸들이 시집 장가를 가 버리고 나면 늙은 내외만 달랑 남는다든가, 아니면 한 쪽 배우자가 없는 사람은 혼자서 남은 세월을 버텨야 한다. 자식들은 가끔가다 효孝를 합네하고 전화라도 하고 일 년에 한 두 번 명절에나 보게 되지만, 늙은 부모는 그것도 고마운 마음으로 감지덕지感之德之해야 한다. 노인들은 독백獨白처럼 중얼거린다. 키울 때 자식이지 키우고 나면 다 그만이라는 것이다. 이건 엄연한 진리眞理라고 생각하면 마음이 편해진다. 지금의 노년老年세대도 부모님한테 만족하게 효도孝道를 한 사람이 얼마나 되겠느냐 말이다. 인생은 그렇게 섭섭하게 흘러가게 마련이다. 늙으면 어차피 이런저런 서러운 일들이 많다.

어느 통계에 의하면 오순도순 금슬琴瑟 좋게 산 사람일수록 한 쪽이 먼저 죽고 나면 남은 사람도 시들시들하다가 얼마 안 있어 따라 간다고 한다. 특히 부부 금슬이 유달리 좋은 사람일수록 이런 현상이 많다고 하니 금슬 좋은 것도 탈이라면 탈이다. 둘이서 오래 살다가 남자가 먼저 죽으면 그래도 좀 괜찮은데, 여자가 먼저 죽으면 혼자 남아 있는 남자의 초라하고 처량한 모습은 주위 사람들을 보기 딱하게 만든다. 양쪽 모두 건강하게 살다가 비슷한 시기에 같이 간다면 얼마나 복 받은 사람이련가. 우리 인생은 어차피 외롭고 고달프지만 늙으면 더욱 외롭고 쓸쓸해지는가 보다.

#120

　세계적인 천문학자의 강연이 있었습니다. 한 남자는 강연을 들으며 가슴이 설레였습니다. 엘리베이터에서 우연히 강연자와 마주친 그 남자는 자신의 어릴 적 꿈도 천문학자였다고 말합니다. 왜 꿈을 이루지 못했냐는 강연자의 질문에 이렇게 답합니다. 어릴 때 천문학자가 되고 싶다고 말하자 누군가 이렇게 말했어요. 천문학자 돈도 안되는 거 되어서 뭐 하려고? 그 말을 듣는 순간 죄지은 듯 뭔가 잘못 됐다는 느낌을 받았고, 그 꿈에서 점점 멀어져 갔습니다.

　천문학자는 말했습니다. 저도 어릴 때 천문학자가 되고 싶다고 말했어요. 그 말을 들은 삼촌은 멋진 꿈이다! 넌 그 꿈을 꼭 이룰거야! 라고 격려해 줬어요. 천문학자가 되고 싶었던 남자는 다시 묻습니다. 그 말 한마디가 당신을 천문학자로 만들었군요! 잠시 생각에 잠긴 후 천문학자는 손을 저으며 말했습니다. 그게 아니었어요. 삼촌의 다음 말이었어요. 삼촌은 이렇게 말했어요. 살아가면서 네가 천문학자라는 꿈을 말하면 어른들이 이렇게 말할거야! 돈도 안되는 거 뭐 하려고? 그럴 때마다 이렇게 말하면 돼. 이 말이 너를 지켜 줄 거야. 저는 돈을 세지 않을 거예요. 별을 셀 거예요. 저는 삼촌이 알려준 대로 했어요. 제가 실제로 내뱉든 안 내뱉든 그 말은 제 꿈을 지켜줬어요. 그 말은 거인처럼 작은 아이의 꿈을 지켜줬습니다. 갑옷처럼, 방패처럼, 군대처럼 아이의 소중한 꿈을 보호했습니다.

그 사람의 행실을 보면 살아온 삶이 보이고 언행을 보면 다가올 미래가 보입니다. 삶을 변화시키는 가장 확실한 방법은 말을 조심하는 것입니다. 현명한 사람은 어떤 상황에서도 논쟁거리를 만들지 않습니다. 즉금 당신을 조각하고 있는, 그리고 조각해온 말 한마디는 무엇인가요?

#121

　　어리석은 개미는 자기 몸이 작아 사슴처럼 빨리 달
릴 수 없음을 부러워하고, 똑똑한 개미는 자신의 몸이 작아서 사슴의
몸에 붙어 동행할 수가 있음을 자랑으로 생각한다. 어리석은 사람은
스스로의 단점을 느끼면서 슬퍼하고, 똑똑한 사람은 자기 장점을 찾
아내어 자랑한다. 화내는 얼굴은 아는 얼굴도 낯설고, 웃는 얼굴은
모르는 얼굴이라도 낯설지 않다. 찡그린 얼굴은 예쁜 얼굴도 보기 싫
고, 웃는 얼굴은 미운 얼굴이라도 예쁘게 보인다. 고운 모래를 얻기
위해 고운 체가 필요하듯, 고운 얼굴을 만들기 위해서는 고운 마음이
필요하다. 매끄러운 나무를 얻기 위해 잘드는 대패가 필요하듯이, 멋
진 미래를 얻기 위해서는 현재의 노력이 필요하다. 욕심이 많은 사람
은 자신의 연장을 두고서 남의 연장을 빌려 쓴다. 그러다 그만 자기
연장을 녹슬게 하고 만다. 어리석은 사람은 자기 혼자의 힘으로 서려
고 않고 남에게 기대선다. 그러다 그만 자기 혼자 설 힘조차 잃고 만
다.

　　동행은 같은 방향으로 가는 것만이 아니라 같은 마음으로 가는 것
이다. 동행이라는 사전적 정의는 단순히 같이 길을 가는 것에 있지
않고 같이, 같은 길을, 같은 마음으로 걷는 것을 의미하는 것이다. 남
녀 간의 결혼은 동행이란 의미와 가장 가깝다. 부부가 인생이라는 긴
여정을 같이 같은 마음으로 함께 걷자는 것이니까? 비록 가는 길이

꽃 길이 아니어도 행복이라는 목적을 향해 같이 가자는 것이니까! 때문에 부부의 동행은 꼭 사랑하는 마음이 항상 있어야만 가능한 일은 아니다. 사람이 여러가지 감정을 갖고 있는 데는 다 그만한 이유가 있듯이 그러한 감정들 하나하나가 부부의 동행을 아름답게 때로는 아프면서도 함께 만들어 가는 이유가 되는 것이다.

#122

예나 지금이나 세상을 살아가다 보면 남과 다투는 경우가 더러는 있게 마련이지만, 그 다툼에서 이겼다고 생각하면서도 결과적으로는 손해였음을 뒤늦게 깨닫고 후회하는 경우가 많습니다. 그런데 싸워서 꼭 이겨야 되는 싸움과 져 주어야 하는 싸움도 있습니다. 각각 그 5가지를 논해 볼까 합니다.

＊우선 싸워서 이기면 손해보는 싸움.

○첫째, 아내하고 싸워서 이기면 확실하게 손해봅니다. 남자의 기품도 떨어지고, 아내가 가정을 지옥 같은 분위기로 만들기 때문입니다.

○둘째, 자식하고 싸워서 이기면 손해봅니다. 자식을 이기면 자식이 곁 길로 가든지 자신감 및 활기, 개성을 잃어버려서 기가 죽는 것은 필연입니다.

○셋째, 언론하고 싸워서 이기면 손해봅니다. 활자엔 마력이 있기 때문입니다. 이기려고 하면 할수록 큰 대가를 지불해야 합니다.

○넷째, 국가 권력하고 싸워서 이기면 손해봅니다. 권력이란 백성이 위임해 준 것이기 때문입니다.

○다섯째, 하늘(의 뜻)하고 싸우면 손해봅니다. 맹자 글 중에도 순천자順天者는 흥興하고, 역천자逆天者는 망亡 하느니라 했습니다.

*꼭 이겨야 되는 싸움 5가지는 무엇일까요?

○ 첫째; 질병疾病하고는 꼭 싸워 이겨야 하고,

○ 둘째; 빈곤貧困과 가난하고 싸워 이겨야 하며,

○ 셋째; 무지無知에서 벗어나야 합니다.

○ 넷째; 시련試鍊과 싸워 극복해야 합니다.

○ 다섯째; 자기自己하고 싸워 이겨야 합니다. 자기 자신을 극기하지 못한 자는 패자입니다.

우리가 살아가면서 힘은 들어도 행복하다면 뭐든지 이겨낼 수 있을 것입니다.

123

테레사 수녀는 어릴적 부터 몸이 약했으나 우
등생이었고, 가톨릭 성당에서 성가대원으로 활동하였으며 성장한 후
에는 가톨릭 청년 단체에서 활동하기도 했습니다. 1928년 아일랜드
더불린에 가서 성모 수녀회에 입회하고, 인도제국으로 떠나 인도의
로게토 성모 수녀회에서 수녀가 되기 위해 수련을 받습니다. 1937년
로게토 성모 수녀회의 수녀로서 종신 서원을 하고 이때부터 테레사
라는 수녀로서의 이름을 쓰기 시작했는데, 19세기 말 활동했던 프랑
스의 수녀이자 성인인 리지외의 테레사를 본 받겠다는 뜻을 담았다
고 합니다. 평생 허리를 구부리고 고개를 숙인 자세로 일해왔기 때문
에 고령이 된 후에는 허리가 펴지지 않았고, 세계를 돌아 다닐 때는
한쪽 귀가 멀고 심장이 약해진 상태였다고 합니다.

　　인도의 콜카타에서 헌신적인 빈민 구제 활동을 하여 살아 있을 때
부터 많은 존경을 받았습니다. 1979년에는 노벨 평화상을 받았는데
수상 축하연에 사용할 돈을 빈민 구제기금으로 쓰게 해 달라고 요청
한 일화가 있었으며 자선가에게 주어지는 각종 상과 선량한 종교인
이 받는 각종 상들을 수상했습니다. 노벨 평화상을 받은 다음해인
1980년에는 인도에서 가장 높은 등급의 시민 훈장인 비라트 라트나
를 받았습니다.

　　어느 날 테레사 수녀가 빵집으로 가서 빵집 주인에게 부탁했습니

다. 아이들이 굶고 있는데 빵 좀 기부해 주시면 안 될까요? 그러나 빵집 주인은 적선은 고사하고, 앗 재수없어. 얼른 꺼져버려! 라며 테레사 수녀에게 모욕을 주었습니다. 테레사 수녀가 또 한 번 사정했습니다. 남는 빵이 있으면 좀 주시면 안 될까요? 같이 갔던 봉사자가 울컥하며 말했습니다. 수녀님은 굴욕스럽지도 않으세요? 그러자 테레사 수녀가 이렇게 말했습니다. 나는 빵을 구하러 왔지, 자존심을 구하러 온 게 아니었거든요.

#124

　군대 가기 전에 저는 신촌의 한 술집에서 서빙 알바를 했습니다. 어느 날 테이블 주문을 받았는데, 한 눈에도 명품으로 치장한 남녀가 동석해 앉아 있었습니다. 그날따라 손님이 많았습니다. 제가 아마 주위의 소음 때문에 주문을 잘못 들었던 것 같습니다. 그 테이블에 잘못된 안주가 나갔습니다. 그러자 남자는 대뜸 저를 째려보며 욕 비슷한 말을 했습니다. 아씨ㅂ, 그러자 여자도 덩달아 한마디를 했습니다. 그 말이 아직도 잊혀지지가 않습니다. 씨ㅂ, 이래서 못 배운 것들은 안 된다니깐! 음식 주문 하나도 제대로 못 받잖아 짜증나! 오빠! 그래 내가 여기 오지 말자고 했지?

　순간, 저는 얼굴이 빨개지더니, 온갖 생각이 들었습니다. 내가 못 배웠는지, 잘 배웠는지 저들이 어떻게 안단 말인가? 내가 이런 말을 들어도 되는 그렇게 쉬운 사람이었던가? 한참 내성적인 때였습니다. 저는 많이 당황했습니다. 시뻘개진 얼굴로 이내 여러 번 고개 숙여 사과했습니다. 죄송합니다. 손님, 죄송합니다. 바로 다시 가져 오겠습니다. 그렇게 허둥지둥 할 때, 옆 테이블의 나이 드신 한 노부부가 조용히 저를 불렀습니다. 오히려 잘 되었네요. 우리가 그 안주 시키고 싶었어요. 여기 테이블에 갖다 놓아 주세요.

　아직도 기억이 선한데, 그 테이블에는 아직 다 먹지 않은, 똑 같은 안주가 놓여 있었습니다. 저는 그저 고마웠습니다. 감사합니다. 감사합니다. 손님. 그분들에게 안주를 드리면서 이내 감사 인사를 올렸습니다. 그 노부부는 그저 씽긋 웃을 뿐이었습니다.

30분 정도 지났을까요? 노부부가 계산을 하고 나가시면서 저에게 쪽지 하나를 건넸습니다. 그 쪽지에는 세련된 필기체로 이런 글자가 적혀 있었습니다. 당신이 배운 사람입니다. 그 쪽지를 너무 오래 봤을까요. 눈물이 앞을 가려 한참을 멍하니 서 있다가 정신을 차려 고개를 들어보니 그분들은 이미 자리를 떠나고 없었습니다.

그 쪽지는… 그럼에도 내가 괜찮은 사람이라는 것을 인정하고 있었습니다. 그 쪽지가 그 시절의 나를 받혀준 기둥이었으며 나를 살아 있게 했습니다. 저는 그 쪽지를 오랫동안 간직하고 있습니다. 그리고 그 쪽지는 나의 좌우명이 되었습니다.

인간이란 누구나 다 불완전한 존재입니다. 이 세상에 완전한 존재로 태어나지 못했기 때문에 불완전한 말과 생각과 행동을 하며 살 수밖에 없습니다. 불완전한 일을 당하면 상대방은 기분을 잡치고 우리는 그 대가로 질책, 꾸지람이나 욕설을 듣게 됩니다. 그것이 바로 우리들의 피치 못할 숙명입니다. 그러므로, 상대방이 혹 나쁘게 말을 해도 사람이란 원래 불완전해서 그러려니 하고 내가 먼저 이해를 해야 합니다. 이것이 바로 불계에서 시전하는 인욕忍辱 바라밀이며 이 세상의 원한을 그치게 하는 비책입니다.

125

사람이 양껏 벌어도 먹는 건 세끼요, 기껏 살아봐도 백 년은 꿈인 것을, 못 산다고 슬퍼 말고 못 났다고 비관 마라.

　　재물이 늘어나면 근심도 늘어나고, 지위가 높아지면 외로움도 더하는 법.부자 중에 제일은 마음 편한 부자요, 자리 중에 제일은 마음 비운 자리다. 사람이 사람인 이상 비운다 한들 다 비울 수 있을까 마는, 어느 날 갑자기 분수에 넘치는 탐욕이 일거든 위에서 아래로 흐르는 물처럼 이치에 맞게 양심을 거스르지 말 것이며, 어느 순간 미움과 증오로 분노가 일거든 얼음이 녹아 물이 되듯, 분노의 언 가슴 용서로 흘려 보낼 일이로다. 제 모습을 그릇에 맞추는 물처럼 그렇게 살아가는 사람은 세상을 탓하지 아니한다네. 인생이란 흐린 날도 있고 비 오는 날도 있고 폭우가 쏟아지는 날도 있다.

　　삶이란 개인 날도 있고 햇살 가득한 날도 있고 눈부시게 태양이 비치는 날도 있다. 하루하루의 일상은 흐림과 개임의 반복, 비와 햇살의 공유, 폭우와 태양의 동행이다. 어느 것도 계속되지 않는다는 진리를 마음속으로 믿으며 살아가는 것이다. 무소의 뿔처럼 혼자서 가라 는 이 말은 팔리어 경전의 숫따니빠따에 나오는 구절로, 고타마 붓다(석가모니)가 설법한 내용 중 하나이다.

　　홀로 행하고 게으르지 말며/비난과 칭찬에도 흔들리지 말

라. 소리에 놀라지 않는 사자처럼/그물에 걸리지 않는 바람처럼, 진흙에 더럽히지 않는 연꽃처럼/무소의 뿔처럼 혼자서 가라!

열반에 든 법정 스님도 수행修行을 할 때 오두막 한 쪽 벽에 이 글귀를 적어 놓고 눈에 들어 올 때마다 외웠다고 한다. 여기서 무소의 뿔처럼 혼자서 가라는 인간의 모든 욕망과 집착에서 벗어나 깨달음을 얻기 위해 뿔이 하나 뿐인 코뿔소처럼 우직하고 묵묵히 정진精進하라는 뜻으로 독립적이고, 흔들리지 않는 삶을 살아가라는 가르침을 담고 있다. 전부는 아니더라도 비록 흉내내는 모습이나마 닮아가는 인생이길 바래봅니다.

행복에 이르는 유일한 길은 자신의 의지로도 어쩔 수 없는 것들에 대한 걱정을 그만두는 것이다.

나이 들어서도 비참해지기 싫다면 이 한 가지만 반드시 기억하면 됩니다. 노후대비, 노후준비, 노후조언, 인생조언.

126

한 백인여성이 누가 봐도 불쾌한 표정으로 스튜어디스를 불렀습니다. 옆 자리에 흑인이 앉아 있어 도대체 같이 앉아 있을 수가 없네요. 자리를 좀 바꿔주세요. 스튜어디스는 일단 그 말을 듣고 여성을 진정시킨 뒤 지금 이코노미 석은 꽉 찼습니다. 하지만 제가 방법을 강구해 볼게요. 주위에 있는 승객들은 백인 여성의 황당한 행동과 말에 어이없어 했습니다. 손님, 기장에게 전후 사정 전달하였지만 이코노미 석에는 자리가 없고 1등석에만 자리가 있을 뿐입니다. 이 말을 들은 여성은 더 거칠게 따지면서 말하자 스튜어디스는 저희 항공사에서는 이코노미 승객을 일등석으로 바꿔 드리는 전례는 없었지만 옆 자리에 앉은 승객 때문에 불편한 여행을 하시게 할 수는 없지 않겠습니까? 그래서 자리를 바꿔 드리도록 결정을 했습니다. 이렇게 말한 뒤 스튜어디스는 실례지만 다시 짐을 싸지 않도록 옆에 손님을 일등석으로 옮겨 드리겠습니다. 이렇게 해서 옆자리에 앉은 흑인 남자는 얼떨결에 일등석에 앉게 되었습니다. 주위에 있는 모든 승객들은 재치 있는 스튜어디스의 행동에 박수를 보냈고 어떤 이는 기립박수를 치기도 했습니다. 포르투갈 항공사에서 있었던 실제 일어난 일화입니다.

인종차별에 대한 공익 광고에도 이 내용이 나갔다고 하네요. 이처럼 배려는 주위를 따뜻하게 해줍니다.

#127

손(損-감할 손)은 악 귀신을 말하는데 특히 손재를 입히는 귀신을 뜻합니다. 그 귀신이 지상에 있을 때는 손이 있는 날이니 하는 일이 잘 안 되고, 손재수를 만나 손해가 발생하니 그 귀신이 하늘로 올라가는 9~10일 날에는 손이 없는 날로 아무 방향으로나 이사하는 일이 무탈하여 괜찮다는 것입니다.

손이 드는 방향으로 따져 보면, 시계 바늘이 도는 방향으로 진행하며 날자는 음력으로 치는 것으로 1, 2알에는 동쪽, 3, 4일에는 남쪽, 5, 6일에는 서쪽, 7, 8일에는 북쪽으로 손이 듭니다. 이렇게 하여 남는 날인 9일과 10일(19일과 20일, 29일과 30일)에는 손이 하늘로 올라가고 지상에 없기에 이 날들을 완전 손 없는 날이라고 합니다. 그러니까 특별히 1일과 2일에 이사를 해야 하는 경우라도 손이 드는 동쪽으로만 이사를 가지 않으면 되는 것입니다. 3일과 4일에는 남쪽으로 이사가면 안되고 이건 고스톱을 치는 경우에도 손이 드는 방향에 앉은 사람이 돈을 대다수 잃는 경우가 많습니다. 참조하시기 바랍니다.

손 없는 날에 이사를 하려는 사람들은 손이 드는 방향만 알고 피하면 되는 것을 이사업체에 2~3십만 원의 웃돈까지 얹어가며 9~10일 날에만 예약을 잡으려고 하기 때문에, 예약하기도 어렵고 이사 비용도 2~3십만 원 더 비싼 편입니다. 피치 못해 손이 드는 방향으로 이사를 하는 경우, 비방 방법으로는 악귀가 싫어하는 소금이나 팥으로 액땜하는 방법이 있는데, 이사하고 나서 집 네 귀퉁이에 팥죽을 끓어 종지에 담아 놓아두거나 or 이사 들면서 현관 입구에 소금을 뿌리기, 쌀을 밥솥에 담아 집이나 부엌 정중앙에 놓아두기 등이 있습니다. 이 날을 잘 알아 두시면 돈도 절약하시고 이사 예약도 쉽게 할 수 있을 것입니다. 재복이 온 답니다.

#128

평생 가르치는 일을 업으로 한 사람도 가장 힘든 대상은 자식이라고 말한다. 남을 가르치는 일은 어느 정도 숙련이 되지만, 자기 자식 가르치는 일은 여전히 힘든다는 것이다.

생각해보면, 개인적 감정이 문제다. 가르친 대로 변화하지 않는 자식에게 화가 나고, 화가 나면 곱게 말이 나오지 않았으니 서로 상처만 남을 게 분명하다. 부모가 자식을 가르치려 하다가 부모 간에 감정의 골이 깊어져 인연을 끊는 최악의 경우도 생긴다.

공자에게는 공리孔鯉라는 아들이 있었다. 공자는 아들을 아끼고 사랑했지만, 직접 가르치지는 않았다. 시詩나 예禮를 배우라고 지나가는 말로 제안하는 정도였다. 그토록 높은 지적 수준을 지닌 공자는 왜 자식을 직접 가르치지 않았을까? 자식과 인연을 끊는 최악의 상황을 면하고 싶었기 때문이다. 맹자는 부모 자식 사이는 애초부터 잘못을 지적하거나 가르치는 관계가 아니라고 말했다. 핏줄로 이어진 인연이기 때문에 강요하거나 타일러서 상처를 남겨서는 안 된다는 것이다. 결론적으로, 부모 자식 사이에는 잘잘못을 따지지 않는 것이 최선이다. 부자지간불책선父子之間不責善이라 한다. 옳고 그른 것을 따지다 보면, 서로 갈등이 생겨 마음이 멀어지고 이보다 불상不祥한 것이 없다는 것이다.

#129

아들을 몹시 사랑한 부유한 부부가 있었다. 그런데 불행하게도 아내는 아들을 남편의 손에 맡기고 그만 세상을 떠났다. 남편은 아들을 키우기 위해 누군가의 도움이 필요했다. 그래서 아들을 돌봐 줄 보모를 구했다. 보모는 아이를 헌신적으로 돌보고 사랑했다. 그런데 그 아들도 병이 들었고 어린 나이에 그만 세상을 뜨고 말았다. 얼마 후 깊은 슬픔에 빠진 아버지마저 세상을 떠났다.

아무런 유언이 없었기 때문에 그의 재산은 가장 비싸게 사가는 사람에게 넘겨지도록 경매에 붙혀졌다. 보모는 그 집의 비싼 가구나 골동품 등을 살 수는 없었지만 경매에 참여했다. 거실에 걸려 있던 자신이 사랑으로 돌봐왔던 소년의 사진을 원했기 때문이었다. 경매에 올라온 그 사진은 단지 몇 센트에 불과했다. 그 사진첩을 집으로 가져간 여인은 깨끗이 닦기 위해 액자를 연 순간 사진 뒷면에 종이 한 장이 붙어 있는 것을 보았다. 그것은 소년의 아버지가 손으로 쓴 유언장과 증명서였다. 거기에는 누구든지 이 사진을 살 만큼 나의 아들을 사랑하는 사람에게 나의 모든 재산을 유산으로 남긴다라고 적혀 있었다.

#130

실패를 성공으로 이끄는 말, 아무것도 가진 것이 없는 빈손일 때도 모든 것을 가질 수 있는 가능성을 주는 말, 세상에서 두 글자로 된 말 중에서 가장 좋은 말, 그것은 바로 희망입니다.

이탈리아의 시인 단테는 자신의 작품에서 지옥의 입구에는 이런 글이 적혀 있다고 말했습니다. 여기 들어오는 자는 모두 희망을 버려라. 자! 이제 우리의 영혼을 살찌우는 말, 마음의 평안을 누리는 곳으로 데려다주는 말, 희망을 늘 가슴에 품고 살아가는 사람이 되세요. 어떤 상황, 어떤 장소, 어떤 시간에서도 결코 포기해서는 안 될 것 하나, 그것의 이름은 바로 희망입니다. 희망은 결코 포기하지않는 사람들에게만 주어지는 축복이라는 말이 있습니다. 윈스턴 처칠은 2차대전 중 한 졸업식 연설에서 결코, 결코, 결코, 포기하지 말라고 격려한 말로 유명합니다. 희망을 포기하지 않고 최선을 다하는 것이 가장 중요하다는 의미를 담고 있습니다.

희망을 저버리지 않고 가야 할 길을 잃지 않아야 한다는 말도 있습니다. 남 탓의 구름에 갇혀서 자신과 가야 할 길을 잃어버리는 것은 미래의 희망을 저버리는 일이라고 할 수 있습니다.

우리에겐 최악의 상실감 속에서도 최선의 아름다움을 찾을 수 있는 힘이 있습니다. 모든 것이 끝날 것처럼 보이는 순간, 오히려 더 환하게 떠오르는 생의 진실, 즉 희망이 있습니다. 사랑이 끝나도 추억이 사라지지 않는 것처럼, 존재가 사라져도 그 의미는, 그 향기는, 희망이 있는 한 절대로 사라지지 않는 법입니다.

131

서양인들의 묘지는 우리나라처럼 저 멀리 산에 있는 게 아니라, 동네 가운데나 혹은 성당의 뜰에 있습니다. 거기 가지런히 줄지어 서 있는 묘비에는 앞서간 이에 대한 추모의 글이나 아쉬움의 인사가 새겨져 있습니다.

한 사람이 묘지를 돌며 묘비에 쓰여진 글들을 읽어 가다가 어떤 묘 앞에서 발길을 멈추게 되었습니다. 그 묘비의 글이 흥미로웠기 때문입니다. 글은 단 세 줄이었습니다. 나도 전에는 당신처럼 그 자리에 그렇게 서 있었소. 웃음이 나왔습니다. 두 번째 줄이 이어졌습니다. 나도 전에는 당신처럼 그곳에서 그렇게 웃고 서 있었소. 이 글을 읽자 그는 이게 그냥 재미로 쓴 것이 아니구나 싶었습니다. 그래서 자세를 가다듬고 긴장된 마음으로 세 번째 줄을 읽어 내려갔습니다. 이제 당신도 나처럼 내 뒤를 따를 준비를 하시오.

죽음에 대한 준비만큼 엄숙한 것은 없습니다. 그런데 그 준비는 지금 살아있는 동안에 해야 합니다. 그 준비 자세 또한 바로 오늘을 결코 장난처럼 살지 않는 것입니다. 연령별 생존 확률 70세 생존 확률 86%, 75세 생존 확률 54%, 80세 생존 확률 30%, 85세 생존 확률 15%, 90세 생존 확률 5%, 즉 90세가 되면 100명 중 95명은 죽고 5명만 생존한다는 통계입니다. 통계적으로 80세가 되면 100명 중 70명은 죽고 30명만 생존한다는 결론입니다. 확률적으로 건강하게 살 수 있는 평균 나이는 76세~78세 입니다.

가장 큰 행복은 행복이 꼭 필요로 하지 않아도 된다는 것을 알 때
이다.

귀는 친구를 만들고 입은 적을 만든다.

#132

언젠가 말못할 때가 옵니다. 따스한 말 많이 하세요. 언젠가 듣지 못할 때가 옵니다. 값진 사연 값진 지식 많이 보시고 많이 들으세요. 언젠가 웃지 못할 때가 옵니다. 웃고 또 웃고 활짝 웃으세요. 언젠가 사람이 그리울 때가 옵니다. 좋은 사람 많이 사귀고, 좋은 친구 많이 만들어 두세요.

언젠가 우리는 세상의 끝 자락에 서게 될 것입니다. 사는 동안 최선을 다해 후회 없는 삶을 사셨으면 좋겠습니다. 그저 물처럼 지혜롭고 쉬지 않고 냉정하게 흐르는 인생으로 늘 웃음 가득한 나날들로 만드세요. 빈손으로 왔다가 빈손으로 가는 인생 사람에 따라 다소 차이가 나는 것은 사실이지만 그러나 분명한 것은 오직 하나뿐인 일회적 인생을 살다가 간다는 사실입니다.

옛 현인들은 우리들의 인생을 첫째, 참되고 진실되게 살고 둘째, 아름다운 삶을 영위하며 셋째, 보람스러운 삶을 추구하며 살라는 답을 주신 것 같습니다. 인생의 시작과 끝, 궁극 내가 가져온 것도 내가 가져갈 것도 없는 것입니다. 다만 주어진 삶 속에서 성실하고 착하게 살아가면서 적당한 즐거움과 행복을 스스로 만들어 가는 것이 자신의 참다운 인생을 사는 것이 아닌가 생각해 봅니다. 항상 변함없는 사랑, 행복, 건강 가득하세요.

성공은 넘어질 때마다 다시 일어나는 것이다.

#133

작은 산 중턱에 절이 하나 있었는데 아랫마을 김씨 아저씨가 헐레벌떡 올라왔습니다. 스님, 고민이 있습니다. 제가 키우던 암돼지 5마리가 옆집 박씨네 채소밭을 엉망으로 만들어 놓았는데 그 욕심쟁이 박씨가 돼지 5마리를 몽땅 붙잡아 놓고 안 돌려 줍니다. 망가진 채소 값 대신이라고 하면서 말이죠. 그 채소값이 뭐 얼마 된다고? 김거사, 그거 찾아오려면 동네방네 시끄럽게 싸워야 하고 끝내 안 주면 재판까지 걸어야 하고, 변호사 사야 하고, 시간도 많이 걸리고 할텐데, 같은 동네 사람끼리 그것도 할 짓이 못 되니 그냥 줘 버리게나. 아니, 그것도 보통 돼지도 아니고 암돼지인데요. 부처님께서 한결같이 하신 말씀이 보시 잘 하라고 말씀하셨잖나? 내가 남을 사랑하고, 보시를 베푸는 것은 그 사람을 위해서가 아니라, 보시를 베푸는 나를 위해서 하는 것이다 라는 가르침이라네! 베풀면 복이 된다고 그리고 부처님께서는 중생이 원하면 그 보다 더한 것도 주셨는데 뭘 그러나 불심이 돈독한 김씨 아저씨는 스님, 말씀 그대로 하겠습니다.

그런데 서너 달 후 김씨 아저씨가 또 헐레벌떡 달려 왔습니다. 스님, 역시 부처님은 공평하신가 봅니다. 아니, 오늘 밖에 나가 보니까요, 박씨네 소가 우리 채소밭을 엉망으로 만들고 있더라구요. 그것도 7마리나요. 그래서 몽땅 붙잡아 놓는데 박씨가 아무런 항의도 못하고 있어요. 그래서 스님께 여쭤보고 스님만 허락하시면 소 7마리 모두 뺏어 버리려고 올라왔습니다. 여보게 김거사, 그때 자네 암돼지 뺏길 때 얼마나 억울해 했나. 아마 지금 박씨도 무척 괴로울거네. 말은 못하지만 그러니 그냥 돌려주게. 김씨 아저씨는 이번에도 스님 말씀대로 소를 돌려 주었습니다. 그런데 며칠 후 김씨 아저씨가 또 헐레벌떡 달려왔습니다. 스님, 정말 굉장한 일이 생겼습니다. 어제 박씨가 저를 찾아와서 심심한 사과를 하였습니다. 지난번에 너무 심하게 해서 미안하다고 하면서 그 암돼지 5마리를 돌려주었습니다. 그런데 그 다섯마리 만이 아니고, 거기에 더해서 모두 30마리 까지요. 그동안 새끼 낳은 것까지 모두 돌려주었어요. 그래? 그거 참 잘 되었네. 그런데요, 스님 정말 돼지 30마리 보다 더 기뻤던 것은요. 제가 포장마차 앞을 지나가다 우연히 들었는데요. 동네 사람들이 내 이야기를 하면서, 아 참, 그 사람 대단해! 부처님 가운데 토막 같애 그러는 거 아니겠어요. 제가 한평생 살면서 그런 칭찬은 처음 들어 봅니다.

그렇습니다. 무릇 보시를 함에 있어서는 한다, 하지 않는다 에 걸리지 말아야 합니다. 한다(하지 않는다)는 이 것에 갈리게 되면 나 라는 행위의 주체와 보시물인 객체를 나누어 버리게 되는 겁니다. 불이법이 아니게 되는 것이지요. 하되 함이 없이 하려는 이것은, 숨을 들어쉬듯, 물이 흘러가듯 마음에 머무는 바가 없이 보시를 해야 하지요. 그러한 무위행의 보시 하나가 눈에 보여지는 태산보다 더 높은 법이랍니다.

#134

노인들의 삶은 가지가지입니다. 노선老仙이 있는가 하면, 노학老鶴이 있고, 노동老童이 있는가 하면, 노옹老翁이 있고, 노광老狂이 있는가 하면, 노고老孤가 있고, 노궁老窮이 있는가 하면, 노추老醜도 있습니다.

첫째, 노선老仙입니다. 늙어가면서 신선처럼 사는 사람이지요. 이들은 사랑도 미움도 놓아 버렸습니다. 성냄도 탐욕도 벗어 버렸습니다. 선도 악도 다 털어 버렸습니다. 삶에 아무런 걸림이 없습니다. 건너야 할 피안彼岸도 없고 올라야 할 천당도 없고 빠져버릴 지옥도 없습니다. 다만 무심히 자연 따라 돌아갈 뿐이지요.

둘째, 노학老鶴입니다. 늙어서 학처럼 고고하게 사는 것입니다. 이들은 심신이 건강하고 여유가 있어, 나라 안팎을 수시로 돌아다니며 산천 경계를 유람하지요. 그러면서도 검소하여 천박하질 않습니다. 많은 벗들과 어울려 노닐며 베풀 줄 압니다. 그래서 친구들로부터 아낌을 받지요. 또 틈나는 대로 갈고 닦아 학술 논문이며 문예 작품들을 펴내기도 합니다.

셋째, 노동老童입니다. 늙어서 동심으로 돌아가 청소년처럼 사는 사람들을 말합니다. 이들은 대학의 평생교육원이나 학원 아니면 서원이나 노인대학에 적을 걸어두고 못다한 공부를 합니다. 시경詩經 주역周易 등 한문이며 서예며 정치 경제 상식이며 인터넷 카페에 열심히 들어갑니다. 수시로 동지들과 어울려 여행도 하고 노래며 춤도 추며 즐거운 여생을 보냅니다.

넷째, 노옹老翁입니다. 문자 그대로 늙은이로 사는 사람을 말하지요. 집에서 손자들이나 봐주고 텅 빈 집이나 지킵니다. 어쩌다 동네 노인정에 나가서 노인들과 화투나 치고 장기를 두기도 합니다. 형편만 되면 따로 나와 살아야지 하는 생각이 늘 머릿속에 맴돌면서 하루하루를 보냅니다.

다섯째, 노광老狂입니다. 미친 사람처럼 사는 노인입니다. 함량 미달에 능력은 부족하고 주변에 존경도 못 받는 감투 욕심은 많아서 온갖 장을 도맡으려고 합니다. 돈이 생기는 곳이라면 체면 불구하고 파리처럼 달라 붙지요. 권력의 끄나풀이라도 잡아 보려고 늙은 몸을 이끌고 끊임없이 여기저기 기웃거리는 사람을 말합니다.

여섯째, 노고老孤입니다. 늙어가면서 아내나 남편을 잃고 외로운 삶을 보내는 사람입니다. 삼십 대의 아내는 기호식품 같다고 합니다. 사십 대의 아내는 어느덧 없어서는 안될 가재도구가 돼 버렸습니다. 오십 대가 되면 아내는 가보家寶의 자리를 차지합니다. 육십대의 아내는 지방 문화재라고나 할까요? 그런데 칠십 대가 되면 아내는 국보의 위치에 올라 존중을 받게 됩니다. 그런 귀하고도 귀한 보물을 잃었으니 외롭고 쓸쓸할 수밖에 없지요.

일곱째, 노궁老窮입니다. 늙어서 수중에 돈 한 푼 없는 사람입니다. 아침 한 술 뜨고 나면 집을 나와야 합니다. 갈 곳이라면 공원이나 광장 뿐입니다. 점심은 무료 급식소에서 해결합니다. 석양이 되면 내키지 않는 발걸음을 돌려 집으로 들어갑니다. 며느리 눈치 슬슬 보며 법술 좀 떠넣고 골방에 들어가 한숨 잡니다. 사는 게 괴롭지요.

여덟째, 노추老醜입니다. 늙어서 추한 모습으로 사는 사람을 말합니다. 어쩌다 불치의 병을 얻어 다른 사람 도움없이는 한시도 살 수 없는 못 죽어 생존하는 가련한 노인이지요. 어떻습니까? 지금 우리의 삶은 어느 곳에 해당할까요? 하늘은 짓지 않은 복을 내리지 않습니다.

135

링컨 대통령이 암살당해 세상을 떠났을 때 국방부 장관이었던 스탠턴은 링컨을 애도하며 끝까지 그의 곁을 지켰습니다. 그런데 링컨 대통령의 정치적 동반자이자 든든한 조력자였던 스탠턴 국방부 장관이 처음부터 링컨과의 관계가 좋은 건 아니었습니다. 그들은 변호사 시절, 특허권 분쟁 소송의 상대로 처음 만났습니다. 그때 이미 유명세를 치르고 있던 스탠턴은 제대로 학교도 나오지 못하고 촌스럽게 생긴 변호사 링컨에게 무례한 발언을 서슴지 않았을 정도로 대놓고 무시했습니다. 그때부터 라이벌 관계가 시작된 링컨과 스탠턴은 계속 정치적 문제까지 대립하여 대통령 선거를 앞두고 스탠턴은 더욱 링컨을 비난하며 다녔던 것입니다.

그렇게 두 사람이 각을 세우던 1896년 링컨이 대통령에 당선되면서 시탠턴의 입지는 좁아졌고 그가 정치적 보복을 당할지도 모른다는 불안감에 휩싸여 지내던 어느 날 스탠턴은 백악관에 초대를 받았습니다. 그런데 링컨 대통령은 여전히 불안한 마음으로 가득했던 그에게 선뜻 이렇게 제안했습니다. 국방부 장관을 맡아 주시오. 당신은 나를 모욕했지만 그런 것들은 이제 상관 없소. 이 일에는 당신이 적임자요. 당시 남북전쟁 중이었고 북군이 계속 밀리는 상황에서 군대에 활력을 불어 넣어 전세를 역전시킬 새로운 인물이 절실히 필요했는데 링컨 대통령은 자신과 대립관계였던 스탠턴을 지명했던 것입니다. 정치적 보복을 당할까 불안해하던 스탠턴은 링컨의 관용에 크게 감동해 국방부 장관직을 맡아 최선을 다했고 링컨의 든든한 조력자가 되었습니다. 그렇게 남북전쟁은 북군의 승리로 끝났으나 전쟁이 끝난지 5일 후, 링컨 대통령은 남부지지자에게 암살을 당하고 말았습니다.

스탠턴은 링컨 대통령의 시신을 부여잡고 통곡하면서 말했습니다. 가장 위대한 사람이 여기 누워 있다. 시대가 변하고 세상이 바뀔지라도 이 사람은 온 역사의 재산으로 남을 것이다. 이제 그 이름 영원하리. 당시 미국은 오늘날보다 더 분열되고 혼란스러웠습니다. 그때 링컨은 말했습니다. 우리는 적이 아니라 친구이고 동지랍니다. 사람의 마음을 변화시키는 힘이 있다면 그것은 포용과 관용일 것입니다. 우리 모두가 작금에 필요한 정치적 요소로 여겨집니다.

136

보시에는 세 가지가 있습니다. 재시財施, 법시法施, 그리고 무외시無畏施가 그것입니다.

◆ 재시財施

이것은 물질적인 나눔, 베풂을 의미합니다. 돈이나 음식 등, 물질적인 것을 필요한 사람에게 자신의 능력에 따라 베푸는 것을 말합니다. 본래부터 나의 것이 아니었으므로, 모두의 것이었기에 필요로 하는 이에게 나누워 주는 것입니다. 필요한 것을 필요한 부분에 기져다 놓는 것이라고 생각하면 아상이 붙지 않을 것입니다. 나는 돈도 없고, 딱히 가지고 있는 물질이 없으니 보시를 할 수 없다고 생각한다면, 이는 크게 잘못된 생각입니다. 보시는 바로 지금 내 형편에서 조금이나마 마음을 담아 베푸는 것이지, 결코 많이 베풀어야만 하는 것이 아닙니다.

◆ 법시法施

법시는 정신적인 베풂이라고 할 수 있는 것입니다. 진리의 말씀을 다른 이에게 전해서 많은 사람들이 미륵으로부터 벗어나도록 도와주는 것을 법시라고 합니다. 다시 말해 전법, 포교를 법시라고 할 수 있을 것입니다. 우리들은 일상생활 속에서 주위 사람들에게 부처님 법을 전하는데 무척이나 인색하지 않았나 생각이 듭니다. 큰 스님들의 말씀이나, 어록, 법어집, 논서 등이 우리들에게 밝은 깨침과 지혜를 주는 것도 그 때문입니다. 상대방을 이롭게 하고 지혜롭게 해 주는 말이 그대로 법시가 됩니다.

◆ 무외시無畏施

말 뜻 그대로, 두려움을 없게 하는 것, 상대방의 마음을 편하게 해 주는 것을 말합니다. 혹 나는 가난해서 나누어 줄 물건도, 돈도 없으며, 머리에 든 것도 없으니 나는 무외시를 못한다고 생각하는 사람이 있을지 모르겠습니다. 그것은 매우 잘못된 생각입니다. 가진 것, 아는 것 하나 없어도 할 수 있는 것이 바로 무외시입니다. 얼굴 표정을 밝게 하는 것, 따뜻한 말 한마디, 칭찬 한마디 등 남을 대할 때 항상 밝은 모습을 보여주는 것도 바로 훌륭한 무외시가 될 수 있습니다.

심처존불이사불공心處存佛理事佛供이라는 말이 있습니다. 이 말은 부처님께 불공해야 할 뿐 아니라, 오염된 마음을 가지고 살아가는 일체 중생들에게도 똑같이 불공해야 한다는 말입니다. 부처와 중생과 마음, 이 셋은 다르지 않다고 합니다. 결론적으로 법시는 타인의 마음에 이익이 되게 하는 것이며, 재시는 타인의 몸에 이익 되게 하는 것이며, 무외시는 타인의 몸과 마음 모두를 이익 되게 하는 것이 됩니다. 또한 이 세가지 모두는 결국 밝은 마음으로, 물질로, 가르침으로 만중생의 두려움을 없애줌으로써 부처님 공양이며, 중생 공양이고, 마음 공양이 되는 것입니다.

#137

세수는 남보라고 씻는다냐! 머리 감으면 모자도 털어서 쓰고, 목욕하고 나면 헌 옷 입기 싫은 것이 사람 마음이다. 그것이 얼마나 가겠냐마는 날마다 새로 살겠다고 아침마다 낯도 씻고 그런거 아니냐! 안 그런다면 내 눈에 보이지도 않은 낯을 뭐하러 맨날 씻겠냐! 고추 모종은 늦서리 피해가 없고 기온이 충분히 올라온 아카시야 꽃 핀 뒤에 심어야 하고 배꽃 필 때 한 번은 추위가 더 있다. 뻐꾸기가 처음 울고 오일 장날이 세 번 지나야 풋보리도 베어서 먹을 수 있다. 처서 지나면 솔나무 밑이 훤하다. 안 하더냐 그래서 처서 전에 오는 비는 약비이고, 처서 비는 사방천리에 천석을 까 먹는다고들 안 하더냐! 나락이 피기 전에 비가 좀 와야 할텐디. 들깨는 해 뜨기 전에 털어야 꼬다리가 안 벌어져서 잘 털린단다. 그나저나 무슨 일이든 살펴 감서 해안다. 까치가 집 짓는 나무는 함부로 베는 것이 아니란다. 뭐든지 밉다가도 곱다가도 허제 밉다고 다 없애면 세상에 뭐가 남겠냐! 낫이나 톱 들었다고 살아 있는 나무 함부로 찍어대면 나무도 앙갚음하고, 괭이나 삽 들었다고 막심으로 땅을 찍어대면 땅도 가만히 있지 않는 법이다. 세상에 쓸데없는 말은 있어도 쓸데없는 사람은 없는 것이다. 허접한 나뭇가지만 봐 봐라. 곧은 것은 괭이자루, 갈라진 건 소 멍에, 벌어진 건 지게, 가는 것은 빗자루, 튼실한 건 울타리로 쓴다.

오래 살다보니 그닥시리 잘 난 놈도 못 난 놈도 없더라. 지나고 보니까 잘 배우나 못 배우나 별 다른 거 없더라. 사람이 살고 지나온 자리는 손 쓰고 마음 먹기 나름이지 배운 것과는 별 상관이 없더라. 거둬감서 산 사람은 지난 자리도 따뜻하고, 모질게 거둬 들이기만 한 사람은 그 사람이 죽고 없어져도 까시가 돋나라. 우짜든지 서로 싸우지 말고 도와 가면서 살아야제. 다른 사람 눈에 눈물 빼고 득 본다 싶어도 끝을 보면 별거 없더라. 누구나 눈은 앞에 달렸고, 팔다리는 두 개라도 입은 한 개니까 사람이 욕심내 봐야 거기서 거기더라. 갈 때는 두 손 두 발 다 비었고, 말 못하는 나무나 짐승에게 베푸는 것은 우선 보기에는 어리석다 해도 길게 보면 득이라. 모든 게 제 각각 베풀면 베푼대로 받고 해치면 해친대로 받고 사니라. 그러니 사람한테야 굳이 말해서 뭐 하겠냐! 나는 이미 이리 살았지만 느그들은 어쩌든지 눈 똑바로 뜨고 단단이 살펴서 마르고 다져진 땅만 밟고 살거라. 개가 더워도 털없이 못 살고, 뱀이 춥다고 옷 입고는 못 사는 법이다. 사람이 한 번 나서 아가는 두 번 된다더니, 어른은 되지 못하고 애기만 또 됐다. 인자 느그 아가들 타던 유모차에 손을 짚어야 걸어댕길 수 있으니 세상에 수월한 일이 어딨다냐! 하다보면 손에 익고 또 몸에도 익고 그러면 용기도 생기는 것이제. 다 들 그렇게 사는 것이 인생 아니겠냐… 욕심내지 말구, 남 욕하지 말구, 남의 것 탐하지도 말구, 콩 한 개라도 나눠 먹어라. 그것이 최고로 잘 사는 것이여!

138

행복은 먼 곳에 있지 않다고 합니다. 그런데 우리는 가장 가까운 곳에 있는 행복을 제쳐두고 먼 곳에서의 행복을 찾고 있습니다. 10년 뒤, 20년 뒤의 크고 멋있고 거창한 행복이 아니라 바로 지금 내가 느끼는 행복이 가장 보람찬 행복일 수 있습니다.

난세에는 행복의 정의가 달라집니다. 큰 행복보다는 작고 의미 있는 행복이 오히려 가치가 클 수 있습니다. 작은 것을 볼 줄 아는 능력, 노자는 그것을 견소왈명見小曰明이라고 표현하고 있습니다. 작은 것의 의미를 찾을 수 있는 능력은 명철한 지혜라는 뜻입니다. 큰 것을 품는 능력보다 작은 것에서 의미를 찾는 것은 더욱 명석한 지혜입니다.

중국 송宋나라 때 소강절邵康節이란 학자가 지은 청야음淸夜吟이라는 시는 작은 행복의 의미를 읊은 시입니다. 우리말로 하면 '맑은 어느 날 저녁 혼자 읊조린다'는 뜻입니다. 작가가 저녁 늦게 마당에 나가 하늘의 달을 바라보며 느끼는 행복한 감정으로, 내용은 이렇습니다. 월도천심처月到天心處 ─ 달은 하늘 깊은 곳에 이르러 새벽으로 달리는데, 풍래수면시風來水面時 ─ 어디선가 바람은 불어와 물 위를 스쳐가네, 일반청의미一般淸意味 ─ 사소하지만 일반적이고 맑고 의미 있는 것들 속에서, 료득소지인料得少知人 ─ 아무리 헤아려 봐도 이해할 수 있는 사람이 소수에 불과하네.

아무런 생각없이 들으면 정말 특별하고 짜릿한 감동은 없습니다. 저녁 깊은 때에 마당에 선 작자, 달은 저 하늘 가운데 떠있고, 바람이 살며시 불어오고, 그때 느끼는 이 작은 행복을! 세상 사람들은 이해 못할 것이다. 이런 뜻입니다. 우리가 그냥 지나치면 정말 너무나도 평범한 이야기들 입니다. 그러나 이 시의 감상 포인트는 바로 이 평범함에 있습니다.

'일명 일반청의미—般淸意味'란 유명한 구절인데요. 풀이하자면 일반적인, 즉 아주 작고 평범하지만 그러나 그 속에서 찾는 맑고 의미 있는 것들이란 뜻으로 작은 것 속에서 느끼는 행복…의 감성을 가장 정감 있게 표현한 구절입니다.

#139

　　아무 자취도 남기지 않는 발걸음으로 걸어가라. 닥치는 모든 일에 대해 어느 것 하나라도 마다하지 말고 긍정하는 대장부가 되어라. 무엇을 구한다 버린다 하는 마음이 아니라 오는 인연 막지 않고 가는 인연 붙잡지 않는 대수용의 장부가 되어라. 일체의 경계에 물들거나 집착하지 않는 대장부가 되어라. 놓아 버린 자는 살고 붙든 자는 죽는다. 놓으면 자유요, 집착함은 노예다. 왜 노예로 살려고 하는가? 살아가면서 때로는 일이 잘 풀리지 않을 때도 있고, 설상가상인 경우도 있다. 그런다고 흔들린다면 끝내는 자유인이 될 수가 없다.

　　이 세상에 빈 손으로 와서 빈 손으로 가는 것인데 무엇에 그리 집착할 것인가? 짐을 내려 놓고 쉬어라. 쉼이 곧 수행이요, 대장부다운 살림살이이다. 짐을 내려 놓지 않고서는 수고로움을 면할 수가 없다. 먼 길을 가기도 어렵고 홀가분하게 나아가기도 어렵다. 자유를 맛볼 수도 없다. 쉼이 곧 삶의 활력소이다. 쉼을 통해 우리는 삶의 에너지를 충전해야 한다. 쉼이 없는 삶이란 불가능할 뿐더러, 비정상적이다. 비정상적인 것은 계속되어 지속될 수가 없다. 아무리 붙잡고 애를 써도 쉬지 않고서는 등짐을 진 채로는 살 수가 없다. 거문고 줄을 늘 팽팽한 상태로 조여 놓으면 마침내는 늘어져서 제 소리를 잃게 되듯이, 쉼을 거부한 삶도 마침내는 실패로 끝나게 된다. 그것은 삶의 정지가 아니라, 삶의 훌륭한 일부분이다. 쉼이 없는 삶을 가정해 보라! 그것은 삶이 아니라 고역일 뿐이다. 아무리 아름다운 선율이라도 거기서 쉼표를 없애 버린다면 그건 소음에 불과하게 된다. 따라서 쉼은 그 자체가 멜로디의 한 부분이지 별개의 것이 아니다. 저 그릇을 보라! 그릇은 가운데 빈 공간이 있음으로써 그릇이 되는 것이지, 그렇지 않다면 단지 조각 덩어리에 불과하다. 우리가 지친 몸을 쉬는 방도 빈 공간을 이용하는 것이지 벽을 이용하자는 게 아니다. 고로 텅 빈 것은 쓸모없는 것이 아니라 오히려 더욱 유용한 것임을 알 수가 있다. 삶의 빈 공간 역시 그러하다. 그래서 쉼은 더욱 소중한 것이다. 고로 쉼에는 어떤 대상이 없다. 고정된 생각이 없고 고정된 모양이 없다. 다만 흐름이 있을 뿐이다. 세상과 하나 되는 저 물 같은 흐름이 있을 뿐이다. 그래서 쉼은 대 긍정이다. 산이 구름을 탓하지 않고 물이 굴곡을 탓하지 않는 것과 같은 그것이 곧 긍정이다. 시비가 끊어진 자리 마음으로 탓할 게 없고 마음으로 낯을 가릴 게 없는 그런 자리의 시비이다. 자유와 해방 누구나 내 것이기를 바라고 원하는 것 그 길은 쉼에 있다. 물들지 않고 매달리지 않는 긍국 쉼에 자유와 해방이 있는 것이다.

강태공은 70세에

낚시를 시작

#140

어느 스승에게 네 명의 제자가 있었다. 나름의 판단력과 뛰어난 지식을 지닌 젊은이들이었다. 스승은 그들을 세상 밖으로 떠나 보내기 전에 깨달음을 주기 위해 여행을 보내기로 했다. 먼 곳에 있는 배 나무 한 그루를 보고 오는 여정으로 각자 한 명씩 차례대로 다녀온 후, 여행에서 자신이 본 것을 이야기해 보라고 했다. 스승의 의도를 잘 이해하지 못했지만 네 명의 제자들은 스승의 말씀에 따라 각자 다른 계절에 여행을 떠났다.

첫 번째 제자는 겨울에 가서 배나무를 보았다. 나무는 차가운 눈바람 속에 잎사귀도 없이 헐벗음 자체였다. 제자는 돌아와서 스승에게 나무가 못생기고 굽었으며, 아무 쓸모없어 보인다고 설명했다. 석 달 뒤, 봄에 가서 나무를 살펴보고 온 두 번째 제자는 그 의견에 동의할 수 없었다. 그가 본 나무는 가지마다 새 움이 파릇파릇 돋아나고 있었다. 하지만 어떤 열매도 달려 있지 않아 관상용으로만 적합할 뿐 실제적인 가치는 없어 보인다고 제자는 주장했다. 세 번째 제자는 초여름에 나무를 보러 갔다. 그를 맞이한 나무는 온통 흰 꽃으로 뒤덮여 있었다. 그 제자는 여태껏 본 중에 가장 우아하고 아름다운 나무라고 말했다. 하지만 나무에 달린 열매는 너무 써서 먹을 수 없기 때문에 인간에게 쓸모가 있을 것 같지는 않다고 설명했다. 마지막으로 여행을 떠난 네 번째 제자는 어떤 평가에도 동의하지 않았다. 가을에 나무와 만난 그는 가지가 휘어질 만큼 매달린 황금빛 열매들을 목격했다. 제자는 열매 하나를 따 가지고 돌아와서, 햇빛과 비를 당분으로 바꿔 풍요와 결실을 이뤄 내는 나무의 연금술에 깊이 감동했다고 말했다.

스승은 말했다. 나는 이 여행을 통해 그대들에게 자신과 타인에 대해 성급하게 판단하지 않아야 함을 배우게 하고 싶었다. 그럼으로써 갇히거나 단절되지 않고 매 순간 신선함이 샘솟는 삶을 살게 하고 싶었다. 나무든 사람이든 한 계절의 모습으로 단 한 번의 만남으로 전체를 판단해서는 안 된다. 그것은 공정하지도 지혜롭지도 않은 일이다. 나무와 사람은 모든 계절을 겪는 후에야 결실을 맺을 수 있기 때문이다. 마찬가지로 가장 힘든 계절에만 자신의 인생을 판단해서는 안 된다. 한 계절의 고통 때문에 나머지 계절들이 가져다 줄 기쁨을 잃어서는 안 된다. 우리는 모든 계절을 다 품고 한 계절씩 여행하는 중이다.

어떤 계절도 영원히 지속되지 않음을 나무는 잘 안다. 꽃을 피우기 위해서는 어떤 겨울도 견딜 만하다는 것을 지금 나의 인생은 어느 계절을 살아 가고 있는 것일까? 당신 인생은 지금 어느 계절에 사나요? 인생은 지금 여행 중입니다. 살며 사랑하며 배우며 오늘도 행복하세요.

#141

보이지 않는 우물이 깊은지 얕은지는 돌맹이 하나를 던져보면 압니다. 돌이 물에 닿는데 걸리는 시간과 그때 들리는 반향의 소리를 통해서 우물의 깊이와 양量을 알 수 있는 것입니다. 내 마음의 깊이는 다른 사람이 던지는 말을 통通해 알 수 있습니다. 내 마음이 깊으면 그 말이 들어 오는데 시간時間이 오래 걸립니다. 그리고 깊은 울림과 여운餘韻이 있습니다. 누군가의 말 한마디에 곧 바로 흥분興奮하고 흔들린다면 아직도 내 마음이 깊지 못하기 때문입니다. 마음은 깊고 풍성豊盛해야 좋습니다. 수 많은 결정 앞에서 한 번 더 생각하고 행동해야 합니다. 내 삶을 뒤돌아보고 복기하면서 생각에 대한 지혜를 넓여야 합니다. 생각은 인생살이의 전동공구 입니다. 생각의 선상에 성공과 실패, 형통과 불통이 놓여 있습니다. 끊임없이 변화는 세상이기에 생각이 깊어야 하며 생각은 결론을 얻으려는 관념의 과정입니다. 파스칼이 인간은 생각하는 갈대 라고 한 것은 생각은 인간의 본질입니다. 그러므로 생각하면서 살아야 합니다. 그렇지 않으면 사는 대로 생각하게 됩니다. 이런 마음의 우물가에는 사람들이 모이고 갈증渴症이 해소解消되며 새 기운氣運을 얻게 됩니다.

비난非難이나 경멸輕蔑의 말(돌던짐)에 내 우물은 어떻게 반응反應하는 가요? 내 마음의 우물은 얼마만큼 깊고 넓은가요? 스스로의 자맥을 통해 생각의 지평을 넓여 가시기 바랍니다.

#142

가장 훌륭한 인격자人格者는, 욕망慾望을 스스로 자제自制 할 수 있는 사람이며, 가장 겸손謙遜한 사람은, 자신自身이 처處한, 현실現實에 대하여 감사하는 사람이고, 가장 존경尊敬받는 부자富者는, 적시적기適時適期에 돈을 쓸 줄 아는 사람이랍니다. 가장 건강健康한 사람은, 늘 웃는 사람이며, 가장 인간성人間性이 좋은 사람은, 한마디로 남에게 피해被害를 전혀, 주지 않고 사는 사람이랍니다. 가장 좋은 스승은, 지식知識을 아낌없이 주는 사람이고, 가장 훌륭한 자식子息은, 부모님의 마음을 상傷하지 않게 하는 사람이랍니다. 가장 현명賢明한 사람은, 놀 때는 세상 모든 것을 잊고 놀며, 일 할 때는 오로지 일에만, 전념專念하는 사람이랍니다.

가장 좋은 인격人格은, 자기 자신을 알고 겸손謙遜하게 처신處身하는 사람이고, 가장 부지런한 사람은, 늘 일하는 사람이며, 가장 사랑이 많은 사람은, 나보다 남을 먼저 생각하는 사람이며, 가장 행복한 사람은, 작은 것도 나누어 줄 줄 아는 사람이랍니다. 가장 훌륭한 삶을 산 사람은, 살아있을 때보다 이 인간세상人間世上에 없을 때, 이름이 빛나는 사람이랍니다.

143

다이돌핀은 엔돌핀보다 4,000배나 강한 호르
몬입니다. 최근 의학이 발견한 호르몬 중에서 다이돌핀 이라는 것이
있습니다. 엔돌핀이 암을 치료하고 통증을 해소하는 효과가 있다는
것은 이미 알려진 이야기지만 이 다이돌핀의 효과는 엔돌핀의 4,000
배라는 사실이 발표되었습니다.

그럼 다이돌핀은 언제 우리 몸에서 생성 될까요? 바로 가장 감동을
받았을 때 다이돌핀이 우리 몸에서 생성 됩니다. 노래와 춤으로 감성
지수가 높아져 감동을 받을 때 멋진 풍경에 감동을 받았을 때 가슴이
뭉클한 감동을 받았을 때 새로운 것을 알고 진리를 깨달았을 때 자신
이 원하는 대단한 목표를 성취했을 때 아름다운 선율이 가슴 깊이 울
려 펴질 때 매우 힘들 때 누군가로 부터 구원의 손길을 받았을 때 환
상적인 사랑에 빠져 있을 때 마음 속 깊이 한없는 기쁨이 용솟음칠
때에 우리 몸에는 다이돌핀이 많이 생성된다 합니다. 생활이 아무리
어렵더라도 주어진 여건에 감사와 사랑으로 살아간다면 우리 몸의
피가 육각수 형태의 좋은 피가 돼 전신을 돌며 더욱 건강해질 것이라
고 위와 같은 연구 결과에 의해서 확신합니다.

철학자이자 신학자인 존 헨리도 감사는 최고의 항암제, 해독제, 방
부제라고 말했으며 이외에도 많은 철학자와 신학자들이 감사하는 마
음이 자신의 몸과 마음에 얼마나 중요한 영향을 끼치는지 이야기하

고 있습니다. 다이돌핀didorphin이라는 호르몬을 중시하자구요. 이 호
르몬의 효과는 엔도르핀의 4,000배라는 사실을 알고 건강한 생활에
도움이 되길 바랍니다.

#144

　　가장 높이 올라간 용이 결국 후회의 눈물을 흘
린다는 말이 있습니다. 항룡유회九龍有悔, 주역 권기에 나오는 이 글
은 참 의미심장 합니다. 항룡유회는 더 이상 전진하지 말고 겸손자중
謙遜自重하라는 교훈입니다. 세상에 내가 가장 높다고 생각하며 소통
을 거부하고 독단적인 일처리로 일관하다가 결국 민심을 잃고 나락
으로 떨어진다는 것이 바로 주역의 항룡유회의 본뜻입니다.

　　진시황제는 천하를 통일하여 최초의 중국 황제가 되었건만 폭정에
지친 백성들의 반란에 의해 20년도 못 가서 결국 멸망하고 눈물을 흘
렸습니다. 이 세상 이치理致가 달도 차면 기울고, 화무십일홍花無十日紅
으로 오르막을 다 올라 정상에 서면, 내려갈 길 밖에 없다는 이치를
밝힌 글입니다. 한 제국을 세운 한신 장군은 무명의 옹사에서 제국의
최고 사령관 자리에 올랐지만 자신의 분수를 지키지 못하여 토사구
팽 당하고 말았습니다. 조선을 세웠던 태조 이성계 역시 조선 최고의
자리에 올랐지만 결국 눈물을 흘리며 후회하였습니다. 높은 곳은 참
올라가기도 어렵지만 눈물없이 내려오기도 쉽지 않습니다.

　　주역에서는 항룡유회 이 고사성어를 인용할 때 자주 등장하는 역
사 속 인물이 두 사람 또 있습니다. 중국 진시황의 최측근 이사李斯와
한나라의 개국공신 장량張良입니다. 이사는 진시황을 섬기며 중국을
통일하고 법치주의 기반을 다지는 데 크게 기여한 공로로 진나라 최

고의 자리인 승상까지 올랐습니다. 하지만 그는 진시황 사후 환관 조고와 결탁, 진시황의 열여덟 번째 아들 호해를 2세 황제에 올렸으나 결국은 조고의모함으로 일족이 몰살 당했습니다. 반면, 장량은 소하 한신과 함께 유방을 도와 한나라를 건국한 한초삼걸漢初三傑 중 한 사람으로, 유방이 군막에서 계책을 세워 천리 밖에서 벌어진 전쟁을 승리로 이끈다며 신임할 정도였습니다. 하지만 장량은 개국이 끝난 뒤 관직을 사양하고 지방으로 내려가 바로 은거했습니다. 역사가 들이 권력을 탐하지 않음으로써 천수를 누린 인물로 장량을 첫 손에 꼽는 이유입니다.

항룡유회란 성공에 이른 자는 반드시 눈물을 흘리게 될 것이다. 예사롭게 들어선 안 될 엄중한 경고로, 위정자나 CEO 등 모두 은연자중을 가슴 깊이 새겨야 할 것입니다.

145

정년 퇴임한 지 몇 개월 되지 않은 한 교수가
방송에 출연할 일이 생겨서 방송국에 갔는데, 낯선 분위기에 눌려 두
리번거리며 수위 아지씨에게 다가갔는데, 말을 묻기도 전에 수위가
다짜고짜 어디서 왔어요 하고 물었습니다. 정년 퇴직해서 소속이 없
어진 그 분은 당황한 나머지 집에서 왔어요 라고 대답해서 한 바탕
웃은 적이 있었답니다. 그런데 또 다른 한 교수도 방송국에서 똑 같
은 경우를 당했는데 성격이 대찬 그 분은 수위에게 이렇게 호통을 쳤
습니다. 여보시오. 어디서 왔냐고 묻지 말고, 어디로 갈 것인지 물어
보시오. 나는 방송국 프로에서 출연해 달라고 해서 왔소. 마침 그 프
로그램 진행자인 제자가 멀리서 보고 달려와 교수님을 모시며 그 제
자가 이렇게 말했습니다. 역시 우리 교수님 말씀은 다 철학이에요.
우리의 인생도 어디서 왔냐 보다 어디로 갈 것인가? 가 더 중요한 게
아니겠습니까? 우리는 자꾸만 지나온 것만 묻습니다. 얼마나 돈을
벌었소? 옛날에 지위가 뭐였소? 나이가 얼마나 먹었소? 다 쓸데없는
것들을… 우리는 맨날 지나간 것을 내세웁니다. 왕년에 내가 말이야,
왕년에 한가닥 했거든, 왕년에 내 지위가 말이야 그래서 뭘 어쩌라
고? 지나간 것을 내세우지 않는 사회 지나간 것으로 폼 잡지 않는 사
람 지나간 것을 원한으로 삼지 않는 이웃 이제 지나갈 길을 이야기하
고 다가올 시간을 계획하고 미래를 같이 할 사람을 귀히 여기는 그런

사람으로, 그런 이웃으로 마치 지금의 자리가 영원하기라도 한 것처럼 어디로 갈 것인가? 는 모르고 어디서 온 것만 내세우면 미래가 없습니다.

우리는 때때로 자문해야 합니다. 어디로 갈 것인가?를 인생은 지금까지가 아니라 지금부터가 시작입니다. 진짜로 노후老後의 행복이 성공한 인생입니다.

#146

인생人生을 사는 방법은 두 가지입니다. 하나는 아무 기적도 없는 것처럼 사는 것이요, 다른 하나는 모든 일이 기적인 것처럼 사는 것입니다. 우리는 하늘을 날고 물 위를 걷는 기적을 이루고 싶어 안달하며 무리를 합니다. 땅 위를 걷는 것쯤은 당연한 일인 줄 알고 말입니다. 그러나 몸에 병이 들어누워 있는 사람이 가장 원하는 것이 무엇일까요? 혼자서 일어나고, 좋아하는 사람들과 웃으며 이야기하고, 함께 식사를 하고, 산책을 하는 아주 사소한 일들이 아닐까요? 다만, 그런 소소한 일상이 기적이라는 것을 깨달았을 때는 대개는 너무 뒤늦은 때가 되고 맙니다. 기적을 이루려고 물 위를 걸을 필요는 없습니다. 공중으로 부양할 필요도 없습니다. 그냥 걷기만 해도 기적입니다. 그냥 편히 숨쉬는 것도 기적입니다. 오늘 하루 살아 움직임이 기적입니다.

어디선가 읽은 이야기인데, 사람이면 누구나 다 전생의 업보에 따른 운명이 있고, 그 속에는 저마다 각기 악업으로 지은 검은 돌과 선업으로 지은 흰 돌이 들어 있다 합니다. 검은 돌은 불운, 흰 돌은 행운을 상징하는데 우리가 살아가는 과정은 이 돌들을 하나씩 꺼내는 과업이라 합니다. 그래서 삶은 어떤 때는 예기치 못한 불운에 좌절하여 넘어지고, 또 어떤 때는 크든 작든 행운을 맞이하여 힘을 얻고 다시 일어서는 작은 드라마의 연속이라는 것입니다. 아마 당신은 본인의 운명자루에서 검은 돌을 몇 개 먼저 꺼낸 모양입니다. 그러니 이제부터는 남보다 더 큰 본인 몫의 행복, 흰 돌이 분명히 나를 기다리고 대기선에 서 있을 것입니다. 어쩌면 우리 모두도 온갖 매서운 시련과 고초속에서 기적처럼 거기에 순응하는 법을 배우며 제각기의 삶을 연주하고 있는 건지도 모릅니다.

#147

　　슬픔의 눈물과 기쁨의 눈물이 동일한 눈에서 나옵니다. 똑같은 눈에서 슬픔과 기쁨이 함께 만납니다. 동일한 마음의 샘에서 슬픔이 솟구치기도 하고 기쁨이 솟구치기도 합니다. 슬픔을 모르는 사람은 기쁨도 모릅니다. 그래서 눈물과 웃음은 한 몸입니다. 그래서 울다가 웃고 웃다가 웁니다. 슬픔과 기쁨도 한 몸처럼 맞닿아 있습니다. 슬픔 안에 기쁨이, 기쁨속에 슬픔이 잠겨 있습니다.

　수년 전 어느 일간지에 방 두 개 짜리 가건물 옥탑방을 세 내어 살고 있는 어느 부인의 이야기를 들려 드립니다. 부인이 가장 행복한 때는 언제입니까? 기자가 물었습니다. 하늘에 떠 있는 별을 바라보면서 식구들의 빨래를 빨랫줄에 널 때이지요. 이웃들이 모두 잠든 야밤에 남편의 내복, 셔츠, 아이들의 옷들을 빨아서 두 개의 빨랫줄에 가득하게 널면서 하늘에 촘촘히 박힌 별밭을 보고 있노라면 정말 나는 행복한 여자구나 하는 생각이 들어요. 왜 하필이면 밤중에 빨래를 합니까? 일부러 그렇게 하시나요? 예 낮에는 일을 해야 해서 그렇기도 하지만, 낮에는 주로 주인집에서 빨랫줄을 쓰기 때문에 제 차례가 아니라서요. 제 차례가 돌아오는 시간은 항상 밤이랍니다.

　행복하게 잘 사는 방법은 하나입니다. 슬퍼하며 살 것인가? 기뻐하며 살 것인가? 항상 기뻐하며 사십시오. 슬플 때도 기뻐하고 기쁠 때는 더 기뻐하십시오.

#148

　　세상에서 하기 어려운 두 가지 일이, 평생 죄 안 짓는 것과 내게 상처 준 사람을 용서하는 일이라 합니다. 용서의 진의는 대인관계로 인해 상처받은 사람들이 가해자에 대한 복수심이나 분노감정을 줄이고, 공감이나 이해를 증가시킴으로써 심리적 적응과 안녕감을 회복하는 자조적 심리과정이라 이릅니다. 죄 안 짓는 것만큼이나 어려운 것이 용서한다는 것입니다. 사소한 잘못을 내게 범한 사람을 용서하려 해도 나란 자아를(자존심) 버리기 전에는 정작 어렵고, 하물며 내게 상처를 준 사람, 나를 미워하는 사람, 나하고 이미 원수가 된 사람을 용서한다는 것은 더욱이나 어렵습니다.

　　법구경에도 마음이 너그러울 때는 온 세상을 다 받아 들이다 가도, 한 번 옹졸해지면 바늘 하나 꽂을 자리가 없다. 라고 기록하고 있습니다. 용서가 어려운 것은 우리의 마음이 악을 악으로 갚아야 한다는 보편적 보복심리라고 지적합니다. 그가 입힌 상처가 마음에 줄 곳 남아 있어, 잊은 줄 알았다 가도 기억의 저편에서 다시 나타납니다. 그 순간 아픔까지도 생생하게 되살아나서 나의 삶에 부정적인 영향을 끼치게 되며, 놀라운 것은 정작 용서 받아야 할 사람들은 자신들이 얼마나 나에게 상처를 주었는지 기억조차 못하는 경우가 많다고 합니다. 그러기에 우리가 감당해야 할 용서는 그만큼 어렵고 위대하며 지고의 선행인 것입니다.

내가 행복할 때보다 내가 사랑하는 사람이 행복할 때 더욱 행복이 배가 한다고 합니다. 포기는 할 수 없다고 멈추는 것이고, 내려 놓음은 할 수 있지만 비우는 마음으로 결단하고 용서로 멈추는 것입니다. 포기는 아쉬운 결정이고 내려 놓음은 깊은 성찰의 결과인 것입니다. 옳은 일을 할 때 느끼는 기쁨과 바른 길을 갈 때 느끼는 평안 바로 그 기쁨과 평안이 우리 생애에 가장 큰 보상입니다. 인생의 아름다운 마무리는 지금을 마지막처럼 사는 것입니다.

149

사람은 누구나 마음속에 몇 마리의 개를 키운다고 합니다. 그중에 두 마리의 개에게는 이름이 있는데, 하나는 선입견先立犬이고, 또 하나는 편견偏犬이라고 합니다. 그저 웃고 흘리기에는 그 숨은 뜻이 가슴을 찌릅니다.

인간은 선입견과 편견이라는 거대한 감옥 속에서 살아갑니다. 그래도 가볍게 이야기해서 선입견과 편견이지, 사실 이것들은 교만의 또 다른 이름입니다. 교만은 모든 죄의 근원이 되는 죄입니다. 이런 선입견과 편견이라는 두 마리 개를 쫓아 버리는 한 마리의 특별한 개가 있습니다. 개 이름이 좀 긴데 백문百聞이 불여일견이不如一犬이라는 개입니다. 백 번 듣는 것보다 한 번 보는 것이 낫다는 뜻을 지닌 개이지요. 요즈음 벌어진 비상계엄 사태를 두고 눈앞에 벌어진 상황 따위를 눈 뜨고 차마 볼 수가 없이 행하는 것들을 두고서 세인들이 이름하기를 목불인견目不忍犬이라는 개입니다. 모양이 꼴사나워 보고 싶지 않은 개입니다. 직접 보지 않고 들은 얘기로 상대를 판단하면 큰 실수를 범하게 됩니다. 이 개의 애칭은 단견短犬이라 부릅니다.

군사와 경찰은 전쟁이나 치안유지를 위해 동원해야 되는데 국회의원이나 정치인 심지어는 법원 판사를 물라고 특별히 훈련시킨 이 개의 호칭은 맹견猛犬이라 부릅니다. 조련사의 말만 듣는 개입니다.

우리나라 고유의 전통무예 가운데 하나로 유연한 동작을 취하며 움직이다가 순간적으로 손질, 발질을 하여 그 탄력으로 상대편을 제압하고 자기 몸을 방어하는 무술을 하는 이 개는 택견抬犬이라 명합니다. 하지만 가끔은 보여지는 것이 전부가 아닐 때도 있는 것 같습니다. 그래서 배움과 수련을 통해 사물을 보는 통찰력을 가져야 합니다. 그래야 어디를 가던지 누구를 만나던지 확실하고 정의로운 판단을 내릴 수 있습니다. 이 개의 이름은 일가견一家犬입니다. 배우지도 않고 잘 알아보지도 않고 막무가내로 떠벌리고 마음대로 판단하는 용감한 사람이 있습니다. 이 개의 이름은 꼴불견(꼴不犬)입니다.

#150

　　현대인의 불행은 모자람이 아니라 오히려 넘침에 있다. 모자람이 채워지면은 고마움과 만족함을 알지만 넘치면은 고마움과 만족이 따르지 않는다. 우리가 불행한 것은 가진 것이 적어서가 아니라 따뜻한 가슴을 잃어가기 때문이다. 따뜻한 가슴을 잃지 않으려면 내 이웃 주위 사람을 사랑해야 한다. 뿐만 아니라 자기 스스로 행복하다고 생각하는 사람은 행복하다. 마찬가지로 자기 스스로 불행하다고 생각하는 사람은 불행하다. 그러므로, 행복과 불행은 주어진 것이 아니라 내 스스로 만들어 찾아가는 것이다. 행복은 이웃과 함께 누려야 하고 불행은 딛고 일어서야 한다. 우리는 마땅히 행복해야 한다. 자신의 생각이 곧 자신의 운명임을 기억하라! 우주의 법칙은 자력과 같아서 어두운 마음을 지니고 있으면 어두운 기운이 몰려온다. 그러나 밝은 마음을 지니고 긍정적이고 낙관적으로 살면 밝은 기운이 밀려와 우리의 삶을 밝게 비춘다. 오늘날 인간의 말이 소음으로 전락한 것은 침묵을 배경으로 하지 않기 때문이다.

　　우리들은 말을 안 해서 후회되는 일보다도 말을 해 버렸기 때문에 후회되는 일이 얼마나 많은가? 입에 말이 적으면 어리석음이 지혜로 바뀐다. 말의 무게가 없는 언어는 상대방에게 메아리가 될 수가 없다. 말의 의미가 안에서 여물도록 침묵이 여과기에서 걸러 받을 수 있어야 한다. 내가 상대방을 존중해야 상대방도 나를 존중해 준다.

#151

이기는 사람은 실수했을 때 내 실수다, 내가 잘못했다고 말하지만 지는 사람은 실수했을 때 너 때문에 이렇게 되었다고 탓을 합니다. 이기는 사람은 아래 사람 뿐만 아니라, 어린아이에게도 숙일 줄 알고 지는 사람은 지혜있는 사람에게도 고개를 숙이지 않습니다. 이기는 사람은 열심히 일하지만 시간의 여유가 있습니다. 지는 사람은 게으르지만 늘 바쁘다며 허둥댑니다. 이기는 사람은 열심히 일하고, 열심히 놀고, 열심히 쉽니다. 지는 사람은 허겁지겁 일하고, 빈둥빈둥 놀고, 흐지부지 쉽니다.

이기는 사람은 지는 것을 두려워 하지 않습니다. 지는 사람은 이기는 상황에서도 계속 염려합니다. 이기는 사람은 과정을 위해 살고, 지는 사람은 결과만을 위해 삽니다. 이기는 사람의 호주머니 속에는 꿈이 들어 있고, 지는 사람의 호주머니 속에는 욕심이 들어 있습니다. 이기는 사람이 잘 쓰는 말은 다시 한번 해보자 이나 지는 사람이 자주 쓰는 말은 해봐야 가능성이 없다 입니다. 이기는 사람은 걸어가는 과정에서 계산하나, 지는 사람은 출발하기도 전에 계산부터 합니다. 이기는 사람은 강자에게 강하고 약자에게 약하나, 지는 사람은 강자에게 약하고 약자에게 강합니다.

이기는 사람은 행동으로 말을 증명하나, 지는 사람은 말로 행위를 변명합니다. 이기는 사람은 인간을 섬기다 감투를 쓰나, 지는 사람은 감투를 섬기다가 바가지를 씁니다. 가능하다면 지는 사람보다 이기는 사람이 되어야 하겠습니다.

#152

미국 시골의 통나무 집에 한 병약한 남자가 살았습니다. 그 집 앞에는 큰 바위가 있었는데, 그 바위 때문에 집안 출입이 너무 힘들었습니다. 어느 날 하나님이 꿈에 나타나 말하였습니다. 사랑하는 아들아! 집 앞에 바위를 매일 밀어라. 그때부터 그는 희망을 가지고 매일 바위를 밀었습니다.

8개월이 지났습니다. 점차 자신의 꿈에 회의가 생겼습니다. 이상한 생각이 들어 바위의 위치를 자세히 측량해 보았습니다. 그 결과 바위가 1인치도 옮겨지지 않은 것을 발견했습니다. 그는 현관에 앉아 지난 8개월 이상의 헛수고가 원통해서 엉엉 울었습니다. 바로 그 때 하나님이 찾아와 그 옆에 앉으며 말했습니다. 사랑하는 아들아! 왜 그렇게 슬퍼하지 그가 말했습니다. 하나님 때문입니다. 하나님 말씀대로 지난 8개월 동안 희망을 품고 바위를 밀었는데 바위가 전혀 옮겨지지 않았습니다. 나는 네게 바위를 옮기라고 말한 적이 없다. 그냥 바위를 밀라고 했을 뿐이야. 이제 거울로 가서 너 자신을 한 번 비춰 보렴. 그는 거울 앞으로 갔습니다. 곧 그는 자신의 변화된 모습에 깜짝 놀랐습니다. 거울에 비춰진 남자는 병약한 남자가 아니라 울퉁불퉁한 근육질의 남자였습니다. 동시에 어떤 깨달음이 스쳐 지나갔습니다. 지난 8개월 동안 밤마다 하던 기침이 없어졌습니다. 매일 기분이 상쾌 했었고 잠도 잘 잤었지. 하나님의 계획은 바위의 위치를 변화시키는 것이 아니라 나를 변화시키는 것이었구나 하고 생각했습니다. 그의 변화는 바위를 옮겼기 때문이 아니라 바위를 밀었기 때문에 생겼습니다.

운동은 몸의 건강과 정신 건강을 개선시키고, 질병 예방에 도움을 줍니다. 운동으로 인한 결과는 다음과 같습니다. 근육과 심폐 건강이 개선됩니다. 뼈 건강이 개선됩니다. 체중 조절이 가능합니다. 유연성이 강화됩니다. 정신적 안정감을 느낄 수 있습니다. 면역력이 증가합니다. 혈액순환이 좋아집니다. 혈압이 낮아집니다. 스트레스가 해소됩니다. 우울증과 불안 증상이 완화됩니다. 운동을 하면 신체의 세포 활동성이 높아져, 심장, 폐, 혈관, 근육 등 기관의 기능이 발달합니다. 또한, 운동은 혈관 내의 콜레스테롤을 감소시켜 동맥경화와 고혈압을 예방하는 효과도 있습니다. 운동이 최고입니다. 실제로 운동은 사람 뇌에서 특정 단백질의 기능을 활성화 시킵니다. 사람이 규칙적인 운동을 할 때 뇌에서 우울증을 없애는 효과가 있는 세로토닌의 양이 늘어나거나, 통증을 줄여주고 행복감을 증진시키는 베타-엔돌핀의 분비가 증가합니다.

#153

　물이 절반이 든 컵을 보고 부정적인 사람은 절반밖에 없네라고, 긍정적인 사람은 절반이나 남았네라고 말 한다는 이야기. 한 번 쯤은 접해 보았을 겁니다. 이것을 곰곰히 생각해보면 부정적인 사람은 잃어버린 것을 기억하고, 긍정적인 사람은 가지고 있는 것을 기억한다는 사실입니다. 잃어버린 것을 기억하면 과거에 살게 되고, 가지고 있는 것을 기억하면 지금을 살아갈 수 있습니다.

　헬렌 켈러가 더 빛날 수 있었던 것은 그녀의 장님, 벙어리, 귀머거리의 삼중고의 장애를 극복하고 열심히 노력해서 성공을 보여 주었기 때문입니다. 이순신 장군이 더 빛날 수 있었던 것은 12척의 배로 수십배나 더 많은 300척의 배를 가진 왜구를 이겨냈기 때문입니다. 베토벤이 더 빛날 수 있었던 것은 그의 청각 장애를 극복하고 교황곡 3번, 5번, 6번, 9번, 비창소나타, 월광소나타 등의 멋진 곡들을 만들어 냈기 때문입니다. 위 사람들이 더 빛나는 이유는 본인의 시련을 후광으로 멋지게 바꾸워 냈기 때문입니다. 달팽이는 스피드는 없지만 끈기는 있습니다. 고래는 아가미가 없지만 등빨이 있습니다.

　당신은 무엇이 있고 무엇이 없습니까? 없는 것만 바라보고 살면 서럽습니다. 있는 것을 바라보고 살면 그래도 살만 합니다. 대다수 현대인들이 욕실에서 조차 그 날 해야 할 일을 생각할 정도로 바쁘고 힘든 삶을 살아가고 있습니다. 우리가 어떤 일에서 행복감이나 만족감을 만끽하려면 딴 생각없이 온전히 거기에 빠져들어 이루워 낼 수 있어야 하는 것입니다. 좋은 삶은 멀리 있지 않습니다. 욕실에서도 찾을 수 있습니다. 지금 자신이 하는 일에 긍정적인 마인드를 갖고 온전히 빠져들 수가 있다면 그것이야 말로 좋은 삶이며, 그래야 살 만한 인생입니다.

#154

　　흘러가고 흘러가니 아름답습니다. 구름도 흘러가고, 강물도 흘러가고, 바람도 흘러갑니다. 생각도 흘러가고, 마음도 흘러가고, 시간도 흘러갑니다. 좋은 하루도, 나쁜 하루도, 흘러가니 얼마나 다행인가요. 흐르지 않고 멈춰만 있다면, 물처럼 삶도 썩고 말 텐데 흘러가니 얼마나 아름다운가요. 아픈 일도, 힘든 일도, 슬픈 일도 흘러가니 얼마나 감사한가요. 세월이 흐르는 건 아쉽지만, 새로운 것으로 채울 수 있으니 참 고마운 일입니다.

　　그래요, 어차피 지난 것은 잊혀지고 지워지고 멀어져 갑니다. 그걸, 인생이라 하고 세월이라 하고 회자정리會者定離라고 하나요. 그러나 어쩌지요? 해 질 녘 강가에 서서 노을이 너무 고와 낙조인 줄 몰랐습니다. 속상하지 않나요. 이제 조금은 인생이 뭔지 알 만하니 모든 것이 너무 빨리 지나 가는 것 같아요. 그러니 사랑하세요! 많이 많이 사랑하세요! 언젠가 우리는 보고 싶어도 못 보겠죠. 어느 날 모두가 후회한답니다.

#155

.

어느 가정에 무뚝뚝하고 고집 센 남편이 있었습니다. 그러나 아내는 예쁘고 착하고 애교가 많았기 때문에, 아내의 상냥스러운 말과 행동이 남편의 권위적인 고집불통과 무뚝뚝한 불친절을 가려주곤 했습니다. 어느 날 아내가 남편에게 전화를 걸어 퇴근하는 길에 가게에 들러 두부 좀 사다 달라고 부탁을 했습니다. 말이 떨어지기가 무섭게 남편이 남자가 궁상맞게 그런 봉지를 어떻게 들고 다니냐 면서 벌컥 화를 내며 전화를 끊었습니다. 그런데 바로 그 날 저녁 아내가 인근 가게에 가서 두부를 사가지고 오다 음주 운전 차량에 치어 목숨을 잃고 말았습니다. 사고 소식을 듣자마자 남편이 병원으로 달려갔지만 아내는 이미 싸늘한 주검이 되어 있었습니다. 남편은 아내의 유품을 바라보다 검은 봉지에 담겨져 으깨진 두부를 발견했습니다. 그러자 아내의 죽음이 자기 때문이라는 것을 깨닫게 되었고, 너무나 미안한 마음에 가슴이 미어질 듯 아팠고 슬픔과 후회가 동시에 밀물처럼 몰려 왔습니다. 남편은 난생 처음으로 아내의 차디찬 손을 붙잡고 생전에 한 번도 해주지 못했던 말을 했습니다. 여보! 정말 미안해요. 그날 이후 남편은 어느 식당을 가던 두부 음식을 먹을 수가 없었습니다.

자신에게 잘해주는 사람에게 절대로 소홀히 하지 마세요. 한평생 살아가면서 그런 사람 만나는 게 쉽지 않습니다. 사람이 살아가면서 후회없이 살 수는 없겠지만, 되도록 덜 후회하며 사는 방법을 제시하라면 있을 때 잘 해 라는 말을 실천하는 것입니다. 이 말은 나 자신과 현재에 최선을 다하라는 것이며 그러려면 오늘 즉, 지금 이 시간 서로에게 최선을 다해야 한다는 것입니다. 보고 싶은 사람 보다 지금 보고 있는 사람을 사랑하고, 하고 싶은 일보다 지금 하고 있는 일에 열중하며, 미래의 시간보다는 지금의 시간에 최선을 다 하는 것 이것이 지혜이며 평생 자기관리를 잘하는 것입니다. 이 모든 것을 늘 반성하며 살피는 것으로 이것이 있을 때 잘 해의 지혜이며 해답입니다. 설움 없는 인생의 동반자가 되기 위하여 누가 먼저가 아닌 서로 먼저 이 말을 꼭 전하시기 바랍니다.

인기를 잃으면 그제야 거품인 줄 안다. 꿈은 깨야만 그제야 꿈인 줄 안다. 건강을 잃으면 그제야 건강이 최고인 줄 안다. 소중한 것을 잃고 나서야 그제야 소중한 줄 안다. 잃어 본 사람들만이 충고하는 말입니다. 당신이 옆에 있어 주어서 정말 고맙고 행복합니다. 내 곁에 있을 때 서로 잘해 주는 배려와 사랑하는 마음으로 남은 생을 함께 걸어 가시기 바랍니다.

#156

　삶의 역설은 인생이 모두 직설적이지 않고 ^평면적이지 않다는 것을 뜻하며, 다양한 관점에서 바라보며는 이해할 수가 있는 것입니다. 한 때 잘 나간다고 우쭐할 필요가 없고, 못 나간다고 주눅 들 필요도 없습니다. 너무 깊은 사랑으로 인해 내가 나를 잃거나, 상대방을 오히려 힘들게 하진 않았는지, 기쁜 일에 너무 기뻐하지 말고 슬픈 일에 너무 슬퍼하지 말아야 합니다. 철조망을 없애면 가축들이 더 자유롭게 살 줄 알았습니다. 그러나 사나운 짐승에게 잡아 먹히고 말았습니다. 관심을 없애면 다툼이 없을 줄 알았습니다. 그러나 다툼이 없으니 남남이 되고 말았습니다. 간섭을 없애면 편하게 살 줄 알았습니다. 그러나 곧 바로 외로움이 뒤쫓아 왔습니다. 바라는 게 없으면 자족할 줄 알았습니다. 그러나 삶에 활력을 주는 열정도 사라지고 말았습니다. 불행이 없으면 행복할 줄 알았습니다. 그러나 무엇이 행복인지 깨달을 수 없었습니다. 편안을 추구하면 권태가 오고 편리를 추구하면 나태가 옵니다. 나를 불편하게 하던 것들이 사실은 내게 반드시 있어야 할 것들이었습니다.

　오래 사는 것을 선택할 수는 없지만, 보람 있게 사는 것은 선택할 수 있습니다. 얼굴의 모양은 선택할 수 없지만, 얼굴 표정은 선택할 수 있습니다. 주어지는 환경은 선택할 수 없지만, 내 마음과 살아가는 자세는 선택할 수 있습니다. 그러므로, 결국 행복도 나의 선택이고 불행도 나의 선택입니다. 돈이 꼭 많아야 하고, 어디에 가야 하는, 어디에 살아야 하는, 그런 것만은 아니라는 겁니다. 다 가졌다고 행복할까요? 우리는 행불행을 조건이라고 착각하면서 살고 있지만, 그것은 어디까지나 자세의 문제입니다. 행복은 조건이 아니라 선택입니다. 난 행복을 선택 하겠어 하면 됩니다. 사람의 마음이 즐거우면 종일 걸어도 힘들지 않지만 마음속에 근심이 있으면 불과 10리만 걸어도 피곤이 쌓입니다.

인생 행로도 이와 같습니다. 늘 명랑하고 유쾌한 마음으로 각자의 인생을 아름답게 만들어 갑시다. 한 번 밖에 살 수 없는 인생 삶의 가장 소중한 건강을 잘 챙기시고요. 건강해야 사랑도 있고 사랑이 있는 곳에 기쁨도 행복도 있습니다.

157

아디아포라Adiaphora는 희랍어로 별 대수롭지 않음이란 뜻의 낱말입니다. 해도 좋고 안 해도 괜찮다라는 말이고요. 이래도 되고 저래도 된다는 말이며 이러면 어떻고 저러면 또 어떠냐는 뜻이지요.

이런 한 일화가 있습니다. 여자는 전라도 처녀이고 남자는 경상도 총각인데 둘이서 결혼을 해 알콩달콩 재미있게 살고 있었습니다. 그런데 어느 날 배가 출출할 즈음 저녁 참으로 신부가 감자를 삶아 왔는데 신랑이 아무 생각없이 옆에 있는 소금에다 감자를 찍어 먹었습니다. 그런데 이게 소금이 아니라 설탕이었습니다. 남편이 아니 무슨 감자를 설탕에 찍어 먹느냐? 우리 경상도에서는 소금에 찍어 먹는데 라고 하면서 소금을 가져 오라고 했습니다. 그런데 그냥 소금을 갖다 줬으면 그것으로 아무 일없이 지나 갔을 텐데 부인이 세상에 무슨 감자를 소금에 찍어 먹느냐? 우리 전라도에서는 옛날부터 감자를 설탕에 찍어 먹었다 라고 하면서 옥신각신 하다 싸우게 되었답니다. 그러다 서로 감정이 격해 남편이 당신 집안은 어떻고 하면서 하지 말아야 될 벌집까지 건들여 싸움이 커졌고 두 사람은 결국 같이 못 살겠다고 하면서 이혼을 청구하기에 이르렀습니다. 결국 이혼 법정에서 재판장 앞에 서게 되었는데, 남편이 판사님! 제가 살다 살다 별일 다 봤습니다. 감자를 설탕에 찍어 먹으라 하네요 라고 하니까, 부인이 세상에! 감자를 소금에 찍어 먹는다는 말 태어나고는 처음 들었습니다 라며 쏘아 붙입니다. 가만히 두 사람의 말을 듣고 있던 판사가 하도 어이가 없어 하는 말이, 두 사람 다 참 어이가 없네요. 어떻게 감자를 설탕이나 소금에 찍어 먹습니까? 우리 강원도에서는 감자를 고추장에 찍어 먹습니다 라고 하셨답니다. 그래요. 감자를 소금에 찍어 먹으면 어떻고 설탕에, 아니면 또 고추장에 찍어 먹으면 어떻습니까?

아디아포라(아무렇거나 해도 좋은 것), 요즘 세상을 보면 아무것도 아닌 일에 목숨을 거는 경우가 너무도 많은 것 같아요. 설령 내가 하는 방식이 맞더라도, 상대방이 하는 방식에 큰 문제가 없다면 그냥 넘어가 주는 배려심이 너무 없는 세상이 되었기 때문이지요. 물론 산업화 사회를 살면서 끊임없이 경쟁을 하며 살다 보니까 그렇게 된 탓도 있겠지마는 그렇게 경쟁하며 살아온 대가치고는 너무도 서글픈 일화이자 현실입니다. 흔히 이래도 좋고 저래도 좋다는 사람을 두고 무골호인이라 부르고 이 말도 옳고 저 말도 옳다는 사람을 두고는 줏대 없는 사람이라고 부르긴 합니다. 이처럼 남을 좀 배려하고 긍정적인 생각으로 살면 편하지 않을까요?

158

도서출판 시장에 한때 자기 계발서 열풍이 분 적이 있습니다. 지금은 그때와 달리 잠잠하지만 이 분야 서적 출간은 꾸준합니다. 다른 각도에서 열심히 인생 성공을 위한 단련을 하는 분들이 적지 않습니다. 교보문고에 어떤 책들이 새로 전시가 되어 있는지 가끔 둘러 보고는 합니다. 어떤 분야의 책을 바구니에 담는지, 손에 집는지를 보면서 다른 사람들의 취향을 엿보기도 합니다. 여전히 돈, 재테크, 경제 분야에 놓인 책들에 많은 관심들을 보입니다.

　　독서를 통해서 가보지 못한 세상을 만나고, 다른 사람의 인생 이야기를 통해서 새로운 기회를 찾아 보려고 다들 애를 씁니다. 그 곳에 있다 보면 활력도 생기고는 합니다. 무엇인가를 열심히 고르고 찾아 보려는 모습을 보면서 나도 뭔가를 찾아야지 하는 자극을 받습니다. 성공을 원하지 않는 사람은 없습니다. 크든 작든 인생의 성공을 잡기 위해 오늘도 분주히 오고 갑니다. 여러분들은 어떤 성공의 맛을 보셨는지, 혹은 실패의 경험 속에서 얻은 것은 무엇인지 궁금합니다. 실패를 하지 않기 위해 애를 쓰다 보면 지치기도 하지만, 그것이 밑천이 되어서 성공의 맛을 볼 수 있는 길에 한 걸음 더 나아갈 수 있다고 생각합니다. 성공을 위해서는 질문의 습관을 바꿔 보라고 합니다. 갇혀 있는 질문이 아니라 열린 질문을 하는 것이 중요한데요, 결국 우리가 하는 일은 사람을 움직이는 말입니다. 글을 쓰고, 영상을 만들어 올리고, 물건을 팔고 하는 그런 행위의 목적은 사람을 움직여 지갑을 열게 하고 반응을 얻어 내는 것입니다. 저 또한 다르지 않습니다. 좋은 반응을 기반으로 성공의 길에 조금 더 가까이 가고 싶은 욕심을 숨길 수 없습니다. 문제를 제대로 파악하려면 적절한 질문을 던져야 합니다. 예컨데, 어떻게 매장을 넓힐 수 있을까? 라는 질문이나 어떻게 하면 더 많이 팔 수 있을까? 로 바꾸는 것입니다. 무엇을 말할까? 라고 자문하는 대신 무엇이 상대를 움직일 수 있을까? 라고 질문을 바꿔 보는 것입니다. 어떤가요? 기존의 패턴에서 성공의 기회를 보지 못했다면 다른 측면에서 접근해 보는 방법이지요. 늘 쓰던 말도 바꿔 보고, 행동도 다르게 하고 늘 가던 곳 보다는 낯선 곳도 찾아보는 겁니다. 어떻게 무엇으로 상대를 움직이게 할 것인지를 질문하고 답을 찾아 보는 겁니다.

성공한 사람들은 자신이 이룬 성공에 대해, 심지어 실패에 대해서조차 매우 높은 수준의 책임감을 나타냅니다. 성공과 실패의 명암은 무엇을 선택하고 그 선택에 어떻게 몰두하고 집중 하느냐에 따라 갈리게 되는 것입니다.

159

모전자승 부전자전母傳子承 父傳子傳; 자애로운 어머니 밑에 자애로운 자식이 나오고, 훌륭한 아버지 밑에서 훌륭한 자식이 나온다는 글입니다.

　오늘날 우리가 금전거래시 사용하는 화폐에 모자母子의 사진이 들어 있음을 알 수 있다. 한 분은 오천 원 권 지폐에 율곡 이이 선생의 사진이요, 오만 원 권의 지폐에 사임당 신씨(이름은 仁善) 율곡 선생의 어머니이시다. 두 분이 얼마나 훌륭했으면 한 집안에서 한 나라 국민이 거래 최고의 수단인 화폐(우리 돈)에 등재 되었을까요? 그래서 두 분의 자취를 본인들의 자작사를 통해 엿보고저 합니다.

　사임당의 시입니다.

　　늙으신 부모님을 고향에 두고 외로이 한양 길로 가는 이 마음 돌아보니 북평은 아득도 한데 흰 구름만 저문 산을 날아 내리네. 산 첩첩 내 고향 천리 건마는 자나 깨나 꿈속에서도 돌아 가고파 한송정 가에는 외로이 뜬 달 경포대 앞에는 한 줄기 바람 갈매기는 모래톱에 헤어졌다 모이고 고깃배들 바다 길을 동서로 오가네. 언제나 고향 땅에 다시 돌아가 색동옷 입고 앉아 바느질 할꼬.

이 시는 사임당 신씨가 북평(오죽헌) 친정에서 친모 용인 이씨를 모시고 자식 오남매를 키우며 사시다, 시집인 경기도 파주 율곡리에 사시는 시어머니 홍씨 부인이 노쇠하여 가정살림을 할 수 없자, 시가인 파주로 가면서 대관령 고개에서 오죽헌을 바라보며 친어머니 생각을 하며 읊은 시이다.

율곡 선생의 시입니다.

숲속 정자에 가을이 깊어 나그네의 가슴에 물결이 이네. 멀리 하늘과 강이 맞닿아 푸르르고 찬바람속 단풍은 어이 이리 붉을꼬. 산은 둥근 달을 토해내는데 가을은 먼데서 부는 바람 머금었구나. 변방의 기러기 떼는 어딜 가는지 울음소리 방울방울 구름에 잠기네.

어느 가을 날 사임당이 자녀들을 데리고서 화석정(율곡 선생의 5대 조부 이지돈이 지은 임진강가에 있는 정자)에 올라 주변을 살펴보니 울긋불긋한 낙엽이 바람에 딩굴고 사임당이 언덕 넘어 유유히 흐르는 임진강을 바라보며 생각에 잠길 때 주변을 둘려보던 아들 율곡이 시흥이 일어나 어머니 시 한수 읊어도 되겠습니까? 그래 누구의 시가 떠 올랐느냐? 제가 제머리 속에서 지은 시입니다. 그때 누나와 형들이 놀라서 동생(5째 율곡)을 돌아 다 보았고, 어머니 사임당께서 어디, 우리 현룡(율곡의 아명. 용꿈인 태몽서 따옴)이의 시 한 수를 들어보자 하여 율곡이 읊은 시다. 화석정은 훗날 관료 재임시 율곡이 임금에게 왜적이 침략할 것을 예상하여 10만 양병설을 간곡히 건의했으나 반대하는 신하들이 많아 관철되지 않았다. 이처럼 예지력의 혜안을 기를 수 있었음은 어린 시절부터 엄부자모의 가르침이 있었기 때문이다. 조선시대 가정교육에 철저한 어머니상으론 서예의 대가인 한석봉의 어머니와, 한 말 안중근 의사의 어머니 박마리아, 신사임당 세 분이 대표적이라 하겠다. 요즈음 자녀들이 올바로 성장하지 못하는 것을 가정교육에서 일면을 찾는다면, 부모의 가정교육 역할에 있어 엄함과 더불어 깊은 애정이 사라져 가고 있는 것이 아닐까 하는 문제로 생각한다.

엄嚴함이 없이 오냐 오냐 하면서 잘해 주려고만 할 때, 또는 격려함이 없이 다그치기만 하는 양육의 태도에도 문제가 있기 때문이다. 요즘 가정에 인성교육이 너무나 절실한 현실에서 부전자전父傳子傳 모전자승母傳子承이 절대로 필요할 때가 아닌가 싶네요.

160

강태공은 70세에 위수에서 낚시를 시작 80세에
주나라의 문왕을 만나 세상에 나와서 주나라 800년 기틀을 잡았다.
어릴 적, 강가에서 잡은 송사리를 마당 연못에 풀어 놓고 열심히 밥
을 줬다. 송사리야, 빨리 커서 잉어가 되라. 그때 같이 살던 사촌형이
비웃으며 말했다. 이 바보야, 피라미나 송사리는 아무리 밥을 많이
줘도 절대 잉어가 될 수 없어 그것도 몰랐냐? 나는 형의 말을 이해할
수 없었다. 왜 송사리가 크면 잉어가 될 수 없는 걸까? 마치 소년의
꿈처럼 언젠가 송사리가 잉어가 되리라 굳게 믿으며 매일매일 연못
가에서 송사리에게 밥을 줬던 추억이 있었다.

　이 세상에는 불가사의한 일이 있다. 1995년 미국 사이언스지에 실
린 글이다. 미국의 미드오숀 호수에 살고 있는 물고기는 수컷이 수백
마리의 암컷 물고기 떼의 리더로 살아가다 리더인 수컷이 죽으면 바
로 뒤의 암컷 물고기의 유전자가 수컷으로 변해 물고기 떼의 새 리더
가 된다고 한다. 신기한 발견은 이 뿐만이 아니다. 미국 애리조나 주
의 유명한 독사 방울뱀은 주식으로 다람쥐를 잡아먹는다고 한다. 방
울뱀이 다람쥐를 물면 독이 주입돼 다람쥐의 몸이 서서히 마비가 되
어 결국 방울뱀의 먹이가 된다. 그런데 한 동물학자가 예외의 경우를
목격했다. 한 다람쥐는 방울뱀에게 물렸는데도 신경이 마비되지 않
은 채 날쌔게 도망을 치더라는 것이다. 너무 신기해 그 다람쥐를 쫓

아가 포획해보니 다람쥐는 새끼를 밴 암컷이었다. 임신한 암컷 다람쥐는 새끼를 살려야 한다는 보호 본능으로 방울뱀에 물리면 그 즉시 방울뱀의 독을 해독하는 호르몬이 분출해서 무사히 방울뱀으로부터 도망칠 수 있던 것이었다. 만약 세상에 우리가 모르는 진실들이 많다면 분명 송사리도 잉어가 될 수 있으리라 믿었던 나의 꿈도 그리 허황된 것은 아니었다는 생각이 들었다.

내 나이 팔십이 가까워지면서 노익장이란 말이 새삼 머리를 맴돈다. 소년의 꿈처럼, 노인도 꿈을 포기해서는 안 된다. 세상은 노인들의 꿈을 불가능 하다고 무시할지 몰라도 실상 지금 이 순간에도 노인들은 많은 꿈들을 이루고 있다. 얼마 전 만난 은퇴한 모 그룹 회장님은 여든이 넘은 나이에 혼자 큰 차를 운전하고 다니신다. 인간의 뇌는 몸의 아픔은 잘 못 느끼지만, 마음에는 제일 민감하게 반응한다. 나는 무능력하다, 나는 끝났다. 나는 늙었다고 생각하는 순간 뇌는 자신의 일을 놓아 버린다고 한다. 살아 있는 우리는 항상 청춘임을 늘 잊어서는 안 된다.

#161

낟알을 다 뜯기고 만신창이로 들판에 버려진 지푸라기. 그러나 새의 부리에 물리면 보금자리가 되고 농부의 손에 잡히면 새끼줄이 된다. 세상에는 지푸라기처럼 뜯기고 뜯기어 상처 투성이로 버림받고 생의 의욕을 상실한 착한 사람들도 많으리라. 지푸라기처럼 한심해 보였던 인생도 삶에 희망의 끈을 놓지 않으면 분명 행복한 시간으로 채워지리라. 누군가와 좋은 만남의 인연으로 새끼줄이 되고 둥지가 되리라. 굽이굽이 돌아가는 우리네 인생길 올 곧게 뻗은 나무들보다 휘어 자란 소나무가 더 멋있고 똑바로 흘러가는 물줄기 보다 휘청 굽어진 강줄기가 더 정답습니다. 산 따라 물 따라 가는 길이 더 아름답습니다. 곧은 길 끊어져 길이 없다고 주저앉지 말고 돌아서지 마십시오. 삶은 그냥 가는 것입니다. 우리가 살아 있다는 건 아직도 가야 할 길이 있다는 것.

곧은 길만이 길이 아닙니다. 빛나는 길만이 길이 아닙니다. 굽이굽이 돌아가는 길이 멀고 힘들지라도 서둘지 말고 가는 것입니다. 지푸라기라도 잡고 싶은 사람을 위해서 기다리는 고마운 존재라고 합니다. 나무에서 떨어지는 사람은 이파리라도 잡으려 하고, 물에 빠진 사람은 지푸라기라도 잡으려 하는 법. 인생의 벼랑 끝에서 매달리는 이에게 작은 힘이 되어 주길 기다리는 지푸라기는 물과 바람과 맑은 햇살과 새소리 섞인 진흙이 되고 싶어 합니다. 그리고 흙벽돌로 빚어져서 마침내 마음이 허물어진 사람을 위한 안식의 집이 되기를 소망합니다. 돈도 없고, 건강하지도 않고, 실패하고, 좌절하고, 상처 가득한 우리는 자신을 지푸라기나, 상한 갈대와 꺼져 가는 등불처럼 여길 경우가 많습니다. 꺼져 가는 심지는 그으름만 생기기에 꺼버리는 것이 세상 이치입니다. 상한 갈대는 아무짝에도 쓸모가 없이 자리만 차지하고 있기에 뽑아 버리는 것이 세상의 논리입니다. 그러나 새끼줄이 된 지푸라기는 코끼리도 묶을 수 있습니다. 무엇보다도 우리는 물에 빠진 자가 잡으려는 마지막 희망의 지푸라기일 수가 있습니다. 우리의 따뜻한 말 한마디, 간절한 기도가 누군가의 꺼져가는 목숨을 구할 수도 있습니다. 우리와 지푸라기는 하나님의 보석. 참 쓸모 있는 존재들입니다.

#162

여지餘地의 본뜻은 어떤 일을 할 수 있는 방법이나 일이 일어날 가능성을 뜻합니다. 같은 말을 해도 너그럽게 잘 받아 들이는 사람이 있습니다. 마음의 여지가 있는 사람입니다. 여지란 내 안의 빈자리로 상대가 편히 들어올 수 있는 공간이기도 합니다. 여지가 있는 사람은 평온합니다. 함께 있으면 왠지 내 마음도 편해집니다.

같은 이치로 내가 사람을 대함에 있어, 부끄럼없이 최선을 다 했음에도 상대가 나를 알아 주지 않아 마음이 힘들 때, 아직 내 마음의 여지가 부족함이 없는지 재고해 보아야 합니다. 오늘은 타인이 내 마음에 편하게 들어올 수 있도록 나의 여지를 늘리는데 힘써 보세요.

여지餘地 남을 여 땅 지, 약간 남은 공간이란 뜻입니다. 다툼이나 문제가 발생했을 때, 잠시 참고 기다리는 것이 좋은 이유는 후회가 남지 않기 때문입니다. 세상은 자기 생각대로만 살지 못합니다. 손쉽게 성질대로 살아서는 안된다는 것입니다. 성질없는 사람이 어디 있습니까? 참느냐, 참지 못하느냐의 차이일 뿐이지요.

인내忍耐. 그것은 아름다움입니다. 인내하는 것 참는다는 것은 사람으로서 최고의 인품입니다. 한 번 인내하고 큰 숨쉬고, 두 번 인내하고 반성하고, 세 번 인내한 후 결과를 보면 인내에 대한 답이 나와 있습니다. 세 번 인내하는 것, 그것이 지성의 최고봉이란 것을 깨닫게 될 것입니다. 이 말씀 기억해 두십시오. 살다 보면 무릎 칠 날이 반드시 있을 겁니다. 어려운 문제가 닥치면 일단은 인내하고 숙고해 보는 것이 우선입니다. 인내, 그 맛은 아름다움의 극치입니다. 어려운 상황, 화가 나는 일이 있더라도 눈 한 번 딱 감아 보세요. 인내하는 것, 참는 것이 최선이란 것, 그것은 후회를 남기지 않기 때문입니다. 더불어 화가 나는 일순간 앞 뒤 없이 내뱉은 말은 독을 품어 상대에게 큰 상처를 남김과 동시에 자신마저도 해칩니다.

　서로의 다툼은 한 쪽이 참으면 일어나지 않습니다. 두 손이 마주쳐야 소리가 나는 것과 같습니다. 오늘은 타인이 내 마음에 편하게 들어올 수 있도록 마음의 여유를 모두에게 높고 넓게 베푸는 여지가 있는 날 되시기 바랍니다. 만나는 모든 사람들과 넉넉한 마음으로 소중한 인연 이어가는 즐겁고 행복한 날 되시기 바랍니다.

#163

봄날은 간다spring time goes. 우리나라 시인들에게 우리나라에서 가장 아름다운 가사를 가진 가요가 무엇인지 설문 조사를 하였는데, 압도적 1위를 했던 노래가 백설희가 부른 '봄날은 간다'였습니다. '봄날은 간다'는 손로원 작사, 박시춘 작곡, 백설희 노래로 녹음이 되어서 한국전쟁 이후 1954년에 새로 등장한 유니버설 레코드에서 첫 번째 작품으로 발표되었다.

연분홍 치마가 봄바람에 휘날리더라. 오늘도 옷고름 씹어가며 산 제비 넘나드는 성황당 길에, 꽃이 피면 같이 웃고 꽃이 지면 같이 울던 알뜰한 그 맹세에 봄날은 간다. 새파란 풀잎이 물에 떠서 흘러가더라. 오늘도 꽃 편지 내던지며, 청 노새 짤랑 대는 역마차 길에, 별이 뜨면 서로 웃고 별이 지면 서로 울던 실없는 그 기약에 봄날은 간다. 열 아홉 시절은 황혼 속에 슬퍼지더라. 오늘도 앙가슴 두드리며 뜬구름 흘러가는 신작로 길에, 새가 날면 따라 웃고 새가 울면 따라 울던 얄궂은 그 노래에 봄날은 간다.

화가였던 손로원은 6.25전쟁 때 피난살이 하던 부산 용두산 판잣집에 어머니 사진을 걸어 뒀다. 연분홍 치마에 흰 저고리 입고 수줍게 웃던 사진이었는데, 판자촌에 불이 나서 타 버렸다. 손로원은 황망한 마음으로 가사를 써 내려갔다. 봄이 오기 전 이 노래를 들으면 지나간 봄이 그립고 아련할 것이며 그러다 막상 봄이 와서 이 노래를 들으면 봄날이 가는 것, 꽃잎이 지는 모습에 속절없이 가슴이 내려 앉는다. 청춘을 보낸 이들에게 다시 오는 봄은 이미 봄이 아니다. 꽃이 피면 같이 웃고 꽃이 지면 같이 울자 했던 맹세도 세월 앞에 속절없이 사라진다. 우리들에게 봄이 얼마나 남았을까? 계절은 봄이지만 봄은 오래 전 아련한 기억이다. 누이를 보냈던 신작로 길에 구름이 사라지듯 우리의 삶과 함께 봄날은 간다.

#164

어떤 사람이 화장실에 갔답니다. 하루를 살면서 가장 많이 가는 곳 중 한 장소, 우연히 눈을 들어보니 앞에 작은 쪽지에 글이 적혀 있더랍니다. 당신에게 오늘 기쁜 일이 일어날 것이다. 더도 덜도 아닌 그 한마디 피식 웃고 나왔는데 이상하게도, 그 한 줄의 글귀가 계속 기억에 남더랍니다. 웬지 정말로 자신에게 좋은 일이 생길 것 같은 이상한 느낌. 그 날은 매우 상쾌한 기분으로 하루를 보내고나서 집으로 돌아오는 길에 또 다시 그 글귀가 떠오르더랍니다. 집으로 가는 버스 안의 많은 사람들이 짜증나지도 않았고, 한 참을 걸어 올라가야 하는 산중턱 오두막 집이지만 자신이 쉴 수 있는 평화로운 장소인 듯 포근한 느낌이 들었습니다. 약간 쌀쌀한 날씨 조차도 시원하게 느껴졌고, 어두운 길에 빛을 밝혀주는 낡은 가로등이 친근하게 느껴지고, 그 위에 떠 있는 달이 환하게 웃으면서 자신을 맞아주는 듯한 그런 풍족한 느낌.

아프지 않았으면 건강한 겁니다. 곤경에 빠지지 않았으면 행복한 겁니다. 얼굴에 저절로 부드러운 미소가 새겨지고, 내일도 자신에게 좋은 일이 생길 것 같은 희망 자체가 보람입니다. 단 한 줄의 글귀. 당신에게 오늘 좋은 일이 생길 겁니다로 이미 생겼는지도 모르겠습니다. 하루를 즐겁게 보내고 집으로 가는 길이니까요. 아마도 내일 그 글귀가 또 생각날 듯 싶습니다. 오늘 당신에게 좋은 일이 생길 겁니다. 그럴 겁니다. 매일 매일 전 좋은 일이 생길 겁니다. 가장 중요한 생각의 요소는 좋은 일이 생길 것이라는 믿음입니다. 믿으면 진짜 그렇게 될 수 있습니다. 그렇게 생긴 미래에의 희망이 잠재적 가능성을 추구하여 곧 위기속에서 기회를 찾게 됩니다. 마음 밭에 긍정의 씨를 심어야 합니다. 곰팡이가 있어서 더러운 것이 아니라 더러워서 곰팡이가 피는 것입니다. 그와같이 좋은 일이 많이 생겨서 긍정적인 사람이 되는 것이 아니라 긍정적인 사고와 행동이 좋은 일을 만든다는 사실입니다. 모두들 해가 졌다고 말할 때 별이 떴다 라고 말할 수 있는 긍정을 사랑할 줄 알아야 하는 것입니다.

…… 행복Happiness하세요!